创生与传承

云南壮族『坡芽歌书』符号的教育人类学阐释

Chuangsheng Yu Chuancheng

Yunnan Zhuangzu Poyageshu Fuhao De Jiaoyu Renleixue Chanshi

权迎 著

对『人是什么』问题的探究是千百年来哲人先贤为之奋斗的最高鹄的，经过不同阶段的研究，形成了丰富的人学理论。德国哲学家卡西尔指出，人是符号的动物，人在创造符号的同时，又用符号创造人自身之论点，在文化向度上道出了人与符号的关系，然而人与符号关系之展开尚未得到进一步的阐释和实践分析。

本书在教育人类学视角指导下，以云南壮族『坡芽歌书』符号为典型实案，遵循描述-解释的研

中央民族大学出版社
China Minzu University Press

图书在版编目（CIP）数据

创生与传承：云南壮族“坡芽歌书”符号的教育人类学阐释／权迎著．--北京：中央民族大学出版社，2018.12

ISBN 978-7-5660-1563-1

Ⅰ．①创…　Ⅱ．①权…　Ⅲ．①壮族－民歌－文学研究－云南　Ⅳ．①I207.7

中国版本图书馆 CIP 数据核字（2018）第 231308 号

创生与传承：云南壮族“坡芽歌书”符号的教育人类学阐释

著　　者　权　迎
策划编辑　罗丹阳
责任编辑　赵　鹏
责任校对　胡菁瑶
封面设计　舒刚卫
出 版 者　中央民族大学出版社
　　　　　北京市海淀区中关村南大街 27 号　　邮编：100081
　　　　　电话：68472815（发行部）　传真：68932751（发行部）
　　　　　　　　68932218（总编室）　　　　68932447（办公室）
发 行 者　全国各地新华书店
印 刷 厂　北京建宏印刷有限公司
开　　本　787×1092（毫米）　1/16　印张：17.25
字　　数　220 千字
版　　次　2018 年 12 月第 1 版　2018 年 12 月第 1 次印刷
书　　号　ISBN 978-7-5660-1563-1
定　　价　68.00 元

前 言

对“人是什么”问题的探究是千百年来哲人先贤为之奋斗的最高鹄的，经过不同阶段的研究，形成了丰富的人学理论；德国哲学家卡西尔指出，人是符号的动物，人在创造符号的同时，又用符号创造人自身。在文化向度上道出了人与符号的关系，然而人与符号关系之展开尚未得到进一步的阐释和实践分析。

本研究针对人与符号关系的已有研究局限，试图通过实例进一步探索尝试对人与符号关系进行例证。本研究中的壮族“坡芽歌书”符号，作为由壮民创造并仍在壮乡使用之物，歌书符号是人创造性活动之成果，符号的创生完成人的主体性参与和生长，实现人的经验世界的对象化，是人与符号关系和作用的典范，满足了“人在创造符号的同时，符号反过来作用于人”之理论基础；而且歌书符号创生后的传承活动也不可分割地构成并展演人与符号关系的另一方面。可以说，歌书符号的创生与传承完成了对人与符号关系的全面透视与阐释，是人与符号运作之程的典型案例；而且创生与使用过程中因人的自觉、能动的活动开展，反过来对人自身产生重要影响；加之符号传承中授-受活动的实施，使教育行为得以发生和开展，在此意义上，将符号与教育勾连起来，促进符号与教育关系的展开。

本书在教育人类学视角指导下，以云南壮族“坡芽歌书”符号为典型案例，遵循描述-解释的研究范式，综合运用多种方法，对壮民参与之下的符号活动，包括符号的创生与传承进行阐释和分析。研究发现：

一、“坡芽歌书”符号作为壮乡天地系统的生成物和存在物，符号构成一完整系统，具有符号指称之“对象”、符号化结果之“代表项”和符号传达讯息之“解释项”的三元结构特点，歌书符号作为壮民的创造之物，构成单体与复合结构共有，呈现整一、质朴、意象之审美特质；二、“坡芽歌书”符号不是自然之物，而是壮民人为所造，符号的创生是壮民历经观物、取象、构形的完整过程，是壮民观法天地、格析万物、构画成形的产物；符号的形成凝结着壮民的思维和经验智慧，是壮民自由自觉活动的展开，具有原创性和滋养性之特点，对壮民“地方性知识”的习得和智力因素的发展具有重要价值；三、“坡芽歌书”符号创生后，便被壮民群体所用，参与到壮乡生产生活中，实现符号的功用，并经由创造者在生产生活具体情境中以物－符－音相合之方式传授给群体成员，实现符号的播化，促进个体社会化和符号化思维和行为展开的实现，而且符号传承中创造者 — 传承者和使用者 — 接受者的授受关系，使一系列的教育行为得以发生，对群体成员产生重要影响；四、歌书符号的创生与传承，全面地展示了人与符号关系作用的运行，实现对人发展的全面浸润，是人自由自觉、创造本性得以生成和发展之重要途径。

此外，本书还对“坡芽歌书”符号这种独特文化事项的生存和发展问题进行了探究，以期对民族文化的现代生存和发展提供一定借鉴。“坡芽歌书”作为壮族的文化遗存物，虽然产生的确切时间还未知晓，但作为创造并使用符号的生动实例，满足并实现了符号 — 人 — 教育的交互，对人的发展产生重要作用。然而，当前随着多媒体手段的大量涌入，“坡芽歌书”符号这种由壮民创造、独具壮文化特色的表达方式面临诸多的挑战。在此意义上，倚重符号“形式”而忽视符号“内容”、被动介入而缺乏自发自觉授－受的现代传承方式，使诸多的传承活动并未收到应有的效果，使歌书濒临失承的危机，符号的教育发生与实现亦不可能。然而歌书符号创生与传承的独特性和统一性，是其保持生命力并存留至今的关键所在：通过人与自然界万物的关系和作用，促使符号的创生，形成并践行人与外界的和谐理念；通过符号创生与传承的统一，实现符号“对象”“代表项”和“解释项”的统一，完成对人发展的完整化育；通过符号创生与传承活动的展开，实现自然之文到文化之理的转化，进而影响到人的发展，促使“符号化思维”和“符号化行为”的实现。因此，应在歌书符号创生与传承活动认知的基础上，对歌书进行抢救和保护，并加强壮民群体自身的“自决能力”，实现歌书更好的传承和发展。

张诗亚先生曾言：“西南的独特举世无双：大西南堪称世界物种基因宝库；与此立体的天地系统相辅相成又生成了立体的文明及文化，大西南堪称活的人类演化走廊；独特的自然天地系统，生成独特的人类文明系统。”在这独特的天地系统和文明系统内，我们要“尊重西南，并在此基础上认识西南”，以实现“人与天地参”之境界。

壮族作为西南独特文明系统中的一分子，通过对坡芽歌书符号创生过程和传承过程的解读，试图还原壮族先民生产生活的全过程以及这一过程中教育的发生及教育意蕴的产生，探寻壮民族文化的独特性，展示教育过程的自然、完整。更为重要的是，人作为符号创造和使用的主体，“坡芽歌书”符号创生和传承过程极其生动、具体地展现了人的主体性活动的全过程，有力地促进了人的智力因素和非智力因素的发展。

本书是在博士论文的基础上修订而成，是博士研究生阶段的成果转化。笔者深知本书研究内容还不够全面和系统，如未把“坡芽歌书”符号与性质相近的原始符号进行比较分析等；但仍献丑付梓，目的在于交流与讨论，以期学界先辈和同行们的批评和指导，共同为西南文化的认知和传扬而努力。

权 迎

2018年6月

目　　录

第一章

导论

第一节　问题的提出

对“人是什么”问题的探究是千百年来哲人先贤为之奋斗的最高鹄的，而且对其的解答也经历了不同阶段：① 苏格拉底时代，人被定义为理性的动物，认为人与其他物理事物的不同之处，在于人能探究自己、审视自己、批判自己，从而成为“有责任”的道德主体；中世纪基督教时期，人被定义为宗教的存在物，认为只有通过宗教的途径才能探究人的本性所在；文艺复兴时期，人被重新定义为理性的存在物，这时更注重对人的数学理性的强调；达尔文阶段，人被定义为一种较高种属的动物，从生物学角度对其进行了探索；而德国哲学家卡西尔则在前人的基础上，将人定义为“符号的动物”，认为“人在创造符号的同时，符号反过来作用于人”，将人的创造性“劳作”之果——符号与人自身勾连起来，建立了人与符号的关系，实现人与动物的界分，指出人的独特性所在。

卡西尔的人的定义之提出，不仅丰富和推动了人学理论的发展，还从文化向度上将人与符号关系提上理论层面，推动各领域对人的问题的新的探索与思考。虽然卡西尔提出人之功能性定义，推进了人与符号关系理论，但是在其著作和研究中并未对人与符号关系进行展开论述，也

① 沈品发.论卡西尔对人的问题的探索及意义[J]齐齐哈尔师范学院学报，1994（1）：20-21.

未对其进行实践检验，而“实践是检验真理的唯一标准”，基于此，如何通过实例，而且能否找到一个实例对人与符号关系的运作进行阐释和解读，并通过实例来考察人与符号关系理论的现代适切性等问题，成为后人对理论进行应用与反思的应有之义。

一、人与符号关系如何运作

卡西尔提出“人是符号的动物”，认为人与动物区别之处，“既不是他的形而上学本性，也不是他的物理本性，而是人的劳作”①，然而“正是这种劳作，正是这种人类活动的体系，规定和划定了‘人性’的圆周，使我们洞见人类活动各自的基本结构，并把其作为一个有机整体”②。在此，卡西尔将“劳作”看作人的创造性活动所在，是主体之人通过自发、主动活动而进行的创造行为，也是人与符号关系实现的必要条件。卡西尔通过“劳作”将符号与人建立关联，实现了人的独特性的挖掘，引出人与符号关系，但是人与符号如何运作、如何关系，即人是如何创造符号的、符号又是如何作用于人等问题并未在他的研究中得到明晰，其合理性和适切性也有待实践的检验。因此，能不能找到一种创造性“劳作”之果，通过探析其实施和开展之程，来解读人与符号关系的开展，发现人与符号关系的独特性所在，进而找寻对其进行证明的有力证据。

此外，人与符号关系的实现，除了卡西尔指出的创造性“劳作”外，符号产生后对它的使用过程，有没有展现人与符号的关系；人们对符号的传扬和使用对人自身有无影响等问题，也是我们分析人与符号关系，解读人与符号关系运作亟须重视和解决的另一方面。

---

① 卡西尔．人论[M]．甘阳译．上海：上海译文出版社，2004：95.

② 卡西尔．人论[M]．甘阳译．上海：上海译文出版社，2004：95-96.

众所周知，人的创造性活动之果充斥并丰富着我们的生活，为我们的生产提供工具；同时这些人之参与下的创造性活动也或多或少地展演了人与符号的关系，实现了符号对人的影响。而对人的创造性活动之果的选取，如果选取那些原始的且极为罕见、或考古之新发现的原始“符号”，虽然可以为我们提供原始人的符号活动之素描，但是其原始性和已消逝之现状，使我们难以对其进行后续追踪和调查研究，而且对创造性活动的主体之人的访谈与探析更不可能，也难以精确找寻人与符号关系进行的线索；因此，我们只能从身边出发、从现实社会出发，试图找寻那些还存在着、并发生作用的生动案例，以为人与符号关系的展开提供素材。

可以说，卡西尔的人的功能性定义，引起了我们对人与符号关系的关注和思考，并推进对人与符号如何发生关系和作用进行探求，一方面试图探索人与符号关系之式，实现对主体之人的发展影响；另一方面对卡西尔理论进行尝试性的实践检验。而基于对人的符号活动之结果的追踪调查便利之考虑，能不能在我们现实社会中找到一种还存在着、并发挥作用的符号，以此来窥探人与符号关系的运行之事实，成为探析人与符号关系之式的关键所在。

（一）“坡芽歌书”符号能不能作为案例展现人与符号关系的运作

依据实地考察中对“坡芽歌书”符号的掌握，“坡芽歌书”符号作为现存于云南省富宁县壮族聚居区坡芽村寨的一种文化遗存物，其特殊性所在是以直观、具象的81个符号完成81首情歌的展演；是壮民从生产生活中选取不同物象并对其进行符号化之处理，从而完成符号创造之活动，实现符号的创生。而且“坡芽歌书”符号作为壮族一种古老的遗存物，至今仍在壮民的生活中发挥作用，如在一些歌唱活动中辅助记忆歌词；作为老一辈教授儿童演唱山歌时的工具等。此外，“坡芽歌书”符号在坡芽村的中老年人群中还颇受欢迎，歌书符号的书写和演唱还被这些人群所掌握。

毋庸置疑，“坡芽歌书”符号不是生来就有的，而是壮民经过一系列的活动，即创造性的“劳作”而实现的；歌书符号的创生是人的一种创造性“劳作”之果实，能够满足人与符号关系的关键条件，即创造性活动的开展。而且，歌书符号作为还存在于壮乡，并在壮民现代生产生活中发挥作用的实物，对其调查和追踪也颇为便利，满足了现代社会中生动案例的探寻。此外，歌书符号作为壮族先民的创造果实，因符号自身的原始、质朴，亦为探寻壮族先民创造性活动的开展情况和特点所在、为壮民过去生产生活图景的构画与认识提供了线索。

此外，“坡芽歌书”符号作为壮民的创作物，在壮乡使用了多少年、在壮民传承了多少代，坡芽村民已没有明确记忆和答案；即便如此，这种至今仍存活在壮乡的极具独特性的事物，其产生后在群体间的使用和传扬，使更多的群体掌握了符号的书写与演唱，传达了创造过程中的妙想巧思，实现了对更多群体的影响；也使更多的群体参与到与符号的关系中来；因此，“坡芽歌书”符号的传承和使用，也极为鲜明地展演了人与符号的运作关系，是解读人与符号关系极其重要的途径和手段。

因此，云南壮族“坡芽歌书”符号作为至今仍在壮乡生存和发挥重要作用的文化遗存物，对符号的认知，包括对符号创生——人的创造性活动和符号传承使用的阐释，不但能为人与符号关系的运行提供生动案例，也是对人与符号关系进行解读的路径所在。

（二）“坡芽歌书”符号如何阐释人与符号关系

“坡芽歌书”符号作为人创造性活动开展之现实，满足了人与符号的关系，展现了“人是符号的动物，人在创造符号的同时，符号反过来作用于人”之理论；而且人参与之下的符号活动，包括符号创生和传承过程均展现着人与符号的关系，是剖析与解读人与符号关系之必不可少的条件。

1.“坡芽歌书”符号是如何创生的

壮族“坡芽歌书”符号自2006年走出大山被外界广为宣传后，因其形音并存的特殊性，受到诸多文字学专家的关注，并对其符号进行了定性。女书研究专家赵丽明教授根据歌书81个符号和语言的对应关系，得出“歌书标记的语言单位有单词、词句和句子；而且‘坡芽歌书’的81个符号，约60%记录单词，约16%记录词组，约24%记录句子。每个图符，仅仅是作为记号、关键词、标题，帮助记忆、标识、提示一首歌的内容”①，并认为歌书符号“反映了创文字的初始阶段，在文字形态上，比东巴文更原始，是不能完整记录语言的图符文字”②。王元鹿教授认为“坡芽歌书”符号“是一个文字系统，但从文字类型学角度上看，应将它视为一种早期文字或语段文字。用较为通俗的话来说，它是一种原始文字”③，并为早期文字的萌芽状态提供线索和例证。

有学者指出：“世界上各民族的古文字，看似千差万别，个性各异，但它们有着某些共同的发生和发展规律。如果遵循着这条思路深入思考下去，那么各民族的古文字就不仅不是互相孤立的东西，而是各自处于文字发展长河上的朵朵浪花”④，因此，如果将“坡芽歌书”符号作为原始文字的话，那么，符号的产生则遵循着原始文字符号源生的规律，即“仰则观象于天，俯则观法于地，视鸟兽之文与地之宜，近取诸身，远取诸物”，是先民以对天地系统的观察和体认为基础，对自身和万物进行取象，进而开展表达的结果。

“坡芽歌书”符号不是自然物，而是人的社会化产物，是壮民先辈观

① 赵丽明.“坡芽歌书”的符号是文字吗[J].文史知识，2009（7）：55-56.

② 赵丽明.“坡芽歌书”的符号是文字吗[J].文史知识，2009（7）：58.

③ 王元鹿.“坡芽歌书”的性质及其在文字学领域中的认识价值[J].华东师范大学学报（哲学社会科学版），2009（5）：79.

④ 王元鹿.汉古文字与纳西东巴文字比较研究[M].上海：华东师范大学出版社，1988：178.

法天地、智慧表达的产物，是壮民思维和表达方式的外显，为后人探知符号提供线索和突破口。纵然如此，这些直观形象的符号也“绝不是对外在世界的单纯摹写，而是一种构形的力量，它们不是被动地表示某种单纯的事实，而是包含着独立的精神能量，因此获得了特殊的意义，即观念化的内容”，而且这些符号通过“表达了什么”和“如何表达的”这两个方面去建立人与外界的关联，完成人意志和情感的书写和表达，实现符号的功用。基于此，“坡芽歌书”符号作为壮民的创造物，这些直观形象是如何被创造出来的；符号创生过程中人是如何将自身与外界建立关联，以实现人与符号的关系的；符号创生中，对人产生了哪些影响等问题亟待解决。

2.“坡芽歌书”符号是如何传承的

如果说“坡芽歌书”符号的创生，实现了对人创造性“劳作”过程的生动阐释，对人与符号之关系进行了实例证明；而符号创生后的传承和使用活动，因其活动过程中创造者和使用者之间的互动与交流，一方面，为符号自身的生长与发展增添了活力；另一方面，使更多人群参与到与符号关系中来，实现了群体与符号的关系运作，构成人与符号关系的另一重要方面，也为人与符号关系理论提供例证。可以说，除了符号的创造活动之外，人对符号的使用和传扬也不可分割地构成符号活动的一部分，共同参与到人与符号关系的展演中来。

符号创生表明，符号首先是为了人的生产、生活服务的，离开了人的生产、生活实践，符号则成了无源之水、无本之木，因此，“人类生存和生活的实践是第一性的，符号是第二性的”① 。艾柯也曾指出：“确切地说不存在符号，而只有符号——功能”②，符号作为一个功能性实体，为

① 孟庆艳.文化符号与人的创造本性——西方早期符号理论研究[M].沈阳：辽宁大学出版社，2006：24.

② [意]乌蒙勃托·艾柯.符号学理论[M].卢德平译.北京：中国人民大学出版社，1990：50.

了实现其功用，就需要将符号从少数创造者之手传播到更多群体之中，需要将符号应用到人们的生产生活，以完成符号的“上传下效”，实现符号这一事象的普及和使用。

“坡芽歌书”符号作为壮民“观物、取象、构形”的又一实证，符号产生后，以直观、形象之特征，通过在群体中间的广泛使用，完成了壮民情感的交流和表达，实现了符号的记录和表达功能。而且通过符号的传承和使用，将符号创生中对所要符号化对象的认识，包括事物的形态、结构、作用、人与事物的关系、人在天地系统中的位置等通过符号这一媒介传授给更多的群体成员，实现了符号“形式”和“内容”的整合与统一，对群体成员产生重要影响。卡西尔在《符号形式的哲学》中指出：“人是符号的动物，文化是符号的形式，人类活动本质上是一种‘符合’或者‘象征’活动，人建立起人的‘主体性’，并构成一个文化的世界”，在此，“坡芽歌书”符号作为壮民的创造之物，在壮族民间以独特的方式发挥着重要作用，那么歌书符号是如何传承的；人是如何在传承过程中实现符号 — 人 — 文化的互动共生的；歌书如何通过符号的传承和使用来展现人与符号关系等皆是本研究力图解决之题。

二、符号与教育关系如何

“坡芽歌书”符号作为典型案例，解决了人与符号关系的展开；主体之人通过创造和传承活动，不但实现了符号的创生与传扬，而且对其自身也产生重要影响；而人的发展作为教育的本质诉求，在此意义上，符号与教育也发生关联，使符号以独特之范式完成教育功能，实现对人发展的影响。

壮民参与之下完整的符号活动，包括“坡芽歌书”符号的创生与传承，具有独特的功用所在：歌书符号的创生过程中，人通过外界事物，勾连与彰显人的情感和观念，解决生产生活之需；更为重要的是在符号活动中，因人的创造性活动的展开，对人自身产生重要影响，使符号创生具有丰富的教育功能。符号创生后，随着符号在创造者传授活动之下的传播，符号从少数人传播到更多群体中；而且在符号传承中，创生者 — 传授者和学习者 — 接受者之间的授受关系，使得教育与学习活动得以开展，实现了符号在群体间的播化，使得符号传承亦具有重要的教育功能。此外，歌书自身以图载歌的特色和传承活动中物 — 符 — 音相结合的独特方式，使得歌书创生与传承活动完整而不可分割，并统一于人的全面自由的发展过程中来。

此外，“坡芽歌书”符号作为人创生符号并传承使用符号的活范本，符号的创生与传承，是人的主体性参与和生长过程，是人的经验世界不断地对象化，是人与符号关系和作用的典范。加之，“坡芽歌书”符号作为人的视觉感观表达心智的外化形式，因直观和形象之特点，能够满足人们80%以上的信息获取量，对人的视觉思维和心智发展具有重要意义。而人的发展是教育的本质诉求，因此，“坡芽歌书”符号发挥教育功能并完成对人的发展的影响毋庸置疑，并很好地统一于符号的创生与传承活动中。在此意义上，“坡芽歌书”符号创生和传承活动具有哪些教育功能，对人的发展又产生哪些影响，而且符号通过何种方式实现对人的影响等，均成为本研究试图回答的问题所在。

三、“坡芽歌书”符号如何实现更好的生存与发展

“坡芽歌书”符号作为例证人与符号关系的典型案例，展现了人与符号作用之程，既表现了人的自觉、主动、创造之本性，又实现了对主体之人的影响；还为人参与之下的符号活动的描述提供完整素材。然而正是这种极具文化特色、又意义重大的文化事象，在多媒体介入的今天，

正遭遇巨大的挑战和冲击，其生存和发展也陷入困境。因此，为了改变“坡芽歌书”符号的生存境遇，须对其意义，特别是符号创生与传承的意义进行标的，对其独特性所在进行挖掘，以探寻歌书符号的生命力所在，对符号的生存和发展进行醒思。

面对“坡芽歌书”符号的传承乏力之态，如果歌书符号因传承不力而在壮民生活中消逝，长此以往对其创造和使用亦在壮民头脑中暗淡直至消逝的话，其价值和意义则无从谈起。此外，“坡芽歌书”符号的文字学价值已得到诸多专家学者的肯定；如果将其作为原始文字的话，虽然是处于稚嫩时期的一种原始文字，但其生成和发展的情况却能为早期文字萌芽状态的探究提供线索和例证，为原始文字的发生提供借鉴。“假如一个人从思想上去掉了文字，他丧失了这种可以感知的形象，将会面临一堆没有形状的东西而不知所措，好像初学游泳的人被拿走了他的救生带一样。”① 壮族先民创造和使用的原始符号文字——“坡芽歌书”符号如果得不到壮族后辈人的重视和很好传承，而只是一味拿来吸取他文化的文化事象，那么壮民族独特性的保持和发展将岌岌可危。在此，面临“坡芽歌书”的生存境遇，作为文化持有者的壮民做何姿态？歌书符号在壮族群体中传承和使用了数代，但是今天却面临传不下去的事实，失承的原因何在？这种独特的文化事象如何在积极参与他文化的交流往互中加强自身的抵抗力从而实现更好的传承和发展等问题，对这些问题的解答是“坡芽歌书”符号走出失承危机的关键，也是民族文化事象面对现代化冲击的积极应对之方。

此外，任何一种文化事象的生存和发展，首先不可能脱离生于斯长于斯的天地系统，天地系统为其生存提供了天然的生存场，为其生长发展提供了质素和根基；其次，离不开其生命力所在的源生和发展规律，即创成与发展有着一套自组织系统，系统各要素相互作用、平衡而和谐，

① 索绪尔.普通语言学教程[M].高名凯译.北京：商务印书馆，1999：59.

从而构成其运动发展的独特性所在；最后，文化事象的生存和发展不是自恃封闭的被动自保，而应是积极开放地交流、互动，从而借鉴吸取并不断成长的过程。对“坡芽歌书”符号来说，其创生与传承也有其规律所在，是壮民从生于斯长于斯的生态系统出发，认识自然、利用自然的结果；而且符号活动具有丰富的功用和价值，如何在挖掘和继承这些功用的基础上为歌书的现代生存提供动力；并合理利用现代媒介手段，为歌书符号的传承提供多样手段，成为歌书符号克服危机、实现更好传承和发展的路径所在。

而欲解决以上问题，须从“坡芽歌书”符号的认知入手，通过歌书符号生存环境、自身结构、具有功能、创生与传承过程等的阐释与分析，以回答人与符号运作过程、符号与教育作用范式，以及歌书符号的现代生存等理论和现实问题。

第二节　文献综述

一、概念界定

（一）符号

符号：英文为“Symbol”，来源于拉丁语的“Symbolum”，原意是“投掷”，后为“记号”之意。符号一词：“符”，清段玉裁在《说文解字注》将其释为“信也。汉制以竹，长六寸，分而相合，从竹付声”；“号”（號），清段玉裁《说文解字注》将其释为“痛声也。号，嘑也。凡唬號字古作号。口部曰。嘑，号也。今字则號行而号废矣。从口在丂上。丂者气舒而礙。虽碍而必张口出其声。故口在丂上。号咷之象也。胡到切。二部。按当读平声。凡号之属皆从号”。因此，符号一词本意既有物-形的凭证，又有音的伴随，今义为“印记、标号；用于区分某种特征的标识”。

张诗亚教授指出：“符号区别于信号，人之外的动物有信号无符号。符号的本意是象征，象者抽象也、形象也；征取其特征、要义，所以通过这个过程抽出来的符号，是人在其生活的环境中产生创造的”。而且“人借助感官体验生命、表达情感，符号作为人的感官表达心智的外化形式”①，根据感官引起人的心智活动的不同，将其分为视觉符号、听觉符号、嗅觉符号、味觉符号、触觉符号等，本研究所说的符号是通过视觉感知而创造的视觉符号，即“坡芽歌书”的81个图案。

（二）创生

创生，即“创造、生成”之义。创，即“造也”，为“始造”之义；生，即“生成”之义，甲骨文字形为“”，上面是初生的草木，下面是地面和土壤,《说文》将其解释为“进也，像艸木生出地上之形”，义为“草木从土里生长出来、滋长”。成，甲骨文字形为“”，从“丨”（即“杵”）。“斧”“杵”具备就可以做成事情。义为“完成，成就”。生成即产生、形成。创生，即通过创造之活动和工作进而使事物得以产生和形成。

（三）传承

传，即传承。传：甲骨文字形为“”，清段玉裁《说文解字注》中将“传”释为“遽（遽，从辵，表示与行走有关，本义是送信的快车或快马）也”。承，甲骨文字形为“”，上面像跽跪着的人，下面像两只手，合起来表示人被双手捧着或接着。本义：捧着。清代陈昌治刻本《说文解字》将“承”译为“奉也，受也”。传承，其英文为“inheritance”，其词源为拉丁文“hērēs”，义为“heir”，即“继承”之义。因此，传承义为从一方到另一方的给和受的过程，即传和承的统一，概括起来即为“延续与承继”之义。

二、国内外关于符号和符号学的研究

（一）符号的人类学研究

对符号的人类学研究，理论层面上主要体现在符号人类学或象征人

① 黄亚平，孟华.汉字符号学[M].上海：上海古籍出版社，2001：55-56.

类学作为一门学科的发展和理论建构过程。人类学的分支——符号人类学产生于19世纪末，发达于20世纪，受到弗洛伊德精神分析理论和列维-斯特劳斯结构人类学的重要影响，主要研究民族社会中的符号现象。尽管符号或象征人类学兴起于20世纪60年代，但是却有着近一个世纪的理论渊源，即符号学理论，且人类学的文化研究取向的转变与西方符号学的理论传统密不可分。符号学理论的代表皮尔斯和索绪尔的研究成果对符号人类学的发展提供了理论基础和研究启示：美国学者皮尔斯于19世纪六七十年代对记号、象征、符号学进行研究，他认为符号学可以应用于语言学、人种学这些依靠旅行、特别训练、经验以及记号的普遍理论的特殊科学。理解特殊记号的意义需要理解这些记号的对象，而在人类学中，田野调查是满足这种需要的通行方式。① 20世纪早期，索绪尔在语言学研究中也涉及符号与符号学的概念，认为语言是一种社会制度，是一种表达观念的符号系统，语言的问题主要是符号学的问题；② 他还主张文化和语言一样都是一种符号系统，“因为符号在本质上是社会的”，应“把礼仪、习惯等看作符号”问题进行研究。③ 继皮尔斯和索绪尔之后，符号学理论得到进一步发展，法国罗兰·巴尔特在《符号学原理》一文中表达了自己的观点：“语言结构和言语这对概念在语言学之外或之上导致了丰富的发展。我们将假定结构和言语这对范畴广泛地存在于一切意指系统中。由于缺乏更好的词，我们在此仍保留结构和言语这对词，即使当我们把它们应用于非语言的通讯系统中时也一样”④ 。巴尔特符号学的观点，是意欲打通语言学与非语言学知识的界限，将符号学理论应用

---

① 转引Milton S.Comments on Semiotic Anthropology[J].American Ethnologist，1985（3）：549-550.

② 索绪尔.普通语言学教程[M].高名凯译.北京：商务印书馆，2010：36-39.

③ 索绪尔.普通语言学教程[M].高名凯译.北京：商务印书馆，2010：39.

④ 罗兰·巴尔特.符号学原理[M].李幼蒸译.北京：生活·读书·新知三联书店，1988：125.

于整个文化系统的分析之中。

符号学理论的丰富和发展为符号或象征人类学的出现和发展提供了理论基础和指导，且符号人类学的发展推动了人类学的文化转向。随着符号或象征人类学向纵深方向发展，其发展为两种主要研究趋势，代表人物为格尔茨和特纳。格尔茨深受狄尔泰和马克斯·韦伯的影响，强调文化不是禁锢在人们头脑中的东西，而是体现在公众符号之中。社会成员通过这些符号交流思想、维系世代。他指出符号人类学的目的不在符号本身，而是符号所承载的意义，强调“深描”的研究方法，认为阐释不可能重铸别人的精神世界或经历别人的经历，而只能通过别人在构筑其世界和阐释现实时所用的概念和符号去理解它们。另一代表人物特纳受到迪尔凯姆的影响，并不强调符号作为意义载体和世界观载体的作用，而认为它们是社会过程的算子。这些算子在一定环境下以一定方式的组合能够导致社会转型。① 特纳的著述阐明了许多民族的风俗礼仪内容，反映了英国社会人类学的传统，他强调符号的意义不在于作为文化的窗口和媒介，用来整合民族精神和世界观，而在于作为社会过程的枢纽，是产生基本社会转变的符码，推动行为者从一种状态到另一种状态，以解决社会矛盾。② 格尔茨和特纳之后，符号或象征人类学得以迅速发展，而且符号的概念已渗透到诸多人文学科，包括文学、艺术、政治学、社会学等，学术界普遍采用符号的方法研究民族概念和民族问题，以阐释文化的意义，实现意义和信息的交流。

国内，符号学理论和方法对中国学术界影响正在形成气候，在哲学界、文学界和美术界已经在消化、扬弃、吸收的基础上，正在实现研究对象的本土化；③ 在民族学、人类学界正处于发展阶段。中国的民族学家

① 纳日碧力戈.符号、结构、实践与人类学——民族研究以及有关学术交流的若干视点[J].世界民族，1995（1）：58.

② 林征宇.六十年代以来的人类学理论[J].社会，1988（12）：1-4.

③ 李幼蒸选编.结构主义和符号学[M].生活·读书·新知三联书店，1987.

和人类学家在积极吸取国外相关学科最新理论知识的同时，立足本土的材料，阐释丰富多彩的民族文化。

在实践层面上，国外关于符号的人类学研究，主要是通过民族志的描述来阐释诸多民族的风俗礼仪等，实现对文化事象的深描和社会现实的把握。典型案例是格尔茨在《深层游戏：关于巴厘岛斗鸡的记述》中对斗鸡的深描：斗鸡表面是一种游戏，本质上却是体现巴厘岛文化的一个符号，有其重要的象征意义。斗鸡作为一个行为化文本，展示了巴厘岛人这种表层上是金钱和感情的博弈，而深层上是社会地位博弈的社会行为。且“作为一个形象，一种虚构，一个模型和隐喻，斗鸡是一个表达的工具；它的功能既不是减缓社会的激情，也不是增强它们，而是以羽毛、血、人群和金钱为媒介来展现它们”[①]。

国内关于符号的人类学实践层面的研究，主要集中在对不同民族文化符号的内涵、意义和社会功能的阐释。如乌恩对内蒙古敖包这一文化符号的阐释：敖包，是蒙古族最古老的宗教活动场所之一，是蒙古族最鲜明的文化符号之一，具有深刻的宗教文化内涵和社会功能。敖包祭祀历史悠久，是集宗教、娱乐、节庆、社交礼仪、体育竞技、商贸等多种功能于一体的活动，该活动浓缩和组合了蒙古族传统文化的重要元素。敖包祭祀活动除了宗教和娱乐意义外，还具有重要的社会功能；[②] 杨鹃国立足于符号或象征人类学的理论框架，从少数民族服饰向心排异的族徽功能、社会角色标识作用、社会身份信息、地位等级象征四个方面进行较为系统的论述阐释，指出了它们在特定族群文化体系中的价值，并得出了少数民族社会的礼法体制，很大程度上得益于人们的服饰穿着规则的结论；[③] 建红英以豫西地区西水头村建氏族丧葬礼仪为个案，通过对

① 克利福德·格尔茨.文化的解释[M].韩莉译.译林出版社，1999：523.

② 乌恩.敖包——蒙古族神秘的文化符号[J].内蒙古画报，2011：26-31.

③ 杨鹃国.身份·地位·等级——少数民族服饰与社会规则秩序的文化人类学阐释[J].贵州大学学报，2000（4）：20-26.

建氏族丧葬礼仪过程的描述，阐释了每个过程所蕴含的符号学意义与文化内涵，并对豫西地区丧葬习俗的社会意义进行了说明，如增强家族凝聚力；缓解社会矛盾，构建和谐的社会秩序；增强族群认同感等；① 王伟立足于对“索伦鄂温克人岁时仪式中火神祭祀仪式的田野调查，利用范·杰内普和特纳的仪式研究理论与方法，从象征的角度分析了火神祭祀的仪式过程、仪式结构与秩序，进而描述仪式所表达的深层意义：有形世界与无形世界并非毫不相干，人也并不总在被动地接受神的安排，神秘甚至是危险的世界在仪式中变得可以接触。更为重要的是，对于仪式的参与者来说，一切行为都是可以解释的，而不是毫无理性地随意而为”②。

国内对符号人类学的专题研究很多，其中典型的有冯彤以大量文献和实地考察的资料为基础，从象征人类学的视角对“和纸”的制作工艺和象征意义进行了阐释：“‘和纸’作为表层结构的符号载体，既包括作为物质器物的‘和纸’造型，也包括与其有关的宗教仪式行为，还包括‘和纸’造型艺术中所显示的纹样内容及其他各种信息。‘和纸’被广泛应用于宗教、民俗、艺术、建筑、工艺等各个领域，兼具了物质文化、精神文化及制度文化的多个层面，它是反映日本传统文化的一个重要载体，通过‘和纸’文化的研究，不仅可以探寻其表层结构所隐藏的深层文化内涵，更可以探索日本文化的发展脉络”；③ 鲍江以认知和感觉为切入口，通过象征符号与意义分析，揭示作为叶青东巴教仪式表达生发意义基础的宇宙论人观建构，并由之出发对东巴教仪式的实质内涵：人通过东巴祭司与三界超越存在进行文化交流及其过程性的三阶规律做出阐

① 建红英.仪式符号与文化功能——豫西地区西水头村建氏族丧葬礼仪个案的考察[J].求索，2011（3）：66-68.

② 王伟.仪式过程与符号象征——索伦鄂温克火神祭祀仪式的田野研究[J].世界宗教文化，2011（2）：85-89.

③ 冯彤.“和纸”的制作工艺及象征文化阐释[D].中央民族大学，2008.

发；[①] 李宏富“通过多年搜集的枕顶绣实物，结合历史文献和考古文物资料，运用民族学象征文化理论，对这一具有丰富文化内涵的历史文化遗产进行全面系统的探讨、阐释：枕顶造型艺术的主要内容是由鸟兽、花卉、人物故事、建筑、器物、文字、几何形等组成的图案，其表现的文化象征符号——吉祥物，是以一种非语言的信息传递方式，通过象征意义反映人们的祈福观念和心理愿望。枕顶图案符号是其象征系统的表层结构，是物化的符号，而隐藏在符号背面的意义是其要表达的内容，是枕顶图案象征体系的深层结构，二者构成是一个有机的统一整体”[②]；王杰文以陕北、晋西的“伞头秧歌”为研究对象，在考察秧歌展演的年节情境与秧歌形成、发展的历史脉络的基础上，全面地分析了伞头秧歌的仪式过程与表演体系，揭示了其潜在的秩序性意义与诙谐性内涵，进而从历时的、结构的、比较的视角总结了陕北、晋西年节庆典的象征性意义与结构性功能。[③]

（二）符号与人关系的研究

卡西尔将人定义为“符号的动物”，将人与符号之关系引申出来，并对“人创造符号，符号反过来作用于人”之关系运展进行说明，为符号与人理论的发展开辟了道路。而20世纪五六十年代，随着米德“综合理论”的发展，“符号互动论”之概念和发展得到后人学者的普遍关注；并成为以布鲁默为首的芝加哥学派和库恩为首的爱荷华学派的激烈纷争；即便如此，符号互动理论以“极力强调人类制造和使用符号的能力，通过符号完成‘符号性交往’，实现人与人之间的有效沟通；通过社会互动

---

① 鲍江.象征与意义——叶青村纳西族宗教仪式研究[D].中央民族大学，2003.

② 李宏富.枕顶秀的文化意蕴及象征符号研究[D].中央民族大学，2004.

③ 王杰文.仪式、歌舞与文化展演：陕北·晋西的“伞头秧歌”研究[M].中国传媒大学出版社，2006.

的开展，实现人类心智和能力的发展”[①]之内容彰显，对“符号、社会、互动”等关键词进行阐明，为符号、人、社会的有效运行提供理论支撑。

国内对符号与人关系的理论研究则从梳理符号学理论的发展脉络入手，对理论发展中人与符号之关系进行分析，进而反思理论的价值和现代应用。齐效斌从“人的生存之维”的哲思出发，在人的符号形式创造之过程中纳入“人的生存之维”，建立人（‘生命本能’）与符号的深层联系，探析出人经由符号创造而完成的对自身人性的充实和发展。[②]孟庆艳通过对西方早期符号学理论的梳理，从符号哲学之视角，探析了文化符号与人的创造本性之关系；对卡西尔的哲学命题“人 — 符号 — 文化”进行了分析与思考，对人创造符号，进而生成文化之活动的价值，即对人的创造本性之养成与发展进行阐释；并运用马克思主义的立场，对人的文化活动的符号特征及其“人的本质”进行思考。[③]

国内对符号和人关系的研究主要集中在符号对人的意义和功能上，特别是对符号的教育意义和价值进行了阐释。叶正渤通过对汉字这一文化符号的介绍，指出汉字不仅能够充分体现光辉灿烂而又丰富多彩的古代文化，记载、传承华夏文明，而且还有非常大的化育作用。所谓化育作用，指文字对人的教育功能，汉字方便了人们识古知今，使教育活动得以实现，在这一过程中也对人的发展产生了重要的影响；[④]刘莉在对中华民族文化的符号体系与意蕴进行阐释的基础上，提出了这些符号对民族成员的民族认同、国家认同的价值；并在全球化的浪潮中，民族文化符号意义遭受西方符号意义的消解、变形现实下，提出必须有意识地生

① 乔纳森·H.特纳.社会学理论的结构[M].邱泽奇等译.北京：华夏出版社，2006：326-337.

② 齐效斌.人的自我发展与符号形式的创造[M].中国社会科学出版社，2002.

③ 孟庆艳.文化符号与人的创造本性 —— 西方早期符号理论研究[M].沈阳：辽宁大学出版社，2006.

④ 叶正渤.汉字、文化以及汉字与传统文化[J]汉字与历史文化，2011（1）：92-94.

成、强化、传递和保存民族文化符号。[①] 徐瑞运用符号学理论对《周易》运动体系所构成的运动变化进行分析，从而提炼出符号系统蕴含的象数易理，其中提出《周易》符号所传递的信息，有自外而内者，有自内出者。不可小视其心性本源的作用，不可小视其作为心灵学问之研究；而且符号诠释的核心基础是人性的丰富、微妙、多样和多面。[②] 桂香指出，“符号作为客观世界认识所诉诸的载体不仅能引导人探索客观世界，而且符号在教育中也较好满足了教育领域所需用的一些特殊功能，如可计划性、可传递性、可评价性，因而符号进入教育是一种必然，教育需要传承人类文化，教育需要师生交往，教育需要人的思维，而这一切都是借助符号来完成的”[③]。陈雪英指出，苗族服饰符号是苗族人自己建构的地方性知识，是图腾崇拜、祖先崇拜、历史记忆及生殖崇拜的载体；其中所蕴含的精神文化内涵的传承，具有重要的教育价值：培育民族审美观、增强族群认同感、促进个体社会化。在全球化语境中，将这种地方性知识纳入苗族地方课程，是丰富教育资源的重要途径。[④]

还有学者对不同民族存在着的文化符号的教育意蕴进行了专题研究，将文化符号与人的关系进行了实例分析。吴晓蓉在文献搜集、整理的基础上，通过实地考察，对摩梭成年礼仪式这种文化符号的教育功能进行了专题研究，得出摩梭人成年礼仪式具有深刻的教育意义，包含了教育诸因素，是摩梭人民族性发展的重要途径，并通过摩梭成年礼仪式这种蕴含教育意义的活动形式对当前学校教育进行了反思；[⑤] 陈雪英通过对贵州西江苗族“换装”礼仪的田野考察，从教育人类学视角对“换装”

① 刘莉.全球场域下的民族文化符号的传承与创新[J].广州大学学报，2010（12）：51-54.

② 徐瑞.《周易》符号结构论[D].山东大学，2010.

③ 桂香.教育符号化的困顿和超越[J].现代教育论丛，2010（10）：89-91.

④ 陈雪英.苗族服饰符号的教育价值诠释[J].贵州民族研究，2010（5）：58-63.

⑤ 吴晓蓉.仪式中的教育——摩梭人成年礼的教育人类学分析[D].西南大学，2003.

礼仪这种文化符号进行了结构和功能的阐释分析，阐释了“换装”礼仪的教育内涵与意义，即“换装”礼仪如何实现了苗族文化传承与民族认同。① 李爱荣从集形象性、生动性、娱乐性于一体的动画的特征、表现手法、技术发展入手，对其在儿童认知与技能、思维发展、审美能力的价值进行分析，并探讨动画符号在学校教育中的开发与利用。② 曾慧通过对满族服饰文化变迁的研究，指出服饰同语言一样，也是一种符号，并作为一种无声的语言参与了人际关系的协调；服饰的创造和传承是以符号为媒介，服饰是记录人类物质文明和精神文明的历史文化符号等。③

三、国内外关于歌谣的研究

民歌，即“民间歌谣,（在学术及口头表述习惯中的‘民歌’概念，严格来说与‘民间歌谣’略有异同，一般歌与谣的区别在日常表述的语境中常被忽略），并常常被作为‘少数民族地区’‘传统社会’‘民间社会’遗留下来的‘文化遗产’等文化符号”④ 。它因源于生产生活、体裁多样、灵动和谐之特点，深受当地人们的喜爱，并作为人们交流互动的主要途径，满足不同人群的需求，蕴含着独特的民族文化意蕴，对歌谣使用者产生重要影响。

（一）歌谣的文化内涵及价值影响研究

歌谣作为民间的一种艺术形式，活跃在人们的生活中，除此之外，由其缘来可知歌谣的产生和发展与当地的民风民俗密不可分，具有丰富的文化意蕴，而且歌谣因其独特的表达方式，在民族的历史记录、知识

① 陈雪英.西江苗族“换装”礼仪的教育诠释[D].西南大学，2009.

② 李爱荣.视觉文化时代动画的育人价值研究[D].华东师范大学，2011.

③ 曾慧.满族服饰文化变迁研究[D].中央民族大学，2008.

④ 覃慧宁.一个“中间圈”的“世界”——广西宜州历史与信仰的人类学考察[D].中央民族大学，2010：129.

传播中发挥着重要作用。石丽芳在对我国第一部多民族民歌集《粤风》文本分析的基础上，探析了其所具有的文化意蕴，“即以稻作文化为核心的越文化为底蕴，汉、壮、瑶三族的文化融合：经济形态上相互靠拢；语言上独立之中又相互影响；风俗习惯方面求同存异；教育方面相互渗透又各具特点；佛教、道教等宗教对岭南的渗透。这些文化通过《粤风》的歌谣传达出来，使人透过歌谣可一窥岭南复杂丰厚的文化内涵”。并且“《粤风》作为明末清初的多民族民歌集，其价值是多层面的，包括民族学的价值、民俗学的价值、语言学的价值、艺术价值等，而且对后世产生的影响也是不可估量的”：因《粤风》是多民族的民族集，它记录了岭南汉、壮、瑶民族的歌曲，因记录的是原文而不是汉译本，而将古壮字这种壮族文字记录下来，并对岭南地区的社会史实进行反映，具有珍贵的史料价值；《粤风》作为多民族情歌集，体现了多民族的交流和融合，歌曲背后蕴含的信息和意义，使其具有无可替代的文化学和民族学的价值；在《粤风》中，汉语属汉缅语族，壮语属壮侗语族，瑶语属苗瑶语族，三种不同语族的语言能够平和妥帖地融合在一起表达同一样情绪，并且自然和谐，是语言学的一种奇异现象。《粤风》中含有丰富的语言材料，包括汉语、壮语、瑶语，且汉语又分为粤方言、西南官话方言、客家方言等等，对研究语言接触、汉语的流变等提供资料，因此，《粤风》具有重要的语言价值等。① 杨朝忠在对流传于黎平北部山区的一种古老歌谣——“屋歌”（作者将其解释为“在家里演唱的歌”，是当地村民——主要是侗族依据本地风俗习惯“特许”在自家屋子里演唱的一种歌谣）考察和介绍的基础上，对“屋歌”的社会功能进行了阐释：老一辈通过歌唱的形式将本民族历史的、劳动的、生活的、道德的知识传授给青少年，使其对社会事象有一个感性的认识，使“屋歌”具有了知识传授之功能；老人以歌作为教育的手段，告诫人们要相互尊重、相互

① 石丽芳.《粤风》研究[D].中央民族大学，2010.

团结，不损人害己，遵守行为规范，使“屋歌”呈现道德教化功能；日常交往中，人们均以歌来表情达意，通过“屋歌”对唱，增强宾客相互间的感情，使“屋歌”具有了交往功能；侗家人十分注重宾、客之间的往来，如遇谁家有喜事之时，众客亲都会以歌加以夸赞，并相互祝福，使主人心满意足，主人则以盛情款待宾客，增强相互之间的信任及友好，因此，“屋歌”也具有礼仪的功能；此外，对唱“屋歌”是当地村民自娱自乐的一种生活方式，村民们很多时候以对唱“屋歌”来相互调侃，并以此为乐，丰富了村民们的业余文化生活。同时，通过巧妙盘问式的对答，增强“屋歌”带给民众的兴趣和吸引力。因此，“屋歌”具有娱乐的功能。① 田穗、侯天庆通过西江苗族民间歌谣中的时政歌、社交祝词、农事歌、起造歌（房屋建造）和其他一些歌谣来分析苗族民间歌谣中蕴含的民俗事象，包括社会民俗、物质民俗、精神民俗及语言民俗，探寻西江苗族蕴于民间歌谣内积极向上的民族审美情趣。而且民间歌谣折射出西江苗族历史、人文、语言等方面的民俗事象是我们追溯、研究民族文化极珍贵可靠的第一手资料；西江苗族民间歌谣是民族文化传承的精髓积淀，是了解西江苗族民俗、研究西江苗族文化的向导。②

Gülüm K.、Ulusoy K.以阿德亚曼大学教育系的80名就读社会课程的留学生为样本，探究民歌歌词与人的事物和行为的关系，检验民歌的使用对他们学业成就、课程学习的影响。研究发现使用民歌教学的学生对社会文化、环境、经济的理解和课业成就等均高于未使用民歌学生。③ GardinerJM、RadomskiE以48名本科生为被试（包括24名来自伦

---

① 杨朝忠.黎平北部山区“屋歌”研究[J].贵州民族研究，2010（1）：117-120.

② 田穗，侯天庆.贵州西江苗族民间歌谣内蕴之民俗事象管见[J].贵州民族研究，2011（4）：82-87.

③ Gülüm K，Ulusoy K.The Usage of Folk Songs in Social Studies Lessons when Teaching Immigration（A Case Study）[J].Elektronik Sosyal Bilimler Dergisi，2008（7）：112-127.

敦城市大学的英国籍学生和24名生活在波兰彼得哥什地区的不同高校的学生），对波兰、英国民谣在民间的记忆识别的意识进行研究，以歌谣为个案，探究了记忆、认知与意识的独立关系，证实并拓宽了先前的研究发现。[①] Aiyejina F. 等人讨论了与神崇拜密切相关的特立尼达拉岛约鲁巴的两种音乐主体，并分析这种由非洲奴隶带入新大陆的音乐随着文化崇拜和社交活动的进行而发生的变化，它们在语言和其他方面的变化，折射出传统文化在新大陆呈现的独特的再创造和非洲身份在全球更大范围的推广。[②]

（二）歌谣的源来与流变研究

不同民族和社会的歌谣文化不是凭空产生的，而是扎根于当地的天地系统，取材于人们的生产生活，具有鲜明的地方性和民族性之特点。李言统[③]（作者将“故事歌”定义为民间演唱的含有故事情节的一种口头韵文叙事，内容多是一个人或几个人的命运升降，甚或一个家庭的喜怒哀乐和悲欢离合的故事）以20世纪以来流传于甘青地区的汉语故事歌为个案，指出如果将故事歌作为歌谣的一种类型，其源头自然要追溯到古代的歌谣总集《诗经》，因为《诗经》除了“桑间濮上”的恋歌外，还有民间的一些农歌，一些社饮、祷神、收获的歌等，使整个农业社会的生活状态都被生动翔实地表现和叙述出来，为叙事歌的发展奠定基础；两汉时代乐府诗歌中一些篇幅较长的叙事歌如《陌上桑》《白头吟》《孔雀东南飞》等以成熟完备的叙事方式、曲折生动的故事情节为故事歌的发展提供范本；并在发展的过程中，由于在流传中与各地方言和民间歌曲

① Gardiner J M, Radomski E.Awareness of Recognition Memory for Polish and English Folk Songs in Polish and English Folk[J].Memory, 1999, 7（4）: 461-470.

② Aiyejina F.Context and Meaning in Trinidad Yoruba Songs: Peter Was a Fisherman and Songs of the Orisha Palais[J].Research in African Literatures, 2009, 40（1）: 127-136.

③ 李言统.故事歌研究[D].西北民族大学，2010.

的结合，因而不断孳生出许多新的曲种，并伴随着文化交流、民族迁徙等外部条件的影响，使故事歌渐渐集中到广大的农村地区，并得到很好保存。此外，故事歌之所以具有顽强的生命力，主要在于它是百姓所创造，具有坚实的民众基础；并深深扎根于人们生产生活的土壤之中，通过民间传说和历史故事等形式表达人们的意愿和需求，反映人们的爱恨和疾苦，成为民间一种重要的娱乐样式。潮鲁在《蒙古族长调牧歌研究》[①] 中对蒙古族长调牧歌的缘来进行了探究，认为蒙古族长调牧歌的形成和发展，与北方草原游牧民族的宗教信仰、狩猎生活及游牧生活密切相关，并从祖先崇拜、自然崇拜、动物图腾、原始宗教、生存环境等方面，分析了这些因素对长调牧歌的影响和与它的密切关联；此外，蒙古族游牧迁徙的生活特点，使其长调牧歌的形态特征和表现内容也随着生活环境的改变而发生相应的变异。陈才佳等人[②] 从传播学视域，分析平地瑶所拥有的音乐文化——梧州歌在传播过程中，外部生态环境的变化、读者误读、传承人自身素养、制度剧变、现代媒介的冲击等，致使这种平地瑶历史积淀的产物和文本，其原生意义发生了流变。陈晓锦、高洵通过对广东民间歌谣在东南亚流播情况的调查，分析了广东粤、客、闽歌谣在东南亚华人社区的发展，探析东南亚华人歌谣的新特点：华人不但传唱来自祖籍地的老歌谣，还适时修改老歌谣，创造出反映居住国文化经济风俗，反映华人群体在异乡生活状态的新歌谣，使其民间歌谣在华人社区发生了流变与发展。[③]

法国学者葛兰言先生在《中国古代祭礼与歌谣》一书中，以《国风》情歌为例，指出“中国古代歌谣不是学者所做，而是即兴所唱之作；这

① 潮鲁.蒙古族长调牧歌研究[D].福建师范大学，2003.

② 陈才佳等.传播学的视阈：口传梧州歌的意义流变[J].艺术百家，2010（8）：348-350.

③ 陈晓锦，高洵.广东粤闽客方言歌谣在东南亚华人社区的流变[J].暨南学报，2010（3）：115-123.

些歌谣真切地反映了中国上古的社会形态，这些歌谣是古代社会习俗的反映，是祭礼仪式的模写”[①]。Archer J. 从历史的角度，用具体的歌曲为实例，探寻了随着毛利人和新西兰白种人文化上的接触和交流，他们的歌曲发生了交流和融合，使歌曲在歌词、旋律、用法等方面发生了多样的变化。[②] Moore A. 以过去十年间英国民间音乐和流行音乐的关系为背景，通过音响和书面材料分析相结合的方式，探究民间音乐具有的审美特征，并在此基础上分析了最近十年民间音乐审美出现的“突变”。[③]

（三）歌谣的生存境遇和传承发展研究

随着歌谣在不同群体间的传唱和外界多媒体手段的强势影响，各民族歌谣的生存遭遇巨大挑战，其传承也陷入困境。刘雯通过番瑶音乐与周边民族音乐的比较，得出番瑶音乐在与他民族音乐交流的过程中，不断汲取养料，完成融合与发展之态；并通过对歌师成长历程的追踪和记录，梳理出番瑶人的歌唱传承模式：一是先学习歌唱技法再学习歌词；二是歌词的学习顺序是先学习《下部歌》，再学习《上部歌》，最后学习《尾部歌》；三是学习歌唱的同时，注意对于歌唱行为的学习，即歌师的成长主要倚靠表演竞争的实践活动。番瑶人的歌唱传承体现了由简单到复杂、由固定背诵到自由编唱、由拜师学歌到实践锤炼的科学有序的传承模式。[④] 罗丹阳通过对黔东南清水江两岸的台江、剑河、施秉等县苗族村寨的实地考察，追踪和收集苗族古歌传承人的个人成长经历、习艺过程、演述实践及其目前生活状态；通过传承人传习活动的描述，探寻古歌的传承方式和规律：主要依靠口头教授、师徒传承和社会传承等方

---

① 转引张欲晓. 歌谣源于祭礼 [J]. 社会科学论坛，2010（12）：55-56.

② Archer J.The Little Waiata That Ran Away：Songs from the Maori-Pakeha Cultural Interface[J].Journal of Folklore Research，2007，44：239-247.

③ Moore A.The End of the Revival：the Folk Aesthetic and its ‘Mutation’ [J].Popular Music History，2009，4（3）：289-307.

④ 刘雯. 番瑶音乐文化研究 [D]. 福建师范大学，2010.

式进行古歌的传授；然而由于歌师们表达能力的限制，主要采用唱的方式和问答形式来表情达意，并用生动、形象的浸染着乡土气息的本土话语来对歌词大意进行阐释和说明，例如，“歌花”（“歌花”用当地方言术语表述为“称呼”，指双方在对唱的时候，临时编的一些唱词）和“歌骨”（“歌骨”用当地方言术语表述为“路数”，唱歌时，每问一个问题，每解答一次，唱词内容和格式有一定的套路，特别是主题思想，都是一致的）。[①] 徐赣丽在对广西壮族农事歌谣分类的基础上，对其生存境况进行了阐释：壮族农事歌谣丰富多样，既有传授农业生产经验的歌谣，又有鼓舞斗志和调节情绪的农事歌，还有围绕农业生产进行祭祀活动的歌谣。这些丰富的歌谣不仅实现了生产生活经验的传授，也满足了壮民情感的交流；然而近年来随着社会的变革和时代的变迁，这些歌谣越来越少有人唱，面临着被遗忘或失传的境地。究其原因，可知农业风俗的改变、生产劳动中的娱乐放松作用的消失、整个社会的唱歌风气的衰弱等因素，影响着农业歌谣的传唱，造成农事歌的衰微。面对这种情况，如何唤起人们对民间歌谣的热情和兴趣成为延续民歌文化传统的新的方式。[②]

Ward M. 对美国童谣在大学生群体中的掌握情况进行了调查，得知很少有学生能够演唱遗留下来的童谣作品，而且大学教师也很少教授那些流传下来的童谣作品；更为严重的是几乎没有学生能演唱记忆中的美国民谣，美国民谣，包括童谣面临消逝的危险，基于此，高校教师应采取积极行动，拓宽音乐教育内容，在爱国歌谣教育的基础上，提高对童谣和民谣的重视和教学，增强这些歌谣在大学生群体中的掌

① 罗丹阳.苗族古歌传承的田野民族志：以黔东南双井村“瑟岗奈”为个案[D].中央民族大学，2011.

② 徐赣丽.广西壮族的农事歌谣及其生存境况[J].古今农业，2011（1）：10-16.

握。[①] Atkinson D. 通过对应该印刷材料的整理和分析，探讨了传统以文本样式继承之路向，寻求歌谣出版的新方式：虽然大量歌谣已被廉价地出版和发行，但是如何在口传方式之外，寻找一种本土化的、灵活多样的、离心的文化样式，为传统的继承提供实例。[②]

（四）歌谣的内容和艺术特色研究

歌谣因源自人们的生产生活，因而歌种和内容便囊括生产生活的方方面面，并呈现出内容丰富、范围广泛之特点。巴奈·母路探讨台湾省花莲县北部阿美族里漏社祭祀团体岁时祭仪音乐，从祭仪因素、祭仪对象、仪式时间出发，整理祭仪元素所构成的各种不同岁时祭仪中的歌曲；并探寻这种独特音乐的旋律特征：以歌曲中，三个相邻下行音内的四度、二度音程关系为主轴；在一首歌曲的首、中、尾部分，所具有之首尾呼应性，首中尾之串联性及歌曲与歌曲间之衔接性以构成线性音乐的路。并以祭师专有的歌唱形式，以歌词中（a、i、e、o、ai）的衬词，呈现出天–地–人的关系，使音乐的歌词与旋律，具有文化之路的指向性。[③] 李言统在对20世纪以来甘青汉族故事歌的专题研究中，在对故事歌文本分析的基础上，依据故事歌的情节，将其分为历史传奇故事歌、爱情婚姻故事歌、日常生活故事歌；并根据主题，将其划分为行孝型、骂媒人型、团圆型、相思型、施虐型，从而总结出故事歌具有的自由灵便的口头叙事、二元对立的叙事结构、充溢其间的悲剧精神和诙谐幽默的喜剧效果等主要的审美特征。[④] 祈慧民以青海互助土族民歌为个案，利用“音–地关系”理论和依据“语言谱系分类法”，从语言学视角将极其浩繁的民歌

---

① Ward M.The American Children’s Folk Songs Survey[J].Arts Education Policy Review，2004，105（3）：17–22.

② Atkinson D.Folk Songs in Print：Text and Tradition[J].Folk MusicJournal，2004，8（4）：456–483.

③ 巴奈·母路.灵路上的音乐——阿美族里漏社祭师岁时祭仪音乐[D].福建师范大学，2002.

④ 李言统.故事歌研究——20世纪以来甘青汉语故事歌为例[D].西北民族大学，2010.

划分为母语歌（土语民歌，包括哭歌、舞歌、儿歌、酒曲、叙事歌等）、外来语歌（土藏语民歌和藏语民歌，包括土、藏语歌的舞歌和藏语的酒曲）、融合语歌（土、汉语民歌和汉语民歌，包括土、汉语的儿歌、叙事歌、婚礼歌和汉语的叙事歌、酒曲和花儿）。[①] 何明智通过对中越边境地区的壮族布傣支系与京族喃字歌谣的比较，指出两个民族民间歌谣在内容、形式等方面存在的较大差异：壮族布傣支系无论是宗教仪式歌还是婚俗歌普遍以“帝王学”教育为主要内容，还尤其注重讲述族群久远的历史；而京族先民保有的“平民”意识，使其歌谣具有亲民性，而且民间歌谣还是“与时俱进”的，不同时代的歌手不断创作出新的歌谣。在喃唱形式上也存在明显差异。[②]

Viljami K. 分析了吉普赛传统音乐的特点和存在情况，虽然吉普赛人在16世纪早期进入芬兰，但是其传统音乐得到很好的保存，这主要得益于他们自身的特殊举措；而且从其音乐形态来看，芬兰吉普赛人的传统音乐其衬词与芬兰南博滕区的雪橇歌密切相连；歌曲旋律为单声部的、无伴奏的，并以自然的小调进行排列。音乐的主题来自民间传说，是吉普赛人过去生活和文化的展现；作者在文中还整理和收集了辛酸的爱情歌、有关马匹贸易和市场的歌、吹嘘的歌等。[③] Feyzioğlu N. 以“SarıGelin”音乐为个案，从其所提及的历史故事出发分析了土耳其民间音乐的样本和旋律特征，得出“SarıGelin”音乐是从民间故事中分离出来，其旋律遵循土耳其民歌的话语特点和旋律组织方式，而且在土耳其民歌中占据重要位置，是土耳其文化的一部分。[④]

① 祁慧民.杂居区少数民族民歌分类新构想[J].音乐研究，2010（5）：58-66.

② 何明智.壮族布傣与京族喃字歌谣比较研究[J].广西民族研究，2009（3）：117-121.

③ Viljami K.The Traditional Songs of the Finnish Romany：Silent Tradition[J].Romani Studies，2008，18（1）：71-91.

④ Feyzioğlu N.The Story of the Song of Sarı Gelin（Blond Bride），Its Versions and Analysis of Its Melody[J].EKEV AKADEMİ DERGİSİ Yıl，2008，12（37）：215-226.

通过对国内外歌谣相关研究的梳理，得知学者们已从不同视角对歌谣的历史发展、音乐特色、传承应用、蕴含的文化意蕴和具有的价值等方面进行了研究，使得歌谣作为一种艺术形式得到更多群体的关注，为歌谣的生存和发展提供动力支持。然而从研究内容来看，国内对歌谣的研究主要侧重在歌谣历史与传统的梳理和承扬，如徐新建以民国时期的“歌谣运动”为突破口，探究“歌”“学”的关系和对诗歌文化的溯源，认为“诗的源头是歌谣”；并对这一时期民间歌谣、民俗等事象与“国学”的交流与互动等问题进行了探究；[①] 而国外则重点研究歌谣的现代应用与开发等，如Zoltán J. 描述了使用自动分割的数据库系统来处理大量的民歌集，其运作规则主要基于从最典型的动机等值线得来的自组织映射，并利用这种系统对欧亚大陆11种文化的典型动机集合进行了研究，以分析地理区域内文化允许我们绘制关联曲线的重合部分。[②] 从研究方法来看，国内的研究主要采用人类学的田野调查和民族志的书写等对民歌的内容形态等进行收集，并对其意义和价值进行分析；而国外的研究则采用实证研究法，通过被试的选择和分层抽样等方法对歌谣的现状问题等进行探究，并采用比较研究法对不同文化背景下歌谣的形态与交融情况进行分析。

四、国内外关于“坡芽歌书”的研究

（一）“坡芽歌书”符号特征与意义的研究

卡西尔在《人论》中说：“自发性和创造性是一切人类活动的核心所在 …… 人所做的不过是建造他自己的宇宙 —— 一个使人类经验能够被

① 徐新建. 民歌与国学 —— 民国时期“歌谣运动”的兴起与演变[D]. 四川大学，2002.

② Zoltán J.Automatic Segmentation and Comparative Study of Motives in Eleven Folk Song Collections Using Self-Organizing Maps and Multidimensional Mapping[J].Journal of New Music Research，2009，38（1）：71-85.

他所理解和解释、联结和组织、综合化和普遍化的符号的宇宙”。[①] 人通过符号化的活动建造一个反映他们现实生产、生活的世界，从而构建本民族文化的“扇面”，滋养个体发展。而且“全部人类行为起源于符号的使用；语言符号使我们的类人猿祖先转变为人并成为人类。仅仅由于符号的使用，人类的全部文化才得以产生和流传不绝”[②]。因此，人、符号、文化构成一相互作用的系统，共同服务人类文明的进展。

“坡芽歌书”81个符号是区别于他物的重要标志，体现了壮族先民质朴与原始的表达方式。王志芬以云南富宁县坡芽村的田野考察为基础，利用符号学理论，从“坡芽歌书”歌词大意、符号本义、符号象征、思想内容、表现手法等方面，对歌书的81个符号进行了意义解读，对符号体现和蕴含的壮文化意蕴进行了阐释，并对“坡芽歌书”作为壮族非物质文化遗产的价值和保护进行思考。[③] 王志芬通过对“坡芽歌书”符号内容、表现形式的分析，总结了歌书符号的表达特征，即大部分的符号只是把事物形象的特征表现出来，其主要目的记录歌词而不是用以建立艺术形象等。[④]

（二）“坡芽歌书”符号性质与价值的探索

周有光先生在《世界文字发展史》中说：“语言使人类别于禽兽，文字使文明别于野蛮，教育使先进别于落后。”[⑤] 语言与人类相伴而生，而文字的产生、发展则历经漫长时期，是先民智慧的凝结，是文化传承方式的变革，是民族文明发展的结果。文字，不论是早期的刻符、岩画、还是当前的表音文字，作为一种符号，都凝结了人对事物的认识和思考，

---

① 恩斯特·卡西尔，人论[M].甘阳译.上海：上海译文出版社，2004：304.

② 怀特.文化科学[M].曹锦清等译.杭州：浙江人民出版社，1988：21.

③ 王志芬.云南壮族坡芽歌书符号意义解读[D].中央民族大学，2009.

④ 王志芬.《坡芽歌书》图案符号研究[J].云南民族大学学报（哲学社会科学版），2009（3）：44-47.

⑤ 转引胡泳.阅读的未来[J].读书，2011（12）：63-73.

具有丰富的内涵，即文字创生这一符号化活动凝结了人的经验认识和生存智慧，是个体发展的重要途径。“坡芽歌书”作为壮民的创造成果，由81个符号和81首歌构成，符号构成歌书的独特性，因为符号对应的81首歌在壮乡传唱的范围很广，唯一的区别是符号的存在。歌书的创生，特别是符号的形成，不仅体现了壮族先民的智慧和创造性，还是壮民用以将本民族文化独特性保存并代代相承的重要媒介。

通观歌书81个符号，在其结构和造型特点上，是单体和合体的组合，是具象和抽象的统一，每个符号具有不同含义也对应不同歌词。且81个符号以看似简单、直观的方式去表达完整81首情歌的方式，吸引不少研究者对描绘在土布上的这些符号进行探究。女书研究专家赵丽明教授从文字的定义、文字发生学理论对“坡芽歌书”符号的性质、文字形态、记录语言的功能等几方面对歌书符号与文字的关联进行了探讨，认为“坡芽歌书”是一部壮族爱情组歌，在文字形态上，比东巴文更原始，是不能完整记录语言的图符文字。[①] 王元鹿，朱建军在赵丽明教授的基础上，对“坡芽歌书”符号的性质及其在文字学领域的价值进行探索；认为“坡芽歌书”符号是一种古老的语段——表意文字，它的存在对于研究早期文字的发生、形成、发展规律等具有重要的认识价值。[②] 李锦芳等人通过对“坡芽歌书”文化背景，如流传地及使用者、歌书生长的文化土壤、歌书的语言背景、歌书的艺术表现形式及内容、歌书的功能、歌书的传习方面的阐述，探索了“坡芽歌书”符号的文字性质：“坡芽歌书”符号可能是目前已知的距离图画文字最为接近的一种早期文字，它为人们研究文字的形成和早期发展的特征提供了一个活的标本。[③] 王志

① 赵丽明.“坡芽歌书”的符号是文字吗[J].文史知识，2009（7）：52-58.

② 王元鹿，朱建军.“坡芽歌书”的性质及其在文字学领域中的认识价值[J].华东师范大学学报（哲学社会科学版），2009（5）：78-81.

③ 李锦芳，刘冰山等.壮族“坡芽歌书”及其文字性质[J].中央民族大学学报（哲学社会科学版），2010（1）：108-115.

芬在对“坡芽歌书”符号解读的基础上，认为“坡芽歌书”的图案并不是图画，而是已经脱离了原始图画的阶段开始向文字方向转变，即歌书中的符号是一种自源性图画文字。① 权迎、米恩广从“坡芽歌书”符号结构、符号行为过程、符号内容表达层面，提出“坡芽歌书”符号文化的多元价值，即社群主体与个体的统一、抽象与具体的统一、内心与外在的统一。②

从2006年“坡芽歌书”发现至今，不少文字学专家对歌书所含的81个符号进行了分析，认定歌书符号已具有早期文字雏形的特点，是研究早期文字发生、发展的活文本；从存在时间上来看，黄懿陆认为歌书的形成年代应不晚于东汉时期，对窥探壮族的历史和社会发展提供线索；104岁的语言学家周有光先生为“坡芽歌书”题词：“坡芽歌书，文字之芽。”总的来说，学者对歌书符号的研究，认定了歌书符号的文字属性和价值，激发了壮民对这种非物质文化遗产的“自觉”。但仍存在不足，首先是对歌书符号性质和价值的探索，缺少文字学视角下深入、专题的研究，研究的深度仍有待加强；其次，歌书符号作为一种图像造型，具有鲜明的个性，对其进行的图像学、美学方面的研究也甚为缺乏。

（三）“坡芽歌书”文化内涵的解析

“坡芽歌书”作为一种文化形式，而文化是由“人自己编织的意义之网，对文化的分析不是一种寻求规律的实验科学，而是一种探求意义的解释科学，即分析解释表面上神秘莫测的社会表达”③。因此，对“坡芽歌书”这种文化形式的分析，是探求其意义的过程，从而实现理解这张“网”，更重要的是理解“网”上所附着的深度。

① 王志芬.《坡芽歌书》图案符号研究[J].云南民族大学学报（哲学社会科学版），2009（3）：44-47.

② 权迎，米恩广.从象—形—义到物—符—音：壮族坡芽歌书符号文化演绎之路向[J].广西民族研究，2018（1）：144-145.

③ 克利福德·格尔茨.文化的解释[M].韩莉译.译林出版社，1999：5.

“坡芽歌书”作为壮族一种非物质文化遗产，具有丰富的文化内涵和意蕴。何正廷指出，“坡芽歌书”作为壮族一种古老的文化遗存物，之所以能够承传到现在，是因为壮族歌圩这片广袤的土地；歌书所承载的81首情歌，构成了歌圩中青年男女对歌的主要素材，且歌书的发现使壮族已遗失的民族记忆重新被唤醒，具有重要的学术价值。① 黄懿陆从歌书形成年代、歌书内容、歌书意义三方面对富宁“坡芽歌书”进行评析，认为歌书为“壮族爱情三部曲”；歌书作为壮族口传文化的重要组成部分，具有壮族百科全书的性质，对研究壮族社会的各方面具有重要的价值。② 查明华以“坡芽歌书”为对象，对歌书反映的对歌联情过程进行了分析，概括出壮族文化心理的典型特征，如待人的朴实与谦和、涉世的聪慧与审慎、婚恋的重情与重义等，为认识壮族共同文化心理提供了线索。③ 王志芬通过“坡芽歌书”符号与铜鼓、崖画图案的比较，分析了这种至今仍在壮民生活中发挥作用的活态文化形式的符号特征，如歌书中出现的图案鸟、鱼、马、人物、干栏式建筑、犁、斧、船、花等在南方铜鼓和西南岩画中也经常出现。并通过对比，认为“坡芽歌书”是南方古越人文化传承载体，体现了壮文化特色。④ 还有学者以歌书所含的81首情歌为对象，分析其中体现的壮族传统社会的夫妻角色；通过男性对妻子的期望及女性对妻子角色的认同、女性对丈夫的期望以及男性对丈夫角色的认同两个路径，对歌书情歌中的夫妻角色特征进行了解读。⑤ 米恩广、权迎，以壮族“坡芽歌书”符号创生和传承活动的调研为基础，对符号创生中符号化对象的经验知识得以凝结，符号背后的意

① 何正廷.坡芽歌书与壮族歌圩[J].文山师范高等专科学校学报，2007（4）：22-25.

② 黄懿陆.富宁坡芽歌书评析[C].云南省当代文学研究会文学评论选，2007：131-139.

③ 查明华.《坡芽歌书》中的壮族文化心理探析[J].文山学院学报，2011（4）：12-14.

④ 王志芬.坡芽歌书图案与铜鼓、岩画图案之比较研究[J].民族艺术研究，2009（1）：49-58.

⑤ 吴德群.壮族传统社会夫妻角色:《坡芽歌书》解读[J].文山学院学报，2011（4）：15-18.

蕴得以产生，并通过符号使用，将这些知识经验和意蕴得以传承，实现对人的发展的影响，使符号教育得以实现。①

综观以上研究，从研究程式来看，对歌书文化内涵的研究，一是从歌书这一文化形式整体出发，对其功能和意义的分析；一是从歌书的构成出发，即对所含符号文化意义的探究，或是对歌书所含情歌的文化内涵的解读。从研究内容上来看，歌书文化内涵的研究多集中在把歌书作为壮文化展演的媒介进行分析，即歌书与壮文化的关联；对歌书自身蕴含的内涵和功能，特别是歌书与其创造者之间的关系还鲜有人涉入。

（四）“坡芽歌书”所含81首歌曲的研究

壮族自幼习歌，以好歌善唱著称。汉代刘向《说苑·善说篇》中所载的《越人歌》便是明证。刘锡蕃在《岭表纪蛮》中写道：“壮人无论男女，皆认为唱歌为人生之首要问题。人之不能唱歌，在社会上即枯寂寡欢，即缺乏恋爱择偶的可能性，即不能通今博古，而为一惷然如豕之顽民。”而且，壮族历来有“以歌代言”的传统，歌伴人生，歌唱已成为他们感情表达和思维的一种方式。

“坡芽歌书”81个符号所对应的81首歌，其歌唱是以壮语进行，演唱调式和特点，亦具有重要的音乐学价值。侯静宜在对歌书整体情况介绍的基础上，以歌书演唱中使用的曲调吩打捞、吩标、吩呃哎为例，对歌书音乐曲调特点进行了探究：歌书中大量的歌曲为徽调式，其次为宫调式，且多数以“51”为核心音程；歌书某种程度上见证了五声调式的发展过程，是研究民族五声调式的活化石，具有重要的音乐价值。② 汪瑶在对“坡芽歌书”综述的基础上，对坡芽村进行了田野考察，对歌书所含歌曲进行采录，并对其进行了音乐识读：对歌书演唱中使用的6种

① 米恩广，权迎.创生—传承—化育：符号教育的内生逻辑——基于对壮族坡芽歌书符号的调研分析[J].中央民族大学学报（哲学社会科学版），2014（6）：72-76.

② 侯静宜.坡芽歌书音乐曲调特点初探[J].民族音乐，2011（1）：57-58.

曲调进行了音乐分析，对曲调流传地、曲调中的衬词等进行了分析和说明。①

总的来说，歌书发现后，在社会各界人士的积极组织与参与下，对歌书中所含的81首歌进行了壮汉翻译整理，对歌名、歌词进行了定名和翻译；不少学者对歌曲进行了录制和分析，但主要集中在对曲调特点的分析，对坡芽情歌在壮族“伦”② 文化背景下的阐释还远远不够。

总体来看，对歌书符号的研究虽有学者已经涉及，即从符号的表现形式、内容出发，对歌书符号的象征意义进行了解读；但对它的具体、专题研究还甚为缺乏，还有待进一步深入和拓展。从研究路径来看，已有研究虽从符号学视角，对符号蕴含意义进行了阐释和分析，集中把“坡芽歌书”符号作为壮文化的载体，即通过歌书符号的分析，阐释其壮文化意蕴。然而除此之外更为重要的是，“符号还是社会活动的杠杆，是个人经验与社会事实的枢纽。通过符号，人们协调内部的变化，适应外部的环境，因此符号与人的兴趣、目的、手段息息相关”③，因此，如何通过符号的阐释，探索人、符号、文化的互动方式，从而探求壮民在符号化活动中的能动性，进而理解壮民如何认识与思考外部世界，仍是有待进一步研究的课题。

五、国内外已有研究简评

（一）关于符号的研究

对符号的研究，从主题上来看，主要集中在不同民族图案（或图像、文字）、工艺、民俗活动、歌曲等符号的形成、造型特点、象征意义（文

① 汪瑶．云南富宁壮族“坡芽歌书”考察记[J]．中国音乐，2010（2）：122-127.

② “伦”，壮语为歌唱的意思．

③ 克利福德·吉尔兹．地方性知识·导读二[M]．王海龙等译．北京：中央编译出版社，2000：37.

化意义）、传承与传播、功能、价值、应用、现代转型与重构的研究；符号与文化关系的研究；现代符号化倾向问题的反思；不同符号之间关系的研究，如图像与文字的关系等。但是综观这些研究，对符号的研究还停留在对符号创生后符号本身的研究，对符号创生的过程鲜有涉及，对符号意义的研究有的只是在文献中简单提及，虽有学者对文化符号的教育功能进行了阐释，但是对直观图案符号教育意蕴的专题研究还甚为缺乏。

研究视角上，对符号的研究主要是从符号学、语言文字学、艺术学、哲学、人类学等视角出发，对符号进行了阐释分析，为本研究提供了借鉴，但从教育学、文化人类学视角进行的专题研究还较少。

研究方法上，除了理论性的一般研究外，还有田野考察、比较研究法等。本研究试图在田野考察的基础上，运用解释学的方法对“坡芽歌书”符号创生与传承的过程进行阐释分析，挖掘“坡芽歌书”符号具有的教育意蕴。

（二）关于壮族“坡芽歌书”的研究

综观“坡芽歌书”的已有研究，虽已从不同视角展开，对符号的性质、价值、意义、符号所含音乐特点等方面进行阐述，为认识和传承壮族这一文化遗存物提供了指导。但因发现时间之近，总体上对其的研究还停留在介绍和摸索阶段，深入和专题研究也还较少。

81个符号作为歌书区别于他物的标志，也是壮民创造性的集中体现，对其研究具有重要的理论和实践价值。虽然已有学者对歌书符号与壮文化进行了关联，但对符号的解读还多停留在介绍层面。而“坡芽歌书”符号作为壮民的创造物，根据卡西尔的经典论断“人是符号的动物[①]；人在创造符号的同时，又用符号创造了人自身”，也就是说，人在对天地万物体认的基础上创造符号，并通过符号将得以形成的“地方性

① 恩斯特·卡西尔.人论[M].甘阳译.上海：上海译文出版社，2004：37.

知识”代代传承，而且符号的创生与传承统一于完整的符号活动中。“坡芽歌书”正是人创造并使用符号的活范本，是主体之人参与完整符号活动的产物，因此，如何通过符号创生、传承的阐释来反观个体符号活动的进行，探究个体如何利用符号将自身与外界建立关联，在这一过程中对个体的影响又有哪些，并思考这一过程中教育行为和教育意义的发生与作用，这些问题尚需解决。

第三节　研究目的及意义

一、研究目的

本研究以云南壮族“坡芽歌书”的田野考察为基础，以歌书符号的考察为立足点，通过对歌书符号创生和传承的阐释分析，一方面探寻符号—人—文化（教育）互动共生发生和作用之方式，为人与符号关系的展开提供实证；另一方面在符号创生与传承中总结其功能和价值所在，以继承和弘扬其价值并为其现代传承和发展提供动力。

二、研究意义

本研究以阐释学的理论和方法为基础，对“坡芽歌书”符号创生与传承过程进行阐释，具有重要的理论价值和现实意义。

通过云南壮族“坡芽歌书”符号创生与传承的阐释，探讨符号活动中符号—人—教育的关系和作用，具有重要的理论意义。首先，为人与符号关系展开提供案例证明，将歌书符号的创生活动与人的发展建立关联，彰显了人的独特性所在，即创造性“劳作”；除此之外，符号传承活动中人与符号也同样发生着互动与关联，实现对人发展的影响，彰显人的“符号化的思维”和“符号化的行为”；因此，“坡芽歌书”符号既为人与符号关系的展开提供实例，还从自身独特性出发，实现了符号与教育的关联，完成了符号活动包括符号创生与传承的统一和对人全面发展的影响。其次，丰富了视觉符号的研究成果。米·米·巴赫金指出：“一切文化都可称为符号，因为一切文化总是表现为各种各样的符号，文化的创造在某种意义上说就是符号的创造”，而且人们借助符号载体完成了文化的代代相承，可以说正是符号的产生和使用才使文化得以产生和流传不绝。“坡芽歌书”符号作为壮民观法天地、取象构形的产物，符号的创生和传承，体现了壮民与外界的关系和作用，展演着壮文化的物质、制度和精神方面，具有丰富的文化意蕴和社会功能。而且歌书符号以直观形象之特点，完成了壮民记录和表达的需要，这些直观的图案符号是壮民感官表达心智的外化形式，不仅在外形和结构上具有自身的独特性，而且是视觉符号表达文化、展演文化意蕴的标本，其所具有的文化意蕴和对人的影响不容忽视。再次，为符号教育的发生和作用规律提供借鉴。符号作为人为创造之物，产生的过程凝结着人们对外界的认知，是人的认知活动的客观化和对象化，产生之后又通过创造者教授给群体成员并参与到人的生产生活中，完成群体成员对符号的习得，可以说“人对符号的习得是教育与学习的根源所在”[①]，在此，符号活动，包括符号的创生与传承完整地展现着教育的发生和对教育的内核——人的发展的影响，使得符号发生并完成教育毋庸置疑。“坡芽歌书”符号以壮民对生于斯长于斯的壮乡万物的观察、体认、分类和表达完成了直观形象符号的创生，展现了壮民丰富的创造力，体现了人与外界的和谐化生；符号创生后，通过在群体间的传承，使符号及其符号所蕴含的丰富意蕴传授给民族成员，实现了对成员民族性的滋养和“符号化思维”“符号化”行为的播化，

① 吴晓蓉.仪式中的教育——摩梭人成年礼的教育人类学分析[D].西南大学博士学位论文，2003：5.

而且符号创生与传承统一的符号活动，完成了对民族成员的全面的滋养，对符号教育的发生提供实例，对符号发生并完成教育的规律和范式进行总结，对教育理论进行反思。

通过对“坡芽歌书”符号创生与传承的教育人类学阐释，将人参与之下的符号活动予以完整描述，对理解符号活动的价值特别是教育价值具有重要启示，而且歌书符号作为壮民族的文化遗存物，在多媒体介入的今天其生存和发展也受到巨大的挑战，通过歌书符号创生与传承的阐释，对歌书在现代背景下的生存和发展具有重要的现实意义。一是对符号或者文化的传承和发展具有重要的启示；任何一种文化的传承和使用不可能脱离具体的人文社会环境，离不开对其源生的认识，而且源生过程极好地展现了民族群体自由自觉活动的实施，是符号或者文化产生的根基所在，也是符号意蕴的来源。此外，人之参与下，符号活动包括符号的创生与传承完整地统一于人性的全面发展中，两者不可分割地构成为人的自由自觉活动开展的全过程，并将符号系统各要素的关系和作用展现出来。虽然歌书符号在壮民群体间具体使用和传承了多少代至今还未得到确切答案，但是他们独特的传承和使用方式，倚重对符号创生的了解，尊重实物、图象和意义的统一的理念，是歌书符号保有生命力且生存至今的根本所在。而面对当前符号传承的手段和措施，脱离对符号创生的认识，将符号活动割裂为单纯的保护和抢救符体本身，使符号陷入失承危机。面对如此现实，如何在对符号创生认识的基础上，以符号系统和系统各要素的关联为条件对符号进行保护和传承，是歌书在未来实现更好发展的契机所在。歌书符号的生存发展如此，他文化的生存和发展亦不例外。

二是对学校教育中的现实问题具有重要的借鉴意义。“坡芽歌书”符号的创生与传承两者构成完整的符号活动，而且主体之人在完整的符号活动中，通过自由自觉的活动，借助对外物的认知，实现了符号的创生；

并通过符号的使用将符号系统的丰富意蕴传递给群体成员，实现意义的播化。在完整的符号活动中，人作为创造者和使用者，通过对外界的认知、转化和播化，完成了对人的影响的全方面和对人浸润的全过程，不仅实现了人经验知识的习得，而且更为重要的是协调了人与外界的关系，形成了与外界和谐相处等理念。而反观当前的学校教育，因贪婪追求“经济利益”而背离“可持续发展”初衷的现实，进而将培养人的活动打上了“批量生产”“短期速效”的标签，致使教育活动中“见物不见人”“片面灌输”等，使培养出来的人“难以适应经济社会发展的需求，难以适应对创新型人才的需求”，人的全面自由的发展更无从谈起。因此，应利用符号教育功能的发生来反思学校教育活动的症结所在，推动教育实践活动对人发展，对人性完善的重新定位。此外，符号因直观性、情境性等特点，应为教育活动过程所用；根据人的“最近发展区”，创设直观的和情境化的环境，还原教学过程的本真；利用符号建立教学内容与生活的关联，实现教育与生产生活的有效链接，促进人与符号互动，提高教育教学效果。

第四节　研究设计

一、研究思路

本研究立足于云南富宁壮族聚居区坡芽村的实地考察，在对“坡芽歌书”符号本原、名称、所含歌曲的曲调、歌词大意认识的基础上，对81个符号构建的符号系统进行符号学的分析，分析符号要素的内容和符号的形态特征；在此基础上，从两方面即“坡芽歌书”符号创生与传承入手，通过符号创生与传承过程中人的符号活动展开的描述，即符号创生中人如何创造符号；符号传承中人如何利用符号进行传习活动等，对歌书符号活动中人与符号的关系和作用进行描述，以阐释符号活动的教育功能，对人与符号关系进行例证；并以此为基础，从歌书符号创生与传承中探寻符号的生命力所在，以为符号的现代生存和发展探寻“安所遂生”之道。

二、研究方法

本研究拟采用多学科视角，如教育人类学、符号学等，对“坡芽歌书”这一文化事象进行阐释分析，进而探索其教育意蕴。教育人类学是

"教育学与人类学这两门学科经过科际整合后的一门新的学科"[①]，它以人为主题，应用人类学的概念、原理和方法探讨教育与人类发展的关系[②]。因两门学科存在诸多方面的共通之处，使得学科的研究理论和方法常常相互借鉴，尤其是人类学的理论和方法为教育研究提供了新的视野；而且因人类学研究中对人的存在状态、活动过程，及其依存文化和背景的重视，对教育活动中人的全方面透视提供思鉴。应用教育人类学的方法来考察和分析"坡芽歌书"符号教育的发生及意蕴所在，意在探寻人的成长发展之过程和方式，实现人的自由全面发展。基于此，主要采用的研究方法如下：

（一）文献法

文献法，是指搜集、鉴别、整理文献，并通过对文献的研究形成对事实的科学认识的方法。本研究所采用的文献主要有：符号和符号学的相关文献，特别是符号与人关系的研究文献；同类事物——歌谣的研究文献；壮族"坡芽歌书"的已有研究文献等。这些文献不仅为本研究提供了理论上的支撑和指导，还为本研究提供了素材和借鉴。

（二）田野调查法

本研究主要采用了参与式观察和深度访谈法，通过实地考察，收集第一手资料。以云南富宁县剥隘镇坡芽村的实地考察为基础，通过参与坡芽村的生产生活，对坡芽歌书的生存环境，即壮族人们生存环境和生计方式等进行观察和记录，了解壮族文化的面面观。通过对歌手、村民的访谈，对"坡芽歌书"符号结构包括符号的原生之物、次生之形和对应之歌等进行采集和录制，对其符号特征进行考察，以建立符号与实物对照之档案。通过与歌手和坡芽村民的访谈，对歌书符号创生与使用的具体情况进行考察，建立符号原生与次生的对接。此外，还就"坡芽歌

① 詹栋梁.教育人类学理论[M].台北：五南图书出版公司，1989：2.

② 冯增俊.教育人类学[M].南京：江苏教育出版社，2000：1-12.

书”符号的现代生存状况和保护情况等进行调查，以获取关于“坡芽歌书”符号完整的一手资料。

（三）解释学方法

尽管不同学者对“解释”或“阐释”的理解不同，研究偏重也各异，但是解释的研究方法和独特的视角，即专注对现象的解释，并以此为基础来理解现象背后蕴含的意义和对现象进行反思，为本研究提供了理论和方法的指导。本研究试图利用解释学方法，从“坡芽歌书”符号创生和传承两方面，对人的符号活动过程中人与符号之关系和蕴含的独特性价值进行阐释和分析。通过对“坡芽歌书”符号创生与使用的深描，反思当前在现代化急剧发展的冲击下，不同民族随着生存环境和生活方式的改变，如何对本民族业已形成的独特文化符号进行传承和发展之现实问题。

三、研究内容

本研究在对“坡芽歌书”考察的基础上，从歌书符号创生与传承两方面对歌书蕴含的教育功能进行阐释，并在歌书使用现状的基础上对民族文化独特性创生、传承等问题进行思考，主要内容如下：

一是“坡芽歌书”符号的考察与解读，通过实地考察，对“坡芽歌书”符号本原、名称、结构、所含歌词大意和歌唱曲调认识的基础上，对“坡芽歌书”的符号系统要素进行分析，了解符号的结构和形态特征。

二是“坡芽歌书”符号创生过程的阐释和分析。主要是壮民在创造符号的过程中，如何在认识符号本原物的本质、关系、结构、功能等的基础上，建立符号原生物和符形之间的关联，进而将之表达出来；并分析歌书符号创生过程中蕴含的教育功能，即对人产生了哪些影响，发展了人的哪些能力。

三是“坡芽歌书”符号传承过程的阐释和分析，即“坡芽歌书”符号被创造后，壮民又是如何利用符号去教育其他群体成员，实现在本民族群体内的“滚雪球”，传承的动机、内容、方式是什么。在此过程中，具有哪些教育功能，对人产生了哪些影响。

四是“坡芽歌书”符号失承危机的思考，通过对“坡芽歌书”符号应用现状的了解，探讨歌书生存发展的现实条件和空间；并探求歌书符号受到壮民冷落的原因所在，反思民族文化独特性如何在现代背景下实现更好地传承与发展。

五是通过“坡芽歌书”符号创生与传承的阐释，反思人与符号关系；总结符号活动中教育意蕴发生的规律所在，理解符号源生与传承的关系，为教育发展现实提供借鉴与思考。

第二章

云南壮族“坡芽歌书”符号的田野考察

毋庸置疑，某一地区的生境系统，包括自然环境、社会环境和精神环境不仅为人的生存提供质料，还为人发展倚赖之文化养料的形成和存在提供场域。自然环境是一地区的“硬件设施”，为人的生息繁衍提供物质保障；社会环境和精神环境则是人经由艰苦的探索和尝试积淀而成的，为人与人的交往与互动、对人的精神生长与满足提供规约和可能。因此，对生境系统中的存在物——某一文化事象的分析，不可能脱离对整体的认知，也不可能忽略它们之间的关系。“坡芽歌书”符号作为云南壮族的文化遗产，其产生和发展离不开壮乡这片广阔的土壤；壮乡的自然、社会和精神环境亦为认识和探究歌书符号提供重要的线索和资料。

“坡芽歌书”生存于云南文山州富宁县一个叫坡芽的小山村，全村均为壮族，是壮族传统风俗和文化保存较好的地区之一，亦是历来桂滇壮民的互通交往之处。壮族作为56个民族大家庭的一份子，具有集中的地理分布和拥有独特的文化特色：作为我国人口最多的少数民族，主要聚居于广西壮族自治区、云南文山壮族苗族自治州，少数分布在广东、湖南、贵州、四川等地。据2010年第六次全国人口普查统计，广西壮族人口数为1444.85万，云南壮族人口数为121.5万[①]。壮族在族源上属于百越族系——古代我国南方广大地域内，分布着许多同属于一个族系的部落群，被称为“越”“百越”或写作“粤”。《汉书·地理志》记载：“粤地牵牛婺女之分野也，今之苍梧、郁林、合浦、交趾、九真、南海，皆粤分也。其君禹后，帝少康之庶子云。封于会稽，文身断发以避蛟龙之害”。百越的分布地，不仅至交趾，还包括今云贵高原一部分地区。正如汪宁生先生所言“百越部落的分布地是非常广泛的，从东南沿海到云贵高原，

---

① 数据来自广西壮族自治区、云南省统计局，2010年第六次人口普查主要数据公报.

都曾有他们的活动。而且云贵高原的越人和我国整个南方地区的越人一样，是当地的土著民族”①。

云南文山壮族苗族自治州，作为仅次于广西壮族自治区的全国第二大壮族分布区，和广西壮族一样拥有悠久灿烂的历史和文化：②1937年，地质学家在文山丘北县黑箐龙发现古人类活动遗物；1965年，在西畴西洒仙人洞发现古人类人牙化石；体现百越文化共同特征的有肩石斧、有段石锛和几何印纹陶相继在文山州境地出土；而且文山州百越先民们劳动生息的另一证据——原始崖画也一一呈现，除麻栗坡大王崖画外，在西畴蚌谷狮子山、广南八宝天房、珠琳的弄卡、丘北曰者狮子山等地发现崖画。因此，文山这块具有悠久历史和厚重文化的土壤滋养了壮族的生息繁衍，创生并保存了多彩的壮族文化，其文化特征与其他百越之地文化具有一脉相承、不可分割的关系，也为“坡芽歌书”的生存和发展提供了得天独厚的条件。

① 汪宁生.中国西南民族的历史与文化[M].昆明：云南民族出版社，1989：32.

② 文山壮族苗族自治州民族宗教事务委员会编.文山壮族苗族自治州民族志[M].昆明：云南民族出版社，2005：26-27.

第一节 “坡芽歌书”符号的生存环境

“坡芽歌书”的发现地是一个名叫“坡芽”的小山村，“坡芽”是一个壮语地名，意为“开满黄饭花的山坡”（“黄饭花”是壮族一种染黄色糯米饭的染料），因村子坐落于此而得名。坡芽村，隶属云南省文山州富宁县剥隘镇，而“富宁，古称富州，处滇、桂结合部，与越南接壤，素为滇、桂交通要口和兵家竞屯之地”[①]。剥隘镇位于富宁县东北部，距富宁县城103公里，东接广西百色市阳圩镇，南连本县者桑乡，西靠本县那能乡，北界广西田林县八桂乡。镇治置中部剥隘，宋代称隘岸，以隘口河岸得名，时为全县三个聚邑之一。元代称剥隘，意为剥离关隘。明代称博隘，意为博大关隘。清代后民间有博爱、百爱之名。建国后统称剥隘。址于右江之源，即驮娘江（西洋江）与那马河汇合处，依山临水。明初立阜，有水、陆两路码头，为滇桂通商要口，素有“滇粤津关”之称[②]。坡芽村坐落于滇桂结合部右江上游地区剥隘镇的大山之中，距离剥隘镇九公里路程。

据2012年调查得知，全村有57户人家，280多人，其中5人是汉族，因5个汉族是上门姑爷，现已成为壮族；有1人是天保人，很久以前从广

① 云南省富宁县地方志编撰委员会编.富宁县志[M].昆明：云南民族出版社，1997：1.

② 云南省富宁县地方志编撰委员会编.富宁县志[M].昆明：云南民族出版社，1997：145.

西迁来，其他都是壮族，属于壮族中的沙支系。全村有农姓、韦姓和黄姓三姓，其中农姓52家，黄姓3家，韦姓2家。据村中老人说，坡芽村有三百多年的历史，村民是从富宁县境内的其他村寨搬迁而来：一部分从剥隘的标村搬来（现在的农姓20多家）；一部分从岩村搬来（农姓的其他20多家）；一部分从富宁境内搬来，主要是现在的黄姓；村中的韦姓则是从者桑的百叶搬来。村中完好保存着壮族特色，如清一色干栏建筑、稻作农耕传统、纺织技术、祭“竜”风俗等。

可以说，文化事象的源生与发展皆离不开一定的生存场，离不开生存场内自然、社会和精神环境的影响，而且自然环境、社会环境和精神环境构成一整体系统，共同作用于场内的事物及其生于斯长于斯的群体成员。“坡芽歌书”符号作为生存场内的一份子，坡芽得天独厚的天地系统和人文环境为其生存和发展创造了优越条件。

一、坡芽村的自然环境

“自然环境，是群体赖以生存和发展的各种自然条件的（包括非生物的）总和”①，为人的生存和发展提供适宜的空间和各种资源，是“坡芽歌书”符号源生与发展的物质基础。坡芽村位于剥隘镇东南，距离剥隘镇9公里；村落位于山坡上，平均海拔高度为528米；村子四周被群山环绕，从坡芽到剥隘的路途中至今还没有村寨设置；坡芽属于亚热带气候区，夏季炎热潮闷，冬季寒冷。坡芽因被大山阻隔，过去村民外出都是靠山上的小路，2003、2004年还没有大路去剥隘镇，到老剥隘镇上走路要三四个小时，为了出行方便，村民自发集资一起开山、凿路、铺垫，这才有了现在的这条土路。虽说有了土路，但是一遇上大雨天气则泥泞

① 张诗亚.祭坛与讲坛——西南民族宗教教育比较研究[M].昆明：云南教育出版社，1992：213.

不堪，路况极为不好。

坡芽村远景

坡芽村寨门

坡芽村位于群山之中，山上有丰富的动植物资源：如野猪、野鸡、火鸟、鹧鸪、松鼠、果子狸等各种野生动物。还有青冈树、麻栗树、橄榄、番石榴、野生龙眼树、黄皮果、野椿、黄饭花、蓝靛、紫梅等各种藤类植物、还有壮民无法用汉语称谓的各种植物。在坡芽跟村民一起上山的时候，当询问他们动植物的名称时，虽然有些他们无法用汉语来告知，但是他们总会告诉我：这种果子是可以吃的、这种是一种药材，可以治疗什么疾病、这种是他们小时候用来玩的，在他们看来，山上到处都是宝，每种动植物都是他们的朋友，每种动植物都充满了价值。

二、坡芽村的社会环境

“社会环境，是与群体生活相关联的各种社会条件的总和。它包括该群体所构成的社会内部结构诸方面和该群体与其他群体的交往、关系等外部环境诸方面的关系”[①]，是歌书符号依赖的外部环境。在山多封闭、资源丰富的自然环境下，形成了坡芽村农耕稻作为主、采集渔猎为辅的生

① 张诗亚.祭坛与讲坛——西南民族宗教教育比较研究[M].昆明：云南教育出版社，1992：213.

产方式。坡芽村因在地理位置上与广西百色相毗邻，所以形成并保持着与百色的密切关系，如两地妇女通过“打老同”、结“亲家”等，经常互通往来。现在剥隘镇上有许多去百色的中巴车、面包车等，方便了周围壮民去百色转车、购置东西、进行买卖等。

（一）服饰建筑

坡芽村民的服饰，很好地展现了壮族沙支系的特点——质朴和庄重兼并，即平时穿着朴实，但是礼服却要求披金戴银，异常庄重。过去坡芽村民的衣裳、裤子、鞋子等都是用蓝靛染出来的土布做成的，因此主要色调为黑色，衣服上还会绣上一些花纹。因为老人有在61岁、66岁、73岁过寿的习俗，老人的姑娘或是儿媳会给老人制做绣有“寿”字的土布鞋，使传统的刺绣技艺得以保存。村中妇女会在农闲时候手绣一些背带、枕头罩等，有的拿到剥隘去卖，有的送给亲戚，有的则留着自家使用。壮乡小孩出生，吃喜酒的时候有外婆送背带的习俗，背带上的纹边是一针一线精心所绣。歌书发现后，村中妇女会把歌书的有些符号绣到枕罩或布上，陈放在传习馆中，供年轻一代和外人观赏。现在村中有些老人还自己织布做衣服、裤子，但是年轻人已不穿土布做的衣裳，传统的服饰和精湛的刺绣、纺织技艺在年轻人的记忆中渐行渐远。

坡芽老人的日常服饰

壮民家中保存较好的传统背带

坡芽村干栏式房屋

干栏式房屋顶部图案

坡芽村老人亭

《魏书·僚传》中有记载：“依树积木以居其上，名曰干栏，干栏大小随其家口数”，是壮族干栏式建筑的总括。而且，壮族干栏式建筑是壮族先民为了适应炎热潮湿的气候环境和对付毒蛇猛兽侵害而创造的，富宁地区，特别是剥隘地区则是应对瘴气严重的现实使然。坡芽村完好地保存着干栏式的建筑风格，分为两层：下层用来放养牲畜；上层住人，这一层屋内还会搭建一定面积出来用来存放粮食和一些食物。上层住人的部分会有晒台伸展出来，是壮民出入和日常活动场所，过去老人们在晒台上教幼儿唱山歌，村民在晒台上晾晒衣服和作物等。全村的建筑都以土木结构为主，从楼梯上来晒台直接进入屋内，两旁是房间，进去是大厅，每家都会在房间正中摆上神位，神位的一侧是火塘。土木结构的屋顶用瓦来覆盖，为了采光的考虑，屋顶有两三块瓦的位置会用透明材质的材料来覆盖；每户人家的房子房顶都用瓦镶嵌成八角图案或者四方铜钱的图案；全村的房屋朝向同一方向，一排排整齐地坐落着，既有采光、舒适之考虑，又有美观实用之设计。

（二）生计方式

因坡芽村山多的地理特征，决定了其耕作方式——山地耕作为主，水田种植为辅，而且大面积的山地种植也增加了壮民生产的负担。全村有水田约150亩，平均每家两三亩；旱地的面积不确定，土质不好了就丢弃再去开垦新地，难以精确计算其面积。主要的粮食作物有玉米、谷子、木薯等。因地形的原因，旱地和水田的种植条件都极为有限，一般就一年一季，收成也很低下。因气候原因，各家都会种植一些水果，如芒果、黄皮果、梨、龙眼、芭蕉等，除满足自家的吃用外，收获多的便拿到集市上去卖。近年来，村民在县、镇农业部门的宣传和扶植下，开始种植一些经济作物，如八角、油果、桐果、甘蔗、板栗等。

因寨子依山而建，村民对山有种由衷的热爱：他们的生计大部分来自大山，如夏季到山上找蜂子、砍树皮、砍青藤拿去卖；在山菁上种植玉米、芭蕉、八角、甘蔗、油果等经济作物。村民上山常采摘一些野菜、野果回来，满足他们日常的食用。近年来，村民在山上种起了油果、桐果、板栗、芭蕉、甘蔗等，满足了自家的食用，又增加了他们的收入。

当前，村中许多年轻人，在初中毕业后多半选择去广东或者富宁等地打工；村中的中壮年则是到山上做活，如夏秋两季的几个月份，是山上动植物最丰富最肥美的季节，也是村民繁忙收获的季节。他们到山上烧蜂子、砍树皮、砍青藤、割猪草、砍材、烧炭等，农历七、八月份收谷子、收油果、桐果来榨油。过了七月半，村民各家忙着收割谷子。在坡芽村，见到的大多是老人和孩子，年轻人到外边打工，中壮年白天到山上做活。

坡芽村民过去捕鱼的鱼笼

老人亭里悬挂的野猪上颌骨

坡芽村的稻作收割

旱地的甘蔗种植

村民收获的茶

过去，村民主要依靠上山打猎、河里打鱼来补贴家中伙食，他们每天都会收获一头甚至两头野猪回来，现在则很少打了，也不依靠这些来改善伙食。现在村中老人亭的一侧还挂着野猪上颌骨：过去谁家打到野猪都会到老人亭吹响牛角，然后把骨头挂上，是一种荣耀的象征，而且整排的野猪上颌骨还有震慑外来土匪、以防侵扰的功用。过去每家外出打猎，还有用野猪上颌骨卜算的习惯，如果算的条件可以，村民才出去，如果算的条件恶劣，村民则主动放弃不去打猎。现在，村民也还有上山打猎的习惯，但打到野猪的次数越来越少，而且也不会再吹响牛角、挂骨头了，而是拿去出售，但至今村中还有几个老人会用野猪上颌骨进行卜算。过去，壮民还常翻山到谷拉河（村民说这是从富宁下来的一条河）去捕鱼，村民间有明确的分工安排，每次都是满载而归，现在村民则不打鱼而是从镇上买鱼回来。

（三）组织制度

村中至今还保留着寨老制度，有专门议事的场所——老人亭。村里出现什么大事或者村民之间发生了分歧和矛盾，往往由村长牵头，召集村中德高望重的、会说话、懂道理的人到老人亭来商议，寻求解决办法，化解村民之间的矛盾。坡芽村也还保留着过去的互助方式，村里哪家办喜事、有事情，其他村民都会帮忙。办喜事时，主人家头两天晚上会到乡民家中，请求他们过来帮忙煮饭、砍柴、洗碗等，只要主人家招呼，乡民都会欣然前往。

三、坡芽村的精神环境

“精神环境是群体所共有的道德观念、价值体系、风俗习惯、宗教形态等诸方面的总和”①，是坡芽村的精神文化土壤。因坡芽特殊的地理位置和交通闭塞的条件，使其完好地保存了壮文化的特色。

（一）风俗习惯

壮族的风俗习惯多是贯穿在传统节日里体现，且多与自然崇拜、祖先崇拜、稻作生产密切相关。村中依照壮族风俗，一年中最大的两个节日是春节和七月半（七月十四）。坡芽村每年农历的正月、六月、十月村里都要进行祭祀土地神的仪式和祭竜（“竜”，壮语，森林、树林。竜为一种神树，一般是古树，坡芽村是大榕树）活动：每家出一人，拿两只鸡、一斤肉、一瓶酒，来到村子后山的大榕树下，后山上还建有土地庙，把这些祭品摆在庙里进行祭拜后，然后把食物拿回来在老人亭里烧制了全村人一起享用。通过此活动，来祈求土地神对村里的保佑，祈求人丁兴旺、风调雨顺、平平安安，而且后山的树林是禁止砍伐的。考察期间，经历了坡芽村民的“七月半”节日，即七月十四祭祖活动。这几天村民一般不外出做工，外出的人通常都会赶回来过节。壮民在家准备丰盛的食物，如糯米食品包括吊粑、裢粑，杀鸡、买鱼、买肉等。节日当天晚上，壮民将做好的食物先用碗盛出摆在祖先的神位前，然后才允许家人食用。饭菜准备好的时候，家中妇女拿出纸钱、纸质衣服、鞋子来烧，请祖先和各路神灵享用；然后一家人坐在一起品尝丰盛的晚饭。

① 张诗亚.祭坛与讲坛——西南民族宗教教育比较研究[M].昆明：云南教育出版社，1992：213.

壮族礼仪中的出生、结婚和丧葬礼仪颇为隆重。出生后满月要为婴儿举行满月礼，外婆家送背带，祝愿婴儿健康成长；壮族结婚一般经由恋爱、提亲、传槟榔、迎亲过门、拜堂完婚、回门的流程；婚后有“不落夫家”（古代母权社会的遗风：女子婚后先不坐家，等到农忙或节日才回去跟丈夫相聚，直到有孩子才回到夫家）之俗；婚礼中亲戚朋友送腊肉和大米，这是壮族亲族内部互助方式的体现；接亲过程中遇到沟、坎、桥、河，接亲的人要背新娘；新娘向长辈敬酒，称为认亲；并且要请摩公向土地神报告，称为“上户口”。壮族把死亡作为生命另一轮回的开始。老人过世，要举行“接气”“买水沐浴”、停棺祭奠、摩公超度、出殡搭桥、路祭隔魂等仪式。

村里不少老人、幼儿还有赤脚的习惯，是壮族“跣足”遗风的体现；妇女则保留盘发的传统；她们还留有用棉线修眉、绞脸的习惯，且修眉多半是跟家中的女性长辈如姐姐、嫂嫂学习，第一次是姐姐、嫂嫂帮忙修，后边自己则慢慢学会打理，修成细细的眉形，这也是壮族女子的一种成年仪式。

（二）信仰崇拜

“壮族祖先相信百鬼，即万物有灵。在早期人们的观念中，周围的一山一石，一草一木都是有灵的”[①]，从而形成自然崇拜的观念。如坡芽村的祭“竜”活动和对村寨后山的保护，认为“竜”是一种神树，是以树的形式存在的神；后山浓密的竜树林，是保护全寨安宁、繁荣的神灵居住之所，绝对禁止砍伐，违者必惩[②]。

“摩教是壮族原生态宗教文化，反映了古代壮族先民寄托并借助神力来协调人与自然、人与社会、人与人之间的关系，以祈求生存和发展，

① 梁庭望.壮族风俗志[M].北京：中央民族学院出版社，1987：74.

② 梁庭望.壮族风俗志[M].北京：中央民族学院出版社，1987：75.

折射着壮族的社会发展历程”[①]。掌管壮族经诗的多是布摩，也称为摩公，是原始宗教的祭司，主要活动是驱鬼、祈神、择吉、求福。有经典，用壮族的方块字书写，也有汉语的经典。坡芽村中有3个摩公，一个小摩公，2个大摩公，没有女巫。这2个大摩公有一个是从外边师承，一个是家传，这两个大摩公已经相当于道公，可以独立主持仪式，小摩公则不能独立主持仪式。村里现在喜事、白事，都要请摩公挑日子，选择吉日、吉时，不少村民生病了也会找摩公来看。婴儿出生3天，要找摩公念经，进行“上户口”，意思是让摩公报告土地神多了一个人，祈求和保护平安健康。结婚、丧事也会找摩公来念经。而且这两个大摩公经常被人请到富宁去帮人家做仪式。

壮族是文山的土著民族，遍布于文山州的八县，多数集中在富宁县城、广南县城及其他6县县城郊区、平坝区、湿热河谷地带及部分乡镇街道集市上，少数与汉、苗、彝、瑶等民族杂居于山区、半山区。其中，富宁是全州壮族人口比率最高的县。《富宁县民族志》中指出：[②]富宁境内壮族，属骆越和夷越，至今仍保留一些古越人的“巢居干栏”“跣足”“善唱”“尚黑”“二次葬”“鸡卜”等习俗。云南富宁壮族经过千余年的生息繁衍，成为今天分布广泛、人口众多的主体民族；主要分布于广西壮族自治区接壤的东部、南部和北部。其中，以布侬为代表的南壮方言多居东南部，以布土为代表的北壮方言多居东北部。正是在这个壮族人口最集中的地区，2006年春天发生的一件事，给文山壮族研究掀开了新的一页。

① 戴光禄，何正廷．壮族文化概览[M].昆明：云南美术出版社，2006：244.

② 吕正元，农贤生．富宁县志[M].昆明：云南民族出版社，1998：28，30-31.

第二节 “坡芽歌书”符号的现实考量

坡芽村独特的文化生态条件孕育并滋养了歌书符号的创生和发展，也为歌书符号打上了壮文化的深刻烙印，是存留在民间的珍贵文化遗产。“坡芽歌书”本身，是一块长约80厘米、宽约40厘米的当地自制土布，上面共绘有81个符号，每个符号对应完整的一首歌，81个符号代表81首歌。这块绘满各种符号的土布，当地壮民用壮语把其称为“布瓦吩”，意思是“把花纹图案绘在土布上的山歌”，汉语可简称为“歌书”，因发现地在坡芽村而将其命名为“坡芽歌书”。

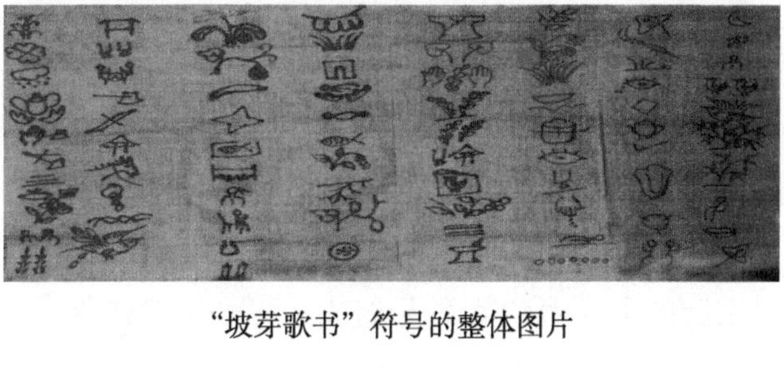

“坡芽歌书”符号的整体图片

一、“坡芽歌书”符号发现原委

2006年春，富宁县宣传部的几名文化干部为拍摄壮族纪录片《丽哉勐僚》之“伦”（伦为壮语，为歌唱的意思）部分搜集素材而来到一个叫坡芽（坡芽为壮语，意为开满黄饭花的山坡）的地方。他们之所以会选择坡芽村作为山歌素材来源地之一，一个男歌手说：“其实不是偶然的，是因为2004年，我们4个歌手作为剥隘镇的代表去昆明参加三月三的壮歌比赛。我们男的为了不忘词，就去农凤妹（歌书的保管者）家抄写了男唱的符号，带在身上，女歌手能记住就没带歌书。唱歌时不敢拿出来，就下来偷偷地看，怕被领导看到，也怕被参加比赛的其他人笑话忘词。当时虽然带着这些抄写的符号，但是没被外人发现。比赛后，我们的腔调得到专家的好评，并把这个情况反映到富宁县文化局……”。因此这些收集者就来到坡芽，刚开始找到的是两个男歌手，并在一男歌手家的晒台上让他们唱山歌。但这两位歌手在歌唱的过程中忘词了，他们尴尬不已。一歌手扭捏地进到屋里，拿出来一张画了很多奇怪图案的纸，看了纸上的图案后才重新唱起。收集者觉得很奇怪就询问起来，歌手说，歌唱时忘词是很害羞的事情，而且他们在一些歌唱活动中也会带着歌书，但只是偷偷地看，不让别人看到，认为被别人看到记不住歌词很不好意思（这也是歌书一直未被世人发现的原因所在）。在收集者再三追问和请求之下，男歌手才带领他们去歌手农凤妹家看到完整的歌书。从此，“坡芽歌书”开始走出大山，进入研究者的视野。

二、“坡芽歌书”符号概况

“坡芽歌书”的书面由81个符号组成，符号呈现红色。其书写工具：削成细细尖尖的竹片；书写平面：壮族自织的白色土布（长约80厘米，宽约40厘米）；书写材料：仙人掌果实的红色汁液；书写方式：描绘；阅读方式：从右向左，从上到下。81个符号对应的81首情歌，从第一首

* 歌书81个符号原生之物的图片见第四章中。

到最后一首，描写一对壮族青年男女从相遇、相知、相爱最后到相守的人生历程。

歌书是从坡芽村歌手农凤妹的祖母传下来的，且现在看到的这块歌书已不是老一辈传下来的那块；因为时间久远加之保管不善，使得土布上的有些图案已经腐烂看不清楚，因此在2004年，村里4个歌手商量，照着老的那块重新画了现在的这块。歌书并不是农凤妹家所有：村中有个不成文的规定，哪家爱唱山歌而且唱得又好，又加上心细，这块歌书就由谁保管，一代代传下去。歌书的使用者主要是女性，如果男性对山歌特别喜爱，也可使用和保管。

考察中，歌手和村民说：“歌书的81首歌在富宁、剥隘的其他一些地方也唱，唱词也差不多，但是唯一的区别是其他地方没有土布上的图案”，因此，坡芽歌书的81个图案，即歌书的81个符号是其独特性所在。基于此，笔者将调查的重点放在坡芽歌书的符号上。通过对坡芽村的实地考察，对“坡芽歌书”81个符号的原生之物、名称、符号的物源（即符号取自于什么）、符号的结构、符号的名称等信息进行了收集，并对符号中所含实物进行了拍摄和采集，以对81个符号进行充分了解和认识。现整理如下：

表1：“坡芽歌书”符号整理

符号编码	符号名称	符号之形（图片）	符号的原生之物*	符号的取向	符号的结构
				人；自然物；人为物；事	独体；合体
1	月亮		月亮	自然物－天体	独体
2	石子		儿童游戏的石子	人为物	合体
3	男子		男子	人	独体

续表

符号编码	符号名称	符号之形（图片）	符号的原生之物	符号的取向	符号的结构
				人；自然物；人为物；事	独体；合体
4	两只绿头鸭		绿头鸭	自然物	合体
5	鹧鸪		鹧鸪	自然物	独体
6	刚竹		刚竹	自然物	合体
7	慈竹		慈竹	自然物	合体
8	孤单男子		男子	人	独体
9	开口笑		嘴巴	人	独体
10	枫叶		枫香叶	自然物	独体
11	枫叶		枫香叶	自然物	独体
12	油蚂蚱		油蚂蚱	自然物	独体
13	荒园韭菜		地面、韭菜	自然物	合体
14	流泪		眼睛、泪水	人	合体
15	石块		石块	自然物	独体
16	盐加酱油	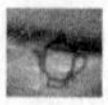	酱油壶	人为物	独体
17	打赌		弯钩	事	独体
18	一棵白菜		白菜	自然物	独体
19	三角灶		三角灶	人为物	独体

续表

符号编码	符号名称	符号之形（图片）	符号的原生之物	符号的取向	符号的结构
				人；自然物；人为物；事	独体；合体
20	一对情人	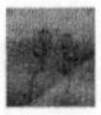	一对人	人	合体
21	青冈树叶		青冈树叶	自然物	独体
22	野生龙眼	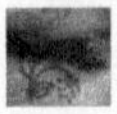	野生龙眼	自然物	独体
23	野山果		野山果	自然物	独体
24	木船		木船、水	人为物、自然物	合体
25	棉篮		棉篮	人为物	合体
26	目光	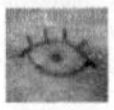	眼睛	人	独体
27	跟哥走		地面、腿	人	合体
28	手流血		手、血滴	人	合体
29	晕死的人		人、地面	人	合体
30	七日		圆圈	事	合体
31	衣角卷起		上衣	人为物	独体
32	野芋		野芋	自然物	合体
33	双手扶紫梅		手、紫梅	人、自然物	合体
34	两棵紫梅（反向）	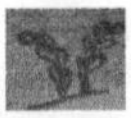	紫梅、地面	自然物	合体
35	两枝紫梅（同向）		紫梅	自然物	合体

续表

符号编码	符号名称	符号之形（图片）	符号的原生之物	符号的取向	符号的结构
				人；自然物；人为物；事	独体；合体
36	抬腿去妹家		腿、房子	人、人为物	合体
37	笼中鸭		笼子、鸭子	自然物、人为物	合体
38	沙梨树		沙梨树	自然物	独体
39	两双筷子		筷子	人为物	合体
40	油灯		油灯	人为物	独体
41	裙子		裙子	人为物	独体
42	茅草		茅草	自然物	独体
43	丝裤		裤子	人为物	独体
44	火烧死		人、火	人、自然物	合体
45	棉纱		棉纱	人为物	独体
46	草鱼		草鱼	自然物	独体
47	树上蜂窝		树枝、蜂窝	自然物	合体
48	榕树根		地面、榕树根	自然物	合体
49	黄瓜长崖头		黄瓜	自然物	独体
50	簸中米		簸箕、米	自然物、人为物	合体
51	芭蕉		芭蕉	自然物	独体

续表

符号编码	符号名称	符号之形（图片）	符号的原生之物	符号的取向	符号的结构
				人；自然物；人为物；事	独体；合体
52	葡萄藤		葡萄树	自然物	独体
53	弯刀		弯刀	人为物	合体
54	星星		星星	自然物	独体
55	筐中鱼		鱼篾、鱼	自然物、人为物	合体
56	锯子		锯子	人为物	独体
57	女孩（发未辫）		女孩	人	独体
58	坐靠椅数钱		椅子、人	人、人为物	合体
59	锄头		锄头	人为物	独体
60	一副蜡烛		蜡烛	人为物	合体
61	书桌		书桌	人为物	独体
62	同行		腿	人	合体
63	同桌吃饭		人、饭桌、饭菜	人、人为物	合体
64	斧头		斧头	人为物	独体
65	砍尖担		尖担、刀	人为物	合体
66	一间房		房子	人为物	独体
67	官家马缰绳		马、缰绳	自然物、人为物	合体

续表

符号编码	符号名称	符号之形（图片）	符号的原生之物	符号的取向	符号的结构
				人；自然物；人为物；事	独体；合体
68	肠相结		胃、肠	人	合体
69	搓绳	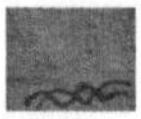	搓绳	人为物	独体
70	火鸟下蛋		火鸟、蛋	自然物	合体
71	果蔗		果蔗	自然物	独体
72	浮萍		浮萍	自然物	独体
73	下雪	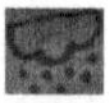	云、雪	自然物	合体
74	煮饭		饭锅、火	自然物、人为物	合体
75	扛斧		手、斧头	人、人为物	合体
76	犁耙		犁耙	人为物	独体
77	三趟		横线	事	合体
78	田和地		田和地	自然物	合体
79	好花生院中		花	自然物	独体
80	在一起		人	人	合体
81	两棵笋		竹笋	自然物	合体

从歌书符号的整体来看，其囊括了壮族生产生活的全部：吃、穿、住、用、行。每个符号具有不同的名称，其中符号1是提示时间的符号，

也是唯一一首规定时间的歌曲，即演唱的时间是在晚上。歌书符号中有些符号含有相同的原生之物，但是因方向或与不同事物组合而实现不同的涵义，如符号10、11，符号33、34、35，符号14、26，符号27、62，符号46、55，符号64、76等。从符号的取向上来看，81个符号中有40个取自自然物，其中有2个是天体——月亮和星星，其他的为草木、矿物、禽兽等；有30个取自人为物，包括了壮族生产、生活必不可少的物质基础；吃、穿、住、用、行的工具；有19个取自人（既包括人的整体造型，也包括人身上的某一部分器官）；有3个取自于事（造型上抽象，具有特定含义），需要说明的是有的符号物源不止一种，其中有7个符号是取自两种完全不同的事物，如符号33、36、44、55、58、63、75。从符号呈现的结构上来看，有41个独体，不可再分；有40个是合体（组成上下结构、左右结构、包围结构等），可分成不同的部分。

三、“坡芽歌书”符号对应歌曲概况

81个符号对应完整的81首情歌，从第一首到最后一首，描写了一对青年男女从相遇、相知、相爱最后到相守的人生历程。歌手歌唱前要先把歌词念一遍，之所以如此是为了对歌词的统一和确认，特别是在集体的歌唱活动中，从而实现对其他人员的提醒。念和唱内容是一样的，即歌词是一样的，调子会不同，念会使用专门的调子——分单（念歌调），念和唱都是使用壮语。

“坡芽歌书”81个符号所承载的81首情歌，展现了壮族爱情的悲壮和瑰丽；81首歌前两首是由男子唱起（据壮族村民介绍，一般情歌是由男的先唱，表示男子在追求爱情上的主动，如果女子有意，才会跟男子对歌，如果无意，就不会对唱），接下采取男女对唱的形式，最后两首是合唱。村民说歌书上是规定男唱、女唱的，但是在实际的演唱中，男唱、女唱没有严格规定，男唱、女唱都行，只要把里面的称呼加以改变就行。但是其中有几首是规定的：符号53–弯刀必须是女唱、77–三趟、57–女孩必须是女唱；64–斧头、76–犁耙必须是男唱，这主要是由歌词的大意决定的。这81首歌一般由未婚的男女来唱，结婚后唱的要少了，但是都不在家里、不在老人和配偶面前唱。坡芽村的四个歌手表示，随着他们年龄的增长，情歌唱的很少了，现在他们来唱，调子是不变，但是歌词中的称呼要加以变化。他们主要采用当地和在歌赛交流中学习到的调子来进行演唱，考察中主要收录了6大调子，如分果麻、分呃哎、分打捞（分为小河调–分玉章和大河调–阿用打捞；阿用地区的歌调）、分丫玉、分标、分央（郎恒调，郎恒地区流行的歌调）。而且这81首歌演唱时不需要乐器伴奏，随兴唱起，如果是要求伴奏，也可用二胡、树叶等来伴奏。

“坡芽歌书”由形（符号）和音（歌曲）组成，不可分割，但是符号和歌曲如何建立关联，从而完成视觉和听觉的统一，是“坡芽歌书”独特性所在。通过对歌手、村民的请教，得知歌书中有些符号是为了提示歌词，而大多数符号“表现的则是一首歌的主题和中心思想，符号通过歌词更为具体，歌词通过符号更加形象”① 。而且这种独特的以符赋歌、符形并存的方式构成为歌书独特性所在，成为歌书这一文化事象的重要部分。

① 王志芬.云南壮族坡芽歌书符号意义解读[M].昆明：云南大学出版社，2010：369.

第三章

“坡芽歌书”符号系统阐释

“一切动物都有感受器系统和效应器系统，唯独人类进化出了界于二者之间的符号系统。这个新的生成物改变和服务了整个的人类生活”①；而且符号系统因其普遍性、有效性和全面适用性，成了打开特殊的人类世界——人类文化世界大门的开门秘诀②。“坡芽歌书”作为一整体，是形（视觉图案）、音（歌曲）、意（情感、文化意蕴）的统一，而每个符号又具有自身的构成要素，组成一完整的符号系统，完成符号的功用。从视觉感观上看，“坡芽歌书”符号作为人为创造之物，是壮民灵妙、智慧表达的产物，具有独特的形象特点；歌书符号以质朴、直观的视觉形象，呈现了事物的典型特征，具有独特而丰富的审美特质。

第一节 “坡芽歌书”符号结构分析

索绪尔指出符号是能指（音响）与所指（概念）的结合体，将符号二分，并把语言符号作为研究其他符号的基础；通过语言符号的探究为其他符号研究提供支持，推进了符号作为一门学科的发展；而作为西方符号学另一发端的代表人物皮尔斯，认为符号是“某种对人来说，在某

① 恩斯特·卡西尔.人论[M].甘阳译.上海：上海译文出版社，2004：35.

② 恩斯特·卡西尔.人论[M].甘阳译.上海：上海译文出版社，2004：49.

一方面或以某种能力代表某一事物的东西”①，得出符号由“代表项”（符号）“对象”“解释项”三部分构成，将符号三分。“符号，或者说代表项，在某种程度上向某人代表某一样东西。它是针对某个人而言的。也就是说，它在那个人的头脑里激起一个相应的符号，或者一个更加发达的符号。我把这个后产生的符号称为第一个符号的解释项。符号代表某样东西，即它的对象。它不是在所有方面，而是通过指称某种观念来代表那个对象的”②，且这三要素不可分，是“三位一体”的。相比索绪尔，皮尔斯对符号的类分和认识，更关照符号所赖以存在的对象世界，倚赖主体人的生活经验，将符号作为一个动态开放的系统③。在此，以皮尔斯的符号三分为理据，从“代表项”“对象”“解释项”三方面入手对“坡芽歌书”独特性所在的符号结构进行分析。

就“坡芽歌书”符号而言，“代表项”（representamen），即歌书符号本身，为歌书视觉图案的造型和图案符号的形态。“对象”（object）是符号的指称对象，“坡芽歌书”符号所指称的对象是81首情歌④；“解释项（interpretant）是指“符号形体传达的关于符号对象的讯息”⑤，“坡芽歌书”的解释项是符号对应81首情歌表达的丰富意蕴。因“坡芽歌书”符号对应的是81首情歌，而且依照情歌的内容，展现的是一对壮族青年男女的爱情发展历程，因此，将以青年男女的爱情发展阶段为线，分析符号的结构特点。

① 董飞飞.从符号的角度来透视人们的着装行为[J]艺术与设计，2010（3）：235.

② 丁尔苏.语言的符号性[M].北京：外语教学与研究出版社，2000：58.

③ 朱建军.符号学角度的文字分类研究[J].中国海洋大学学报（社会科学版），2010（5）：84.

④ 文中表述的情歌部分除来自考察记录外，还参考了刘冰山主编的《中国富宁壮族坡芽歌书》中的翻译文本

⑤ 黄华新，陈宗明.符号学导论[M].郑州：河南人民出版社，2004：3.

一、相识阶段的符号

歌书以符号1月亮开始，揭开了青年男女通过对歌相识的大幕，在这一阶段，以男子主动的邀歌开始，等待女子的回应，并用不同的符号形态予以了对应和表达，体现在符号1–9上。

（一）“对象”

“坡芽歌书”81个符号创生的最初动因是辅助记忆歌词，81首歌曲自然成为符号创生并完成指称的“对象”所在。以“今晚月明似镜，小伙子长大，会唱山歌了，到了恋爱的年龄。小伙子一边唱歌，一边感叹自己命苦，没有哪个像他一样”之内容的演唱，男子来抒发自己的情感。男子接着通过“唱歌时，想起小时候，很苦没人管，大风吹过来，自己一个人玩石子，蚊子叮、衣服烂，没有哪个比他苦”之内容的陈述，来回忆小时候的事情和自己的悲凉身世。接着女子听到男子的歌唱后，则以“是谁站在那里唱歌？是血桐树还是岗拎树，是年轻男子还是已成家男子（如果你是年轻男子就和你聊聊），你是皇帝的儿子还是大官的儿子”之提问来表示有意与男子相识。男子听到女子的歌声后，异常高兴，以“两只绿头鸭喝水的时候碰着真是太好了。我们俩命相当好，碰着了对方”之意，来陈述自己和女子的相遇，表达其喜悦和激动之情。女子则以“哪里鹧鸪叫？哪里斑鸠闹？哪里野鸡啼？哪里小伙子唱？（主要是询问小伙子是从哪里来）你在那里唱歌，把我平静的心唱得乱糟糟”的演唱来询问男子。男子则继续以“沿着河往下走，看见刚竹15丛。这么多竹子就这根最好，世上的人那么多就妹妹你最好”之意来表达相遇的美好。女子在男子的赞美声下，也以“沿着河往下走，看见慈竹15丛。竹子丛丛相连、根根相生。阿哥的歌声像油脂一样甜，一样滑”的歌声来夸赞男子。男子从女子的夸赞中窥探出其心意，转而以“我妈只生我1个，出门也是一个人，在家也是一个。出门要锁门，没有人看家，挑水一个喝，砍柴一个人担，下地一个人做活”之演唱来陈述自己的身世，以待女子的反映。女子则以“你不是孤单一个人，你有老婆。你和老婆一起出门，一起下地做活。看你嘴巴笑呵呵的，不是命苦，也不是单个”的演唱来反驳男子的情况，开始对其进行试探。

（二）“代表项”

从青年男子的出场开始，符号以弯月（方向向右），来指示对歌和男女相遇的时间，符号形态是对物质实体月亮显著特征的忠实描绘，而且通过弯月的方向来突显月的周期性，以提示确切的时间；青年男子在月明似镜的氛围中出现后，开始通过歌声来邀约周边的年轻女子，并以7个圆圈散落分布，1个圆圈在中间，6个圆圈在四周，以外形相似的圆圈来代表“石子”之形象，以诉说自己儿时的经历和故事；男子的出场和自我陈述在山间回荡，有意的女子便可予以回应，接着以线条勾勒出来的人的造型，具有简化、线条化的特征，以呈现女子的出场和对男子的回应；听到女子的歌声后，男子异常地高兴，并以线条勾勒出的绿头鸭的造型，和通过同向和数量为双来类比两人相遇的美好；接着以线条简化勾勒出的鹧鸪的造型，并通过其振翅欲飞的形态特征的凸显，来辅助表达女子开始对男子进行盘问；接着，男子以线条描绘出来的刚竹的造型，并通过辅助线条——横线来表达具有生命力的刚竹之形象，来诉说相遇的美好。接着则以具有生命力的植物（横线代表的地面）——慈竹之形象（叶子要比刚竹小、线条化等）来对应其情感。接着以手部线条的细节描写来呈现人的形象以对应男子的自述。最后，则以嘴角上扬细节的凸显来表现高兴的情绪特点和人的嘴部造型以对应“对象”的表达。至此，男女完成了出场和氛围的制造，为情感的发展奠定了基础。

（三）“解释项”

“解释项”是通过符号形体而传达出的丰富的内涵与意蕴，对于歌书符号来说，就是如何通过符号的形态而实现情感的表达，即符号形态和

“对象”是如何勾连起来的。符号1通过月亮图案在歌词第一句中出现来起兴，表达男子的情感，体现壮族过去的生活状态；白天承担繁重的生产劳动，在没有其他娱乐项目的情况下，壮民一般都在晚饭后到村中凉亭或村头进行唱歌、吹树叶活动。到了月明的夜晚他们更加兴奋，有时一唱就是一夜；到了婚嫁年龄的青年男女则通过晚上的对歌来结识，倾诉情感，完成人生之大事。对歌活动丰富了壮民的生活，表达了他们的思想感情。符号二则提示了演唱歌曲的主要内容，也展现了壮族儿童的生活状况，其中“抓石子”作为儿童的表征，作为壮乡儿童游戏之一，至今仍在流行，通过石子的变化在同伴间竞赛，训练了儿童的手脑协调能力，丰富了儿童的童年生活。符号3通过“男子”这一图案符号在歌词第一句中出现来表达整体大意，以表达女子听到歌声后，开始对男子进行了解，揭开了男女对唱的序幕。符号4通过“两只绿头鸭”图案符号在歌词第一句中的出现既实现了辅助记忆歌词的功能，又通过这一物质实体与一对男女之间的紧密关联来铺陈，抒发男子的情感。符号5则通过“鹧鸪”这一图案符号在歌词第一句中的出现来实现辅助记忆歌词的作用，而且通过鹧鸪这一物质实体的特点，即“鹧鸪，出南方，鸣常自呼，常向日而飞。鹧鸪好唱，尤其是繁殖季节，各山头此起彼伏，反复啼叫”等来类比男子的歌唱。用“鹧鸪好唱”这一鲜明浅近为人所熟知的特点来比喻男子的歌声，提供了人们联想和想象的空间。符号5通过“竹子虽多但只有这根最好”，与“天下人虽多但只有妹妹最好”进行类比，突显了女子的独特性；通过图案符号与歌词内容的对应，表达了女子在男子心目中独一无二、无可挑剔的地位，展现了男子情感表达的深化，双方进入相识阶段。符号7以植物竹子起兴，来赞美男子的歌声以表达对男子的倾慕之情。符号8通过符号造型的特点来表达孤独男子这一形态和歌曲的主要内容，即男子明白女子的态度和心意后，开始介绍自己的情况，期望进一步地追求姑娘。符号9通过上扬的嘴角来表示

“开口笑”，即美满快乐的状态，来表达男子的生活状态；以反驳男子的陈述，说他不是孤单可怜的一个人，而是已有老婆，整天笑呵呵的快乐无比。

从符号1男子主动的邀歌，通过一系列的符号形态来描述两人的相遇之过程，并通过符号形态的表达对男女的情感之细节予以了呈现，实现了符号“对象”“代表项”和“解释项”的统一。

二、相探与相恋阶段的符号

对歌活动是过去壮乡人与人交流往来的重要方式，萍水相逢的两个人通过对歌来实现了解，最后结为朋友或者夫妻；而在了解的过程中，往往通过戏谑、诙谐的试探方式来向对方发问，以了解对方的基本信息，考验对方的用情，从而增进彼此之间的感情。歌书爱情故事的发展，也围绕着青年男女的试探而进行，并通过符号10–65予以对应和呈现，实现了情感的表达和情节的发展。在试探阶段，男女双方以不同方式对对方进行考察，开始男子大胆地表白自己的心意，女子则以夸张的方式对其进行试探，体现在符号10–45中；男子在女子的紧逼之下，做出机智回答的同时，又转向对女子的考察与试探，表现在符号56–65，从而完成对双方的了解，促进了感情的发展。

（一）“对象”

经过相遇阶段的初步了解后，男女双方进入对歌盘问阶段，以实现对彼此的认识。男子以“正月枫叶开始发芽，二月枫叶开始变绿，谁来为我做衣裳？谁来给我做田埂？谁来给我做饭”之大意的演唱来发问，来试探女子对其的意思。女子则以“正月枫发芽，二月枫叶绿。我来为你缝衣服，我来为你铲田埂，我来为你拔秧，我来为你做饭”之回答来正面回应男子的试探，表达自己的心意。男子听到回答后，则以“你说话那么好，你妈是哪个？生你那么好——样貌像是官家出身，你的嘴巴红红的，像是油蚂蚱。你是哪家的妹子，我想下去你家找你玩”之演唱来探知女子的家庭情况。女子则以“我妈只生我一个，把我生得这么丑、这么差。我妈生我不好，就像荒地的韭菜没人管，孤苦伶仃”之演唱，来避开男子的提问。男子未得到想要的答案，则以“你那么好，你又说不好。问你你又不说，我怎么找到你？我想你又找不到，难过地伤心流泪。妹妹你是不是有了丈夫，把我骗得这么苦”之激将方式，来对女子进行考察。女子则以正面的“我还是孤单一个人。我自己一个人在家，像磐石一样（在哪里就在哪里不会轻易移动），像树桩一般，一个人孤独地守着”来回答男子的质疑。

鉴于女子的肯定回答和守口如瓶，男子则尝试使用“赌你舍不舍得往酱油壶里再加点盐，使其咸上加咸。舍不舍得对着镜子梳妆打扮，咱俩来相会”之方式来对女子进行了解。女子则以更加坚定的态度，以“赌就赌，赌你吃木棉籽，赌你吃丝瓜籽（木棉花的籽和丝瓜籽都是黑的，不能吃），赌你敢不敢吃”的演唱来回答男子的激将。男子面对女子的坚定，则转而以“可怜的妹妹你真是不会赌！我对你的情意又不像挑一棵菜，不像选一把挂刀，不像挎一个挎包，不像拿一幅画像那么随意”的陈述，来表达自己的情感，以期打动女子。随着男子态度和方式的变化，女子也转而陈述“我愿变成一个三角灶，天天能跟你相见，天天可以和你在一起”来表达自己的想法。男子明白女子的心意后，则以“妹妹你说的真好，无论如何我们都要在一起。一年又一年，一月又一月，一天又一天，啥时才能和你在一起？如果今年不行，就等到明年，如果还是不行，宁愿咱俩相拥去死，也要跟你一起”的演唱来表态，来坚定自己的情感立场。

女子则转而以“青冈树叶还嫩生生的，还未到落叶的时候。我们俩也还年轻，未到谈婚论嫁的时候。我们总有一天会在一起”，来陈述他们俩还早，还不到时候。男子听到女子的解释后，则以“龙眼树那么高，枝头上的龙眼果想要又要不得，就像鸭子恋水坝，就像水牛恋菜园，恋也进不去，就像我恋妹妹你一样，想要也要不得”的演唱来表达女子的难追求并感叹自己的无奈。女子则以“山上的野果全熟了，看起来是好看，但是哥哥你怕不怕涩怕不怕苦”来回应男子的低落，通过贬低自己来说自己不是男子想象的那么美好。男子则转而继续表达自己的爱意，以“你以为我不想你，你以为我不爱你，我爱你就像船装锡那样重，对你的情意像船装盐巴那么重”的演唱来表达对女子深沉的爱意和浓厚的思念之情。女子则以戏谑之口吻，以“哥哥你说对我的情意重，是否重得像棉篮里的棉花，是否重得像衣兜里的绵绒”之内容来反问男子的用心，试探其对自己的用情。男子未正面回答女子的质疑，而是以“妹妹你生得好看，眼睛就像锋利的刀子（壮族认为这种眼睛是最美丽的），一眼把我看穿。你的嘴巴还未开口就先笑得将我迷醉，一次次在梦里梦见与你相遇”之内容，来表达对女子的思念，继续诉说钟情。女子面对男子的一次次表白，则以“我很想现在就跟哥一起走，但是怕这样不合你们那边的规矩，怕你家老人不合意”来回应男子，来表明自己的心意和无奈。

男子未看到女子坚定的态度和表现，继续诉说自己的用情，以“我想妹妹你太多，招病魔生病了。病重到手都流血了。阿妈他们请摩公来看，摩公说没有其他事，只是得了相思病”进一步地表达思念之苦。女子则顺着男子的口吻，以“我也是想哥哥，想你想得昏死过去了。家里准备把我埋了，但是想到哥哥我才苏醒过来”来表达同样的思念之情。男子则进一步地解释和深化自己的情感，以“我想妹妹茶饭不思，七天才吃了一个吊粑，八天才吃了一个圆粑，想你想得茶饭不思”来表示真心和用情。女子则以更强烈的表达，以“我想哥哥想得衣角自然卷起，想你想得黑色头巾都断了……”来回应男子的用情，表达自己与其相比更加真诚和真挚。面对两人之间用情的表达和竞争，男子无法进一步地与对方进行争辩，进而转向新一轮问题的探讨，以“你也是想我，我也是想你，但是还得分开，就像水边的野芋一样，总是隔着，不能在一起”来陈述两人有缘却不能结合的无奈。

女子面对男子新一轮问题的提出，不予正面回答，反而转向对其的考验和试探中，以“哥哥你口上说得那么好，但是你两手却扶着紫梅。你却和我谈恋爱，你这不是在骗我吗”来说男子已成家有老婆了却在这里骗人。男子面对女子的拷问，则从容做出应答，以“正月里引火烧地，二月里放火烧坡，烧焦了两棵紫梅。妹妹不也是和别人订婚了嘛，还不是和我一样”的演唱，来陈述自己是单身，并对女子提出了质疑。女子听到质疑后，以正面之方式陈述了自己的情况，并以“正月里引火烧地，二月里放火烧坡，烧焦了两棵紫梅。我还没订婚，我跟你谈恋爱是好好的，不是骗人的”的演唱来回答男子的质疑，表明自己的身份。男子听到女子的情况后，没有停止而是顺势而下，继续对其进行追问和了解，以“妹妹你说得那么好，你没人订，那我去你家，但是到你家又怕你骗我”内容的表达，来试探女子的情况。女子则以自己命运的坎坷来回答男子的要求，以“妹妹我命不好，就像一只关在笼里的鸭子一样，不得自由，没人愿意要我。鸭子关在笼里，还有人喂养，不像我一个人没人过问”的歌唱来表达自己在家中的处境。男子也顺势来表达自己的境遇，以求取得女子的同情，以“（哥哥）我的命就像沙梨树，没有老婆，只要你爱我一两天我就心满意足了……”的演唱，一方面表现自己的处境和身世，另一方面则表达期望得到女子的爱。女子面对男子的表白，不作正面回答，继续以别的理由来试探男子，以“哥哥你说你没有老婆，那我怎么在梦中看到你吃饭时桌子上有两双筷子，床边有两双鞋子”为由，来说明男子已成家。男子则以“我是单独的，那是我吃饭时点的油灯，是我和我自己的影子，不是两个人”为理由来解释女子的质疑，表达自己的情况。女子并未相信男子的解释，反而以更具体、真实的情况来试探，以“你说你没有老婆，为什么看见你家晒台上晾满了裙子？你娘的裙子是白头，你妻的裙子是粉头，看起来非常乖巧”的演唱，以活生生的生活画面来拷问男子。男子在女子的连环追问下，无奈之下则以“妹妹你说我有妻子，那你问问茅草，它要是说我有，那我就是有，它要是说我没有，那我就是没有”的演唱，加之茅草，将其拟人化，来表达自己的真心。

此时，女子并未停止对男子的拷问，继续以“哥哥你说没有妻子，我怎么看见你那娇嫩的妻子，穿着拖地的丝裤在屋里走”为由，认定男子已成家，已有妻子。在女子的连环追问下，男子不得不承认已有老婆，但是却再一次说明自己现在是单身之状态，以“妹妹说我有妻子，我有是有，但是她去年被火烧死了，我现在还没找到谁”的演唱，陈述自己的过往和现在的情况。女子并未相信男子的解释，反而以“哥哥你说没有妻子，那我怎么看见哥哥的妻子在百色卖棉纱，看见哥哥的妻子在剥隘卖红糖，你帮着她拿秤，你帮着她数钱”之场景的描述，呈现男子与其妻的幸福生活场面，回击男子的解释。至此，男女双方完成了一个回合的盘问，这一阶段主要以女子的质疑和发问为主，男子则做出机智的回答，并表白自己的情意。

接着，男子以“妹妹你就像一条鱼，人人都想钩上你，我想钩上你，但是又怕主人不同意”的陈述，一方面赞美女子的优秀、惹人爱，另一方面则试探其是不是单身。女子则以“天气很晴，蜂子做窝。你在树上做了标记，想去拿又怕被蜂子蛰，不去又心里难受”的演唱，不正面回答男子的疑问，反而转向对其状态的戏谑，表明对男子心意的了解。男子也直白地追问“到底要到什么时候？要到什么时候弯曲的榕树根才会变直。如果变直了，你爹也会把你嫁给我了吧”，来确定女子的心意。女子则以“果树生墙上，黄瓜长崖头。枯枯萎萎，不会生长，既不好看，也不会长大，要是结瓜的话，给你你也不吃，给你你也不要。如果你现在摘的话，瓜正甜，果正好”的演唱来回答男子的求爱，表明自己的态度。男子听到女子的回应并未得意，反而沉重地以“果树田中生，瓜藤岣里爬。如果我要着你，就像黄果（橙子）一样好看，如果我要着你就像簸箕中的大米一样，吃到嘴里才会踏实”的陈述，来表示他们俩的事情还未圆满，还差一步。女子则以男子的口吻，感叹“你说到底要到什么时候才能成为你的妻子，是不是要等到火烧芭蕉，甘蔗结果”，表达自己的心愿。男子则进一步地追问，“到底要到什么时候才能娶你做妻？摘葡萄却连根带藤，我要你也要不得，你要我也要不得”，并表达两人相爱却不能在一起的无奈。女子则一反之前的羞涩，大胆地提出“你要是真想要我的话，和我娘一起去砍蓝靛做衣裳、被褥；和我爹一起去砍木头做花箱。我18岁，就立刻嫁给你”之想法，表白自己的心意。男子也以“天上星星那么多，地上姑娘那么多，我就只喜欢你一个”的歌唱，来表达对女子的爱恋。女子则以“我把鱼笼按在这，鱼不来我就用手把鱼捞上来，如果哥哥不爱我，我也把手拉过来”的演唱，来表达自己对男子的态度，直白而大方地表述自己的情感立场。至此，男女双方均通过不同的方式表白了自己的心意，诉说了期望结合之愿望。

情歌演唱至此，情节已发展到两人应该修成正果之态势，但是却一转，转向男子对女子的试探上。男子以“妹妹你说你没有老公，但是你家门口怎么会有木屑？那是野椿木的木屑啊”的表述，来试探女子的基本情况。女子则顺势而下，以“妹妹我倒是有丈夫，我爹怕人家的独子都死光，我娘怕天下的男儿都不剩，在我发未辫的时候就把我许给了人，现在到年龄了，我只有哭的份了”来表达自己对包办婚姻的不满。男子则以“妹妹你嫁得好啊，嫁到一个富人家，有钱有财，妹妹你稳稳地坐着数钱就行”的歌唱，来试探女子。女子则以“我妈错嫁我，把我卖到没有田只有地的地方。每天都得种地，一天到晚不得休息”来回应男子的试探，说明自己包办婚姻的悲惨。男子则以“现在我和你在一起，就像一副烛，就像这对凳脚一样紧紧相扣，坐在一起像夫妻。但是你男人一来，我们就分散了，就像天上的云，风一吹就散了”的歌唱，来表达与女子在一起受到外界重重阻隔的无奈之情。女子则话锋一转，以“哥哥你长得好看，又活泼，但是你是属于别人不是我。你手中握的是笔杆，坐的是书桌，我攀比不上”的陈述，来表达自己条件有限，配不上男子的自卑之情。男子则以“爱你却不能和你同行，同行怕人家说闲话。想你，也不能和你一起吃饭，怕你丈夫知道”的感叹，来表达自己的无奈。女子则以坚定的口吻来表达自己的立场，以“不怕就不怕，我担当得起，我们一起吃饭，就不要管他们了，也不管别人说闲话”来表达誓于男子在一起的决心。男子也转而坚定起来，以“赌你就赌你，赌你砍扁担，赌你砍斧柄，赌你休了原来的丈夫，要是咱们在一起的话，就不用挑吉日了”的演唱，来试探女子的决心。女子也以“赌你就赌你，赌你砍扁担，赌你砍尖担，赌你抛弃你的发妻。如果你抛弃你老婆，我明天就嫁你，不用挑吉日”的表达，来试探男子的决心。

至此，男女双方完成了对彼此的试探与了解。期间通过一些夸张事实的展现来追问对方，以掌握对方的基本信息；并随着情感的发展，以试探之方式对感情和婚姻可能出现的问题进行思考与协商，从而实现情感的抒发与爱情态度的坚定等。

（二）“代表项”

试探阶段，是“坡芽歌书”情歌故事的核心，也是壮族情歌文化的淋漓展现。通过夸张、诙谐的方式，既讲述了两人的认识、恋爱之过程，又将情感的发展融于论辩式的对歌活动中来，实现了情感的细致表达。81个符号，即“代表项”的呈现，则实现了情歌的书面记录，也辅助了抽象情感的传递与表达。

符号10通过对客观事物枫叶显著特点的忠实描绘来呈现其形态，并通过方向向右来实现区别；符号11则通过对客观事物枫叶显著特点的忠实描绘来呈现方向向左的符号形态。符号10和11原生之物相同，但是因呈现方向的不同而表达了两个不同的符号；符号12通过线条简单勾勒出蚂蚱的形象特点，并通过触角的深描来突出和定位其形象本色；符号13通过线条的描绘，简化实物韭菜的稀疏形象，并通过横线这一线条的加入来表示长在地面的具有生命力的韭菜形象；符号14通过对实物眼睛显著特征的忠实描绘，来展现眼睛的视觉特点，并通过眼角左侧的几个圆点的纵向排列，来表示流泪的眼睛这一形态；符号15通过对实物石块的线条描绘，简化其外形，展现其轮廓的形态特点。

符号16运用线条简单描画出一个具有壶盖、壶嘴、壶把、壶座的完整器物形象；符号17则通过熟知的线条——弯钩的勾画来表示壮族人民熟知的含义，与寻常知识系统内的含义完全不同；符号18通过对客观事物——白菜典型特征的描绘忠实反映了白菜的形象特点，呈现了其轮廓；符号19通过对客观事物——三角灶典型特征的描绘忠实反映了其形态特色，呈现了横切面；符号20通过对人这一形象的描画，忠实反映了人的造型特点，并通过背对、手臂线条的强调来表示一对人物的形态——屈肢侧卧。

符号21通过对客观事物——青冈树叶的描画，反映了树叶的特点——叶子椭圆，并呈现出折下来的一枝树叶；符号22通过对龙眼果实的突出描绘，来表现果实累累的龙眼树的形态，并呈现了龙眼树的枝叶和茎秆；符号23通过对植物叶子的繁茂和上端果实的描绘，来反映硕果累累的一种野生山果的形象；符号24通过辅助线条波浪纹（表示水波）的加入来展现客观事物船的形态，呈现了木船的轮廓；符号25通过对客观事物棉篮典型特征的描绘来展现其形态——筒形、中部附有一条可以背在身上的绳子（线条横线来表示），呈现了壮民的生产用具棉篮的形态特征；符号26通过对人眼这一器官的忠实描绘，突显了圆而黑的眼珠，并通过线条来表示睫毛来呈现睁开的有神的目光形态；符号27通过对人体腿部和脚的典型特征的简化来表现人这一形象，加之下面横线表示的地面组成人腿部在行走的活动状态。

符号28通过对人手这一肢体的描写，交代了人这一符号实体，并通过手下方三个圆点的纵向排列来表示手的流血状态；符号29通过对人这一形象的描绘，交代了人这一实体，并通过横线表示的地面的辅助来勾画侧卧的人的形态；符号30通过七个圆圈的横向排列来表示壮民头脑中特定的含义；符号31通过对壮族女子服饰的忠实描绘，呈现女子上衣的特征，并通过两边衣角的上翘，来表现衣角卷起的形态；符号32通过对野芋这一植物显著特点叶子的描绘，呈现了其形象，并通过芋杆分开、背对这一细节的刻画，来表现这两株野芋的生长状态。

符号33通过对人的肢体两只手相对的描写，来呈现手捧东西的状态，两手中间的一株植物——椭圆的叶子，来表示整体的手捧植物的状态；符号34通过对紫梅叶子——椭圆、对生特点的描绘，并通过横线表示的地面的辅助和两棵紫梅的相对而生来呈现具有生命力的两棵紫梅树的形态；符号35描绘了同向的两支紫梅，展现了其叶子特点；符号36由人腿部和脚的简化来刻画人的造型特点，并在人的右侧增加房子这一典型物质实体的描绘，来呈现人的抬腿走路的动作形态；符号37通过对鸭子各部分特征的描绘，呈现了其特征，并在鸭子外周描绘笼子的造型，表达了被关在笼中的鸭子形态；符号38通过对沙梨树叶子和枝头果实的的描绘，呈现了一棵硕果累累的沙梨树的形象；符号39通过对筷子这一用具的描绘来表现并排的两双筷子；符号40通过对油灯特征的细化：灯盘、底座和灯盘右侧的灯捻来呈现壮民过去生活中的照明用具油灯的形象；符号41描绘了壮族女子的裙子：裙头，上有两条带子用以系在腰上、裙摆有褶皱的形态特征；符号42描绘了繁茂的一株植物，而且这种植物生长在坡芽村四周的山上，很常见，孩子们喜欢吃这种草的根，味甜，可知这种草为茅草。

符号43描绘了平头、直筒裤腿，没有裤腰的裤子形象，是壮乡传统服饰中裤子的形象；符号44以人的轮廓的简化和下面线条表示的火苗，来呈现一个躺在火苗上的人的造型；符号45呈现了两头扭结在一起的一串棉纱形象。

对应男女青年的情歌对唱，符号46描画了一条鱼的形象——有眼、有鳞、鳃，而且鱼尾用线条进行简化；符号47呈现了一枝树叶，而且一个圆形的东西附着在树尖上，周围有许多圆点，坡芽村民形象地将其解释为：树头上的蜂窝，人一来，上面的蜂子嗡地就散开了，因此，呈现了飞散在树头周围蜂子的形态；符号48呈现了横线表示的地面下的根须状的东西，即树根的形态；符号49通过对黄瓜的一片叶子、两个果实还有向上生长的枝茎的描写，呈现了黄瓜向上生长的态势；符号50以大圆圈代表的簸箕和其内部许多小点代表的大米，来呈现圆形簸箕中的大米的形象；符号51通过对芭蕉这种植物典型特征，即宽大的芭蕉叶子、茎秆上挂着的芭蕉果实的描绘，呈现了芭蕉的形象；符号52通过对葡萄椭圆的叶子、藤顶端卷曲的藤芽、藤上还垂挂的一串葡萄的描绘，呈现葡萄的整体形象；符号53以弯曲的造型为基础，绘画出弯曲的道具形象，是壮民生产中必不可少的弯刀形态；符号54通过四个角的描绘，呈现了壮民头脑中的星星的形态特点；符号55以鱼眼、鱼鳃、鱼鳞、线条简化的鱼尾构成了鱼的形象，并在鱼的外面有一个右上方开口的筐子，代表一种捕鱼工具，呈现了鱼在筐中的形象，完成了情歌试探的第一阶段。

接着，男子转而对女子进行试探。符号56通过对锯子这种工具两端的木条和中间上端的绳子和下端锯条的描绘，呈现了锯子的轮廓特点；符号57通过对人体的素描，并通过头发这一细节的描画——发未编、散着，呈现了年轻未嫁的小姑娘形象；符号58以上端一条竖线、下方四条竖线撑起的平面组成一个靠椅，靠椅上有一个人坐在其上的形象，而且通过人手部细节的描绘，呈现了人坐着双手擎着东西的状态；符号59对锄头这种工具的组成要件锄端、锄把的绘画，呈现了锄头的整体形象；符号60通过对蜡烛烛身、烛捻的描写，呈现了并排的两根蜡烛形象；符号61以线条简绘出书桌的形象——四条腿、一个平面表示的桌面；符号62描写了并排的两条腿的形象，而且通过线条粗细不同的区别来呈现两个人一起行走的状态；符号63通过对两个人面对而坐，手部向上；两人中间有一个圆形的东西表示饭桌，饭桌上有三个圆点，表饭菜的绘画，描写了两人一起吃饭的情景；符号64对斧子构成部分斧头和斧柄的描写，呈现了斧子的整体形象；符号65对壮民生产生活中的重要工具——尖担之特点如两头尖尖，用以方便挑起东西的描绘，呈现了其特征；并在尖担的中部画了一条横线，用来表现将尖担从中间断开之形态。至此，符号完成了对试探阶段情歌的对应和表达，实现了抽象情感的对象化。

（三）“解释项”

如何将丰富而冗长的情歌内容和情感发展予以记录，实现对群体成员的教授，成为歌书符号，即“代表项”创生的直接动因。符号“代表项”产生后，其与“对象”关系的呈现，则成为“解释项”得以阐发的重要线索。在试探阶段，歌书符号以直观之形象，将抽象而丰富的情感予以记录和表达，实现了“解释项”的丰富。

符号10通过枫叶形象在歌词第一句中的出现，起到提示歌词的作用，实现形象与声音的结合；符号11通过枫叶形象在歌词第一句中的出现，来起到提示歌词的作用，实现形象与声音的结合。符号10与符号11其物质本原同为枫叶，但通过符号方向的不同（右—左）来区分歌词和歌唱者，用法极为巧妙。符号12通过油蚂蚱的形态描绘，来概括歌词中心思想：油蚂蚱（它是蝗虫种类中最好看的一种，其身子为绿色，头为红色）甚是好看，用此来类比女子红红的嘴巴。此外，还通过尖尖的长尾巴，描绘出雌蚂蚱的形象，来象征女子，表达对女子的赞美。符号13

通过稀疏的韭菜形态描写，来概括歌词中心思想，女子听到男子的夸赞后，开始贬低自己，把自己比作荒原里的韭菜没人管，并说自己长相不好等。符号14通过流泪的眼睛这一形态展现，来概括歌词的大意，表达男子对女子的思念，和欲追求而无门的无奈伤心之情。符号15通过磐石的特征——不能随意移动来比喻女子的状态——单身，待字闺中，以此来表达整段歌词大意。

符号16通过器物——酱油壶形象和所含的物质——酱油咸的特点再配以盐巴，使其咸上加咸来起兴男子和女子之间的关系，希望好上加好，期望感情加深更进一步。符号17中的“弯钩”在我们日常观念中表示对的、正确的意思，而在壮族的观念中则有“拉钩打赌”之说。通过弯钩的描画，来表示其隐含意；并通过弯钩形态在歌词第一句的出现来实现形象与声音的契合与对应。符号18用白菜这个日常再熟知不过的形象和特点——因为白菜常见而人们挑选它时往往简单、随意，与男子对女子的挑选形成鲜明的对比，以起兴男子对女子的真挚相惜之情。符号19通过三角灶在壮民日常生活中的作用——每日三餐都离不开它这一典型特征来类比女子对男子的感情，期望能和男子天天在一起。符号20一对人物背对、屈肢侧卧特点的描绘，表示是一对殉情的男女。通过这一人物形态的描写，来表达男子誓死都要与女子在一起的决心。

符号21通过树叶这一形象在歌词第一句中的出现，来提示歌词；并通过壮民生活经验，对这种树木和叶子特性——常绿、不容易落叶的了解来起兴女子的观点——两人时机未到。符号22通过龙眼形象在歌词第一句中的出现，来辅助记忆歌词；此外还通过挂在枝头高高的龙眼果——看在眼中而无法得到的无奈来比喻男子对女子想要又要不得的无奈。符号23通过植物形象在歌词第一句的出现来提示歌词，并通过这种植物的特点——无名的山果看是好看，但却不知道是涩、是苦还是甜，来比姑娘的自谦之意——想嫁男子却害怕男子嫌弃。符号24通过木船形象与所载物质锡、盐巴的结合，表示承载的沉重和有分量的物质，来比喻男子对女子的感情——深沉而凝重。符号25故意通过棉篮里所承载棉花的轻巧、分量小的特点；衣兜里所含绵绒微不足道的重量来比男子的感情，以承接上一首，进一步地试探小伙子的感情。符号26通过眼珠、睫毛的深描来表现姑娘的目光，姑娘锐利的目光一眼将男子的心意看穿；通过目光来起兴男子更深的情感表白。符号27通过“人行走”这一形态在歌词第一句中的出现来辅助记忆歌词，叙述女子面对男子表白后的矜持和从容应答。

符号28通过生病手流血（手流血一般是受了外伤而致，生病不会流血）这一反常和夸张的说法来表达男子思念女子之苦，从而概括整首歌的中心。符号29通过人侧卧这一形态的描画，来对应上一首男子的表达，表达女子对男子也是情真挚切、爱得死去活来。符号30七个圆圈的排列在今天看来可能是数学中的排列，而在壮族历史上有用石子计数的习俗，七个圆圈表示数量，在此表示天数。通过7天一个吊粑来表达对女子的思念之情，来提示和概括整首歌的大意。符号31通过衣角卷起的上衣这一形象在歌词第一句中的出现来提示歌词，并来回应上一首男子的情感表达，表达女子的更深更浓的感情。符号32通过两株芋杆形态的描绘，来比喻男子与女子之间的状态和无奈之意——虽然有意但却分隔两边，有情人不能终成眷属。

符号33通过双手扶紫梅这一形态的表现，表示了男子对这株紫梅的爱惜和细致入微的照料。用紫梅来比喻男子的老婆，夸赞她的美丽和男子对她的爱护，进入又一轮的试探，试探男子是不是已婚，以故意说男子有老婆来试探他。符号34中男子说两棵紫梅被烧焦，在此将紫梅代表自己的老婆，意为本有老婆，却被大火给烧了；现在妹妹也被别人给订了，两棵“紫梅”都没了；回应上首中女子的质疑和试探；接着男子又反过来质疑女子，是不是和他一样，也已名花有主，不是真心对他；通过相对的两棵紫梅树来表示男女目前的关系，两人没能在一起。符号35通过同向的两支紫梅（一边是男子，一边是女子）来回应男子的质疑，表达女子是真心和他在一起，从而呈现整首歌的大意。符号36男子紧接着女子，说要去她家看看，是不是真的没有订婚、没有丈夫；在壮族青年男女确定恋爱关系后，男方要找媒人，带着礼品去女方家说亲，一般不会轻易去女子家；在此，男子是说要去女子家提亲；虽然男子急切想去女子家，但是又担心事情不如他所愿的矛盾之情。符号37通过笼中鸭的形象特点（被关着没有自由）来类比女子的身世和处境，即没人关心，没人爱护。符号38通过沙梨树的特征（沙梨树结的果实，又酸又涩，不好吃，没人要）来比喻男子自己没人要；男子在此贬低自己来进一步试探女子是否有丈夫，并表达对女子的情有独钟。符号39通过并排的两双筷子（代表两人）、两双鞋子（代表两人）来表示两人成双成对，表达女子对男子进一步的试探，试探他是不是有老婆。符号40通过油灯这一媒介来回应女子的试探，是油灯下的影子，不是真人，没有老婆。符号41通过裙子这一形象的出现，来进一步试探男子；而且在过去，裙子是壮乡女子生活中必不可少的一件衣物，不同年龄段的裙头颜色不一样。符号42中，茅草作为生长和繁衍能力很强的一种野草，本是不会说话的，但男子却用它并把它拟人化为一个会说话的人来应对姑娘的步步紧逼。

符号43用丝裤来表现一个不用做活、生活舒适的女子，用以进一步对男子进行追问；而且当前在坡芽村，这种阔腿裤是用自织的土布做成，老年人还在穿，年轻人已不再穿着；而丝裤则是用绸缎做成，比较珍贵和稀少，一般官家人才能穿，平常人家是穿不起的。符号44在姑娘的步步紧逼下，男子不得不承认已有妻子，但是通过人在火苗上的情态描绘，来表达男子的妻子已被火烧死，表明现在他是单身。符号45通过棉纱这一在壮乡女子女红中重要的材料，而且棉纱是女子的特征来陈述男子与其妻子的生计情况，进一步地拷问男子。

符号46用鱼来比喻姑娘，人人都想把她钓上来，但是又怕姑娘已有人家，意在试探姑娘是不是已嫁做人妇。符号47通过树上蜂窝这一形象的描绘来起兴女子对男子心情的戏谑和总结；而且壮族有“结草号物”的习俗，即只要主人家在自己的东西上做个标记，如放树枝、用茅草打结等，别人看到后就不会再去拿了。符号48用榕树根变直这一不合常理的说法（榕树根的特点是根部发达、弯曲）来表达想知道女子到底要等到何时才能嫁给他的迫切心情。符号49中，女子一反常理（果实本应长在地面，才能茁壮生长；黄瓜本应生在田间，才能结出甜美果实，这本是人人熟知的生产生活常识），并用瓜正甜、果正好来起兴，认为时机已到希望男子来提亲和女子迫切嫁给男子的心情。符号50用簸中米来类比男女之间的关系和男子希望能和女子尽快确定婚姻关系的迫切心情；而且壮族生活中，有做饭前将大米放在簸箕中清理的习惯，但是簸箕中的米始终还要经过一些加工和火候才能变成可以吃的米饭，以此来说明和女子还未到谈婚论嫁的地步。符号51女子以“火烧芭蕉、甘蔗结果”这一有悖常理的陈述（事实上芭蕉这种植物的特点是火烧不着，也烧不死；甘蔗是不结果实），来陈述想成为男子妻子的迫切心情。符号52用葡萄藤（葡萄藤有粗壮很难折断的特点，摘葡萄一般要用剪刀或是将果实的梗从藤上掐断）来比喻与姑娘爱情的困难与阻隔，并将姑娘比作葡萄，诉说与姑娘想要相守却要受到很多方面牵绊的无奈。符号53中的弯刀是壮民生产中重要的工具之一，一般用在开荒山种田（刀耕火种）、砍柴等生产活动中。虽然弯刀这一形象没在歌词中出现，而女子陈述的事情却都需要弯刀来完成，从而用以提示歌词。符号54通过星星这一形象在歌词第一句中的出现来辅助记忆歌词，而且通过星星繁多、不可胜数等特点来起兴男子对女子的情有独钟。符号55根据鱼笼捕鱼一般都是鱼儿主动钻进去的特点，来起兴女子对男子的态度——主动想与男子在一起；并展现了壮民的生活场景：因为壮族临水而居，捕鱼是他们主要的生计活动之一，坡芽村的父辈也常常去很远的谷拉河捕鱼，把竹制的鱼笼安放在水里，等着鱼儿慢慢地进去，每次都能收获很多。

符号56“锯子”这一形象虽然没直接在歌词中呈现，然而与锯子直接相关的事物——木屑出现，来表现锯子；而且在壮乡，生产、生活有明确分工，木工活一般是男人来做，锯子也是男人的象征；在此通过锯子这一形象来陈述男子的询问和对女子的试探。符号57通过“发未编”细节的描画得知女孩还未成年，以此来陈述女孩的遭遇，回应男子的试探；并展现了壮族成年礼：“分发、辫发、剃眉、染齿是云南富宁壮族少女的成年礼。分发、辫发是女孩长到十三四岁，改变脑后一撮头发的发型，留发成长辫子，代表成年可谈恋爱、可嫁人”①。符号58以坐靠椅数钱这一形象来说女子嫁的人家不错，不用做苦力，来概括整首歌的大意。符号59“锄头”这一形象虽然没有直接在歌词中出现，但是其代表和象征的“繁重的劳动”却概括了整首歌的大意。锄头是壮民生产中常见的用具之一，对那些水田少山地多的壮家则更为必要，山地多极大加重了壮民的劳作负担。用“锄头”来回应男子，说嫁了个贫苦人家，而且每天都要辛苦劳作。

符号60以一副烛的形象来表示成双成对的东西，用以比喻男子与女子成双对。符号61用“书桌”这一形象来说男子家庭条件优越，又知书达理，回应上一首；并说明了普通壮乡的生活境况：过去在壮乡，一般是富贵人家才有书桌，也才有能力供家里的孩子读书，一般人家是没有书桌的。符号62中两个人的腿并排在一起表示同行、并行之义，通过这一形象在歌词第一句中的出现来提示歌词。在壮乡，一般男女除了夫妻外，要保持一定的距离，外出也不同行。符号63用“同桌吃饭”这一形

① 王志芬.云南富宁壮族坡芽歌书符号意义解读[M].昆明：云南大学出版社，2010。237.

象来表示女子的决心和勇气，不怕世俗的说辞，勇敢地和男子在一起，这在壮乡的风俗里是不允许的（一般是夫妻才会坐在一起吃饭）。符号64中“斧子”这一形象虽然没有直接出现，但与这一形象相关的陈述却在歌词中呈现，即“砍斧柄”（斧子如果少了斧柄则无法发挥其功能），男子用“砍斧柄”等来起兴，以激将女子敢不敢休了原来的丈夫和他在一起。符号65用“砍尖担”这一形象来起兴，考证男子敢不敢也休了老婆，不顾世俗来与女子在一起；而扁担和尖担是坡芽壮民生活的重要工具，扁担用来每天早上去村中老井挑水，满足饮水的需求；尖担则用来到山上割猪草、挑柴火等，如果把它们砍了，那生活将无法正常运行。

在试探阶段，青年男女除了用歌声完成对彼此的了解外；还通过直观的符号形态将歌声及其歌声所蕴含的情感一并传递给接收者，实现了情感的传达。而且符号形态与歌声的结合，将壮文化生产生活的细节予以展现，达成了符号意蕴的产生。

三、相守阶段的符号

青年男女在试探阶段，通过夸张的方式、有悖常理的事物向对方拷问，既窥探对方的基本信息，又掌握其情感反应，实现了基本了解；也向对方表达了情感态度，从而走向了相守，对两人的未来生活进行了憧憬，符号66–81予以了呈现。

（一）“对象”

男子以“如果我们成夫妻，把房屋造在树上也可以；不吃饭也可以，不吃饭吃蜂子也可以，哪样都可以，即使条件没有都不怕”来表达与女子相守的决心和态度。女子也以“我们俩在一起，就像官家的马缰绳，两头紧紧搓在一起，就像银扣和银纽一样相互扣合，不能分开”的陈述，来表达自己的态度以回应男子。男子接着则以“想起妹妹你，假如我们不得在一起，就像肠子在里面拌来拌去，伤心难受；看不到你，心里则万分牵挂”的歌唱既传达自己的心情，又担心两人不能结合。女子则以“讲话就要讲得有结果，要搓就搓成八条绳子。你妈来拆散，我再重新编，编得稳稳的，你妻来割，我就长长地接起来，紧紧相连”来表示不怕外来的阻力，两人要同心协力。男子则继续感叹两人结合的不易，以“不知要到什么时候，要到什么时候才能看到火鸟下蛋，要到什么时候咱俩才能成夫妻名正言顺地在一起”的反问来说明两人结合的不容易。

女子则对此充满信心，以“我和你在一起，像果蔗的味道一样，甜甜蜜蜜”来憧憬两人的幸福生活。男子也改变了悲观的态度，以“如果能娶妹为妻，高高的田埂自然会变矮，小小的梯田就会变成宽田，水自然会流入田里，变成水田。水田就会成为长有浮萍的良田，和你在一起我就心满意足了”来表达两人结合的美好。女子则回应“如果能得到哥哥为丈夫，腊月里下雪，睡到晒台上也不会冷。四月里不吃饭，也不会觉得饿；吃饭时不吃菜也甜”，诉说两人如果生活在一起，不论遇到什么困难都不怕的决心。男子则进一步地对婚后生活进行憧憬，以“如果和妹妹在一起，劳动的活我全包。近的地方我一个人去，远的地方和别人一起‘打背工’。你就在家里煮饭等我们回来，饭煮糊了我不会怨你，饭糊也就一两次”的歌唱来表达其高兴喜悦之情。女子则从家庭分工出发，对婚后生活进行规划，以“如果能得哥哥为丈夫，如果砍树我就扛斧头；如果你回家，我就搬凳子给你坐；剩饭吃不完，由我来吃，哥哥吃新饭”的诉说来想象婚后的劳作情境。男子也从劳作分工出发，以“如果娶妹妹为妻，犁地不会剩下一根茅草，生了娃娃我来背，不让你辛苦”等陈述，对婚后的生产生活进行计划。女子进一步以“如果得哥哥做丈夫，我每月要去你家三趟；结婚后在家织布，不给你穿烂的衣服”的歌唱来明确自己婚后的责任和义务。男子则以“如果要你做妻子，没有田，种地也可以，也能养活你”来表达自己的家庭责任和对女子的承诺。女子则以“好花生院中，花骨朵生屋里。我们成夫妻，变成爷爷奶奶。有你在身边，过河不用船，我们一起牵手走过去”来表达两人恩爱相守到白头之愿望。最后男女则以合唱之方式，共同表达了两人要一起劳作、相互扶持，直到生命终结，表现在最后两首歌词中，如“一年12个月，我们要在一起，正月种地，二月种田……我们俩一起劳动，要像别人那样生活富有”“两棵树同长、两棵笋共生。两个人希望一起变老、一同死去”。

（二）“代表项”

相守阶段，男女通过对婚后生活的憧憬和规划，展现了两人相互扶持，不畏生活艰苦的勇气和决心，这在符号66–81予以了呈现。

符号66通过对壮族房屋，如屋顶、支柱的素描，呈现了壮族干栏式建筑的轮廓，展现了极其简单的房子构造，来对应婚后生活的简朴和艰苦。符号67通过对马的眼睛、耳朵、头上的鬃毛的描绘，呈现了马的头部形象；此外，还通过一条曲线的描绘，表现了一条拴缚在马头部的缰绳的形态；通过这一形象的表达来对应男女不离不弃的决心。符号68以上面的圆圈表示圆圆的肚子，下面相连着扭在一起的绳状物代表肠子，呈现肠子缠结在一起的状态。符号69以两条绳状的东西扭在一起之态，来表现2股搓成的一根绳子的形象。符号70通过对鸟的左翅、翎羽、眼睛、尾巴、嘴巴、爪子等细节的描写，呈现了一只展翅欲飞的鸟的形象；并且在鸟的左下方还有两个椭圆形的东西上下排列，表示鸟下的蛋，从而表达鸟下蛋之状。

符号71呈现了甘蔗的整体形象——中间为甘蔗主干，上细下粗，用横线来表示甘蔗的节，两边是弯曲的叶子。符号72呈现了一片四叶草的形象：每片叶子又分为两部分，中间两条直线相交表示叶茎。符号73通过上面一片云朵，下面点点表示飘落的雪花的描绘，来呈现下雪的场景。符号74通过对上面炊具盖子、身子的描绘来表现两边有耳的炊具；并通过与下面火苗的组合，表示煮饭的整体形象。符号75：人手的形象在左边，旁边是斧子造型（斧头、斧柄），斧柄在手中，组合为人握斧子的形象。符号76描画了犁耙的形象，尖尖的犁头、中间的把手和支撑的结构。符号77呈现了三条从上至下渐长的线条，并组成上下排列结构，表达特定的涵义。符号78：左边的船型物上有禾苗状的事物长在其上，表示有水的稻田；右边四方形的框里有圆点的东西，表示生长在其上的庄稼，表示山地、旱地，组合在一起表现水田和旱地的形象。符号79呈现了一朵花的形象，花的叶子和盛开的花朵。符号80呈现了两个人并列在一起的状态，而且两手相连，表示一对男女幸福地生活在一起的情态。符号81呈现了并排的两颗笋，而且笋身上冒出尖尖的小芽之状态。

（三）“解释项”

青年男女通过对歌活动完成了相识、相探、相恋之过程，从而走向了相守的美好，在这一阶段男女主要对婚后的生活进行了规划，表达了两人互敬互爱、共同进退之可贵，是情感发展的归宿阶段。

符号66通过简单“一间房”来开头，陈述男子对他们俩结合后的憧憬和不畏生活艰苦的决心。符号67通过马与缰绳相互契合、相伴不分离的特点，来比喻男子与女子两人，紧紧相连不分离之决心。符号68通过肠子缠结在一起的形象来比喻男子的心情，如果不能跟女子在一起，心痛如肠缠结一般。符号69用搓绳（紧紧扣合在一起）来表示男女在一起的决心；在坡芽，壮民通常都用藤条来搓绳子，一部分用于自己的生产生活，一部分拿到集市上去卖。而且搓绳一般用3股编成，而现在却说用8股来编，以此来表示要牢牢在一起，不被拆散。符号70用“火鸟下蛋”（极为少见）这一形象来类比两人，两个人名正言顺地在一起成了一种奇迹；坡芽村民说可以在山前（一般要下雨时）看到这种鸟，通身为红色，并把它叫做火鸟，但是这种鸟下蛋却无人看到，因此，用火鸟下蛋来表示奇迹般的事情。

符号71用“甘蔗”来比喻两人在一起甜甜蜜蜜，幸福无比；符号72用浮萍来提示整首歌的大意，表示如果男子与女子在一起，生活定会美满幸福；坡芽村，山地多、水田少，而且因为地势原因，水田种植极不容易。而浮萍是长在水里和水田里，有浮萍的地方也是有水的地方，便可以种植水田了，有水田，各种劳动也变得容易，因此用浮萍表征良田，预示生活的美好。符号73通过下雪这一形象与整首歌的大意形成鲜明的反比，是女子情意的告白；坡芽因特殊的地理位置，形成夏天炎热、冬天湿冷的气候特点，有时天气严寒腊月会下雪，非常冷，下雪之天睡到晒台上，表示艰苦的条件和境遇。符号74用“煮饭”这一形象来代表男子对婚后幸福生活的憧憬，男耕女织、互敬互爱；也体现了壮族家庭的分工特点：男主外，女主内。符号75用“扛斧”来表示对男子辛苦劳作的理解与分担，无怨无悔；也体现了壮族的劳作分工：一般在壮族社会里，斧头是男子的象征，这些活由男子来做。符号76虽然“犁耙”这一形象没在歌词中直接出现，然而与犁耙密切相关的活动——犁地出现，来代表男子对婚后生产、生活的憧憬。符号77三条长短不一的线条表示计数，结合歌词是指次数；壮族婚俗里，有“不落夫家”之说；青年男女结婚后，女子住在娘家，不在夫家住，一个月回夫家一次，等有了孩子才住到夫家；在此用“三趟”来表示回夫家的次数，以不合规矩之做法来说明女子对男子的无悔付出与深厚情感。符号78用田和地来表示一种生产劳作的理想与歌词所对应的情景成反比，表示男子不畏辛劳，誓与女子在一起生活；也展现了壮民的生活现实：以坡芽村为例，山地多，水田少，水田好种，旱地主要看天，雨水少收成则极差，而且旱地的肥力不好，需要村民辛苦开垦（拔荒草、砍荆棘等），劳动量异常繁重。符号79通过“盛开的花朵”这一形象在歌词第一句中的出现来起兴男女“执子之手，与子偕老”的幸福美满结局。符号80以“两人并肩一起”

的形象表示两人终于走到一起，并做着一年的计划；一起劳动，一起面对生活的酸甜苦辣。符号81使用两棵树、两颗笋这些双生事物来类比两人，并起兴男女两人同生共死的决心；以双生的形象来对应歌词的中心思想。

“坡芽歌书”81个符号以对客观事物典型特征的描画，呈现了直观之视觉形象；并利用这些直观形象建立与青年男女情感的异质同构，实现了抽象情感的物化和对象化，完成了完整“连环画”的展开和陈述，是壮民智慧表达的淋漓展示，也是符号系统建构作用的典范。

第二节 “坡芽歌书”符号的视觉特征

“坡芽歌书”作为壮族一种古老的文化遗存物，至今仍在壮民的生活中发挥着作用。这些原始古朴的图案符号虽不如现代的艺术作品精美，但因其创造、使用的自发性和独特性，是壮族个体智慧的结晶，深深打上了壮文化的烙印，具有鲜明的民族性和无可复制性。

“坡芽歌书”81个符号，从第一个符号“月亮”到最后一个符号“两棵竹笋”，经过不同实物要素的分解、组合，构成为造型各异、涵义不同的整体，表达和呈现了一幕完整的壮族爱情长剧，描绘了青年男女从相识、相探、相恋、相守的完整历程，讴歌了壮族爱情的委婉、真挚。

一、“坡芽歌书”符号的分类

综观歌书81个符号的原生之物，均来自壮民的生产生活，与壮民自身休戚相关，是壮族现实社会生活的影映。符号的形成是壮民观法天地万物、取舍析取的结果，因此从符号所含的原生物来看，可将符号类分为以下几种。

（一）取自于人的符号

东汉许慎在《说文解字・序》中所言：“仰则观象于天，俯则观法于地，视鸟兽之文与地之宜。近取诸身，远取诸物，于是始作易八卦，以垂宪象”，古人通过取法天地，“近取诸身，远取诸物”，将人与外部世界相连，调节人与天地的关系，使人立于“天地之心”，从而推动人的主动性的发挥。因为有了人，才有了与人相关的“人文万象”，也才能将自然之文转化为化育天下的人文，化有形之物为无形之道，实现人与天地的和谐共生。

“坡芽歌书”符号取自于人或人的器官的有：符号3男子、8男子、9嘴巴、14眼睛、20一对情人、26眼睛、27腿、28手、29躺着的人、33双手、36腿、44人、57女孩、58女人、62腿、63一对男女、68肠和胃、75手、80一对男女。其中属于人的整体造型的有符号3、8、20、29、44、57、58、63、80，其他的则是取自人体的部分器官，并通过与其他事物的重组，以表达不同的涵义。

因“坡芽歌书”符号描写的是一对青年男女的爱情故事，通过人或者人部分器官的描绘，来陈述人物关系进展、展现人物情感。其中通过人的部分器官与其他事物的重组，来概括人的行为活动和精神状态，再次展现了壮民的表达艺术与技巧。

（二）取自于自然物的符号

“文之为德也，大矣，与天地并生者何哉。夫玄黄色杂，方圆体分，日月叠壁，以垂丽天之象，山川焕绮，以铺理地之形，此盖道之文也”，在此，刘勰阐述了天地本来就有的物质存在，即没有人造的参与，展现了天地万物的原生状态，反映了自然之道。“坡芽歌书”符号正是源生于壮民生于斯长于斯的自然环境之中，是壮民对这些物质进行表达来抒发自身情感，借助自然来表达人文的产物。

对于“坡芽歌书”来说，符号取自自然物的有：符号1月亮（天体）、4绿头鸭、5鹧鸪、6刚竹、7慈竹、10–11枫香叶、12油蚂蚱、13韭菜、15石块、18白菜、21青冈树、22野生龙眼果、23野山果、32野芋、33–

34–35紫梅、38沙梨树、42茅草、46鱼、47树上蜂窝、48榕树根、49黄瓜、51芭蕉、54星星（天体）、60火鸟、67马、71果蔗、72浮萍、73云和雪、78田地、79花、81竹笋。其中天体的是符号1和54；动物有符号4、5、12、46、60、67，山石的是符号15；自然气候现象的是符号73；其余都是取自植物的符号。这些自然物伴随着壮民的生息繁衍，为壮民的生存发展提供物质养料和精神满足。而且壮民在生产生活中通过“人与天地参”之方式，长期地与自然进行认知和交感，积累了诸多的“地方性知识”，实现了人与天地万物的和谐化生，为自然之文的转化奠定基础。

（三）取自于人为物的符号

“人文之元，肇自太极，幽赞神明，《易象》惟先”，人通过对天地万物的观察、认知和表达，用一定方式将万物呈现出来为人所用，也才有了各种各样的符号。人通过视、听、嗅、触等感观活动，总结与创造出内涵丰富的符号，既满足了人们的实用目的，又内涵着无限的韵味，对人的生命发展具有深远影响。

“坡芽歌书”符号取自人为物的有：符号2游戏的石子、16酱油壶、19三角灶、24木船、25棉篮、31上衣、36房子、37竹笼、39筷子、40油灯、41裙子、43丝裤、45棉纱、50簸中米、52葡萄、53弯刀、55鱼笼、56锯子、58靠椅、59锄头、60蜡烛、61书桌、63同桌吃饭、64斧子、65尖担、66一间房、69搓绳、74饭锅、76犁耙。

这些符号所含物体，均与壮民的生产生活相关，是他们生存与生产发展的物质原料与工具，有些物品至今仍在壮乡存在并发挥作用。壮民选取他们熟悉的事物，对其进行表达，不仅实现了山歌教育中歌词记忆的问题，还将壮乡的生产生活场景缩影成直观形象的可观、可感的符号，将农业生产生活的全景跃然“布”上。

（四）取自于事的符号

虽然“坡芽歌书”符号整体上是以具象手法为主去表达原生事物，

实现了符号的直观、简单，使受众能够做到见此形知原形，并结合歌词实现对歌书情感的理解。然而除了诸多直观形象的符号外，还有部分符号通过线条化的表达，使受众难以理解其原形，更无法知其意义，增加了阅读的难度。

这些线条化、难以理解的符号与壮民的习俗、规约密切相关，是壮民群体间的“秘密语”，且从符号的表达来看，已具有抽象的意味。在“坡芽歌书”中抽象的符号并不多，只有符号17打赌、30七日、77三趟。从符号的形态来看，一个弯钩、7个圆圈、三条横线就是数学中的图形、线条，但在壮民的观念里，却有着“拉钩打赌”之说；有着“石子计数”的传统；有“不落夫家”之俗。壮民将这些观念赋意在歌书符号之上，并通过符号将这些传统观念记录、传承下来，实现对民族群体的教化。

“坡芽歌书”符号以图载歌的独特性，即图案符号与歌曲的巧妙对应，既解决了壮族个体学习山歌时记忆歌词的实际问题，也实现了自然生境与生产生活的和谐化生。通过对歌书符号的分类，帮助我们深入了解符号的原生之物，领略壮民的智慧表达，充分体会“坡芽歌书”符号所传达的醇厚的思想感情和意境。

二、“坡芽歌书”符号的组织结构

“坡芽歌书”作为壮族先民的创造物，虽然产生的确切年代至今还未揭晓，但是通观歌书书面整体，壮民通过红色的仙人掌果实汁液描绘，将生产生活中不同的物象进行巧妙加工，使81个符号栩栩如生，完成清晰完整画面呈现的方式却值得后人进行探究。从第一个符号到最后一个符号，壮民或者使用单独的物象，或者使用不同物象的组合来呈现具有不同涵义的81个符号，呈现出不同的结构特征。在此，对歌书81个符号的组织结构进行梳理，以认识符号本身，更为重要的是理解壮民表达的智慧和创造性的精彩。

（一）独体结构

独体结构的符号，即符号由一种物象组成，不可再分。对于独体结构的符号，一方面因其构成物象的单一，一般都能如实反映符号本原之物的特点，实现见形知意的目的。另一方面通过对符号本原物显著特征的描绘或细节刻画来呈现符号形态，实现了符号的可读性，其对应的涵义也较为简单，方便受众理解。

“坡芽歌书”81个符号，独体结构的符号有：符号1月亮，3孤单男子，5鹧鸪，8孤单人，9开口笑，10枫叶，11枫叶，12油蚂蚱，15石块，16酱油壶，17打赌，18白菜，19三角灶，21青冈树，22野生龙眼果，23野山果，26目光，31衣角卷起，38沙梨树，40油灯，41裙子，42茅草，43丝裤，45棉纱，46草鱼，49黄瓜，51芭蕉，52葡萄，53弯刀，54星星，56锯子，57女孩，59锄头，61书桌，64斧子，66一间房，69搓绳，71甘蔗，72浮萍，76犁耙，79花，共有41个符号。

（二）组合结构

组合结构的符号，即符号由两种或两种以上的物象构成，可拆分为不同部分。“坡芽歌书”结构为合体的符号，其本原由两种或者两种以上事物组成，构成不同的结构类型，如上下结构、左右结构、包围结构、交叉结构等，其涵义相比独体结构的符号则要不明显，表达的字段要稍长，往往通过相同或不同事物的组合实现象征的意味，实现对抽象事物或情感的表达与理解。

对于“坡芽歌书”的符号而言，符号为合体结构的有：符号2：中间一个石子，周围六个石子组成包围结构；符号4：这两只鸭子分公母，一只公鸭，一只母鸭，组成左右结构；符号6：由刚竹和地面组成上下结构；符号7：由慈竹和地面组成上下结构；符号13荒原韭菜：由韭菜和地面组成上下结构；符号14流泪：由眼睛和泪水组成上下结构；符号20

一对情人：由一男一女组成左右结构；符号24木船：由木船和水波组成上下结构；符号25棉篮：由棉篮和背绳组成交叉结构；符号27跟哥走：由腿和地面组成上下结构；符号28流血的手：由手和血组成上下结构；符号29晕死的人：由人和地面组成上下结构；符号30七日：由七个圆点组成左右结构；符号32野芋：两个野芋组成左右结构；符号33双手扶紫梅：由双手和紫梅组成左右结构；符号34两棵紫梅：由紫梅和地面组成上下结构；符号35两支紫梅：由两支紫梅组成左右结构；符号36抬腿去妹家：由腿和房子组成左右结构；符号37笼中鸭：由笼子和鸭组成包围结构；符号39两双筷子：两双筷子组成上下结构；符号44火烧死：由火和人组成上下结构；符号48榕树根：由地面和榕树根组成上下结构；符号50簸中米：由簸箕和米组成包围结构；符号55笼中鱼：由鱼笼和鱼组成包围结构；符号58坐靠椅数钱：由靠椅和人组成左右结构；符号60一副烛：由两根蜡烛组成左右结构；符号62同行：由两个人的腿组成左右结构；符号63同桌吃饭：由人和饭桌组成左右结构；符号65砍尖担：由砍刀和尖担组成交叉结构；符号67官家马缰绳：由马和缰绳组成交叉结构；符号68肠相结：由胃和肠子组成包围结构；符号70火鸟下蛋：由火鸟和蛋组成上下结构；符号73下雪：由云朵和雪花组成上下结构；符号74煮饭：由饭锅和火组成上下结构；符号75扛斧：由手和斧子组成交叉结构；符号77三趟：由三条横线组成上下结构；符号78田地：由田和地组成左右结构；符号80在一起：由男女组成左右结构；符号81两棵笋：由两颗笋组成左右结构，共有40个符号。其中上下结构的符号有16个，左右结构的符号有15，包围结构的符号有5个，交叉结构的符号有4个。

“坡芽歌书”符号因其所含物象数量和排列方式的不同而呈现出结构各异和涵义各殊的特点。总体来说，“坡芽歌书”的符号结构有独体和合体两种，独体的符号因所含物象的单一，往往以事物的典型特点来呈现形象，符号的涵义往往可以见形知意；合体符号因所含物象的多样，这些相同或不同的物象因排列组合方式的不同而构成结构不同的符号，符号的涵义也往往要通过整体的造型来理解。

三、“坡芽歌书”符号的形式之美

“坡芽歌书”符号原始、古朴的造型图案，具有视觉直观的形式美；通过简单的线条，具象、意象、抽象相结合的表达手法呈现了81个形态各异的符号，具有独特的审美特质。此外，因符号与歌词的一一对应关系，使得歌书符号具有明确的指向性、意象的丰富性等，展现了壮民通过直观形象来表达复杂感情的睿智和独特，是他们思维方式的具体展现。

（一）整一之美

“坡芽歌书”符号从其数量上来说，由81个符号组成，通过不同符号的前后相继排列，构成为完整的一个书面。壮民以看似毫无关联的不同形象表达和呈现了关系密切、情节递进的“连环画册”。

从符号的形态来看，“它们不是一个个单独的孤立的图形，而是一组一组复杂的叙事性的图形，或者是一套一套彼此顺序相连的图画，就像连环画故事一样”①，歌书81个符号构成了壮族爱情故事的“连环画”：从第一个符号到最后一个讲述了一对青年男女相识、相知、相恋、相守的完整历程，从人生之重要阶段——婚恋之陌生男女的相遇开始到两人结合后的生命终结，展现了人的生命成长历程和轨迹。而且就单一符号而言，每个符号对应完整的一首歌，表达完整的意义，展现了生命历程的不同阶段。因此，在观赏“坡芽歌书”符号时，单从符号的形态看不出其完整涵义，但是综观整体，则体现了涵义的完整性、表达的流畅性和安排的整一性，体现了壮民的整体观。

① 宋天锁．“图画文字”就是“象形文字”吗[J]．河北大学学报，1990：64.

（二）质朴之美

“坡芽歌书”符号从其形态上来看，诸多符号都是客观事物的简单摹写，真实地反映了实物的典型特征，相比当前的艺术作品则表现出一定的拙朴，然而正是这些自然、本真的表达，体现了难得的质朴与归真。正是这些形态简单、其形象取自人们生产生活及人们自身的符号展现了过去壮民的生活状态，体现了他们直观形象的思维和表达方式，如符号18一棵白菜、19三角灶、符号37笼中鸭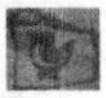、39一双筷子、40油灯等，通过对事物典型特征的忠实描绘，凸显了事物的特征，实现了对符号“形式”和“内容”的整合。

通观“坡芽歌书”符号整体，对事物的质朴表达在独体符号中更为明显，一方面因其构成物象的单一，一般都能忠实反映符号本原物的特点；另一方面通过对符号本原物显著特征的描绘或细节刻画来呈现符号形态，实现了符号的可读性，其对应的涵义也较为简单，方便读者接受。如符号1月亮，通过对一轮弯月的描画，并通过方向向右来指示时间；符号9，开口笑，以嘴角上扬的细节描写人物笑的状态，表达愉悦心情；符号25：棉篮，通过中部系绳的细节描画呈现了棉篮的直观形象；符号43：丝裤，呈现了平头、阔腿的壮族服饰特点；符号66：一间房，呈开字形，为壮族古老的建筑形象，当前坡芽村中“老人亭”正是这种建筑形式。通过这些符号，可以大致知晓符号所要表达的意象范围，或是符号本身，或是符号的“隐喻”；是壮民以熟悉形象之物来表达抽象、复杂情感这一思维和行为方式的展现。此外，这些符号原生之物均来自壮民的生产生活，与生产生活发生着不同关联，亦是壮民物质和精神需求的重要来源。

（三）意象之美

符号是物象的外在显现，其形象、逼真是其要旨，“坡芽歌书”也不例外。然而除此之外，因歌书符号与歌曲一一对应之关系，使歌书符号在具象之外，多了对歌词、对情节的关照。基于此，壮民利用符号的形态来实现对歌词意境以及人物情感的阐释，以直观的符号来概括青年男女感情发展状态，概括歌词所要表达的涵义，以达意象之美。

意象是艺术表达中追求的一种艺术效果，是创作者将主观情感赋予作品中，将“意”与“象”结合起来，旨在丰满形象，达到受众对艺术形象的想象与理解。如歌书符号14流泪的形象来表达男子见不到女子的伤心、难过，以及对女子的思念之情；以符号28流血的手、29晕死的人等，来概括因男女双方对彼此过度的思念而引发的症状等。壮民将歌词大意融合在直观符号中予以呈现，既实现了抽象情感的具象之表达，亦提供了受众识图时理解和想象的空间，为读者呈现了无限的意境之美。

此外，“坡芽歌书”以81个符号表达的81首情歌，咏唱了一对青年男女曲折动人的爱情故事，其表达方式和情感抒唱与我国最早的一部乐歌总集《诗经》有着异曲同工之妙。对于《诗经》中的《风》诗，朱熹在《诗集传·序》指出：“凡诗之所谓‘风’者，多出于里巷歌谣之作，所谓男女相与咏歌各言其情者也”①，即咏唱人们的生活、婚恋之景；其以生产生活熟悉的物象，通过赋、比、兴等手法来展现生活场景，表达了丰富真挚的情感，是先民生产生活的画卷，更是朗朗上口、流传甚广之动因。其中《月出》通过对月这一实体“皎”“皓”“照”形态的描绘来起兴，呈现了对佳人的思念和对爱情的期盼，表达了“劳心悄兮”“劳心慅兮”和“劳心惨兮”之心情；“坡芽歌书”第一个符号月亮的表达与此有着相似之处，以月亮来营造美好的氛围，表达了年轻小伙对爱情的向往和对爱人的呼唤。《柏舟》以泛舟河中来起兴，对婚姻不能自由的无奈和自由爱情的向往进行了阐释：对“母也天只，不谅人只”的做法，

① 转引陈子展，杜月村．诗经[M].北京：中国国际广播出版社，2011：17.

无视“实维我仪、实维我特”的想法，进行控诉，并表达了“之死矢靡它”“之死矢靡慝”之决心，表达了对爱情的坚守。“坡芽歌书”符号57则采用赋的表现手法，以“发未编”为题，对包办婚姻进行了阐述，指出在很小的时候，父母就将其嫁出，表达了对此的无奈之情。《风》和“坡芽歌书”虽然在产生年代、内容、呈现方式上存在很大差异，但是对爱情的讴歌和以物象来表达情感、书写生活之出发点却值得后人思考和借鉴，其蕴含的丰富意蕴亦有待进一步的挖掘。

虽然“坡芽歌书”产生的最初目的因时空的阻隔还未得以清晰探寻，但是歌书以直观形象表达复杂情感的方式却为后人提供诸多有益的启发。在壮民看来，歌书符号是提示歌词的手段，符号的价值在于辅助记忆歌词，这自然是其实用价值所在；但从歌书符号形体背后所蕴含的无限丰富性来看，符号的价值应不限如此而且更为深远，因为一符号系统不仅“有‘形下’世界（经验生活中的具体事象）的信息，而且涉及‘形上’世界（超验的本体世界与大全世界，如宇宙生命及其生命本原）的信息”[①]。也就是说歌书符号系统不仅蕴含着经验生活中的各类知识和信息，而且还包含精神内在生长的丰富资源和养料，从而实现壮族群体的物质和精神满足，离开了这一符号系统，“人的生活就一定会像柏拉图著名比喻中那洞穴中的囚徒，人的生活就会被限定在他的生物需要和实际利益的范围内，就会找不到通向‘理想世界’的道路”[②]。

① 陈伯海.“言”与“道”——论语言和世界的关系[J].文艺理论研究，2009（1）：6.

② 恩斯特·卡西尔.人论[M].甘阳译.上海：上海译文出版社，2004：57.

第四章

云南壮族“坡芽歌书”符号的创生

符号作为人为物，不是凭空产生的，而是历经复杂过程凝结人的心血和智慧而成的，是主体之人从外界取象、对其抽象、从而成象的过程。人作为符号的“生产者”，在生于斯长于斯的环境中创造了符号，符号创生是主体之人对外界万物的作用之果，囊括了对事物的观察、类分和表达。符号创生，不但使“形象”建立，而且主体之人创造符号的思想、观念等也附着其上，实现原生之物、人为之象和人文之理的统一，完成了从自然之文到人文之化的实现。此外，主体之人在符号创生过程中，通过一系列活动，已达自身与自然的和谐共生，体现了其主动性和创造性的展开。“坡芽歌书”符号正是壮民观法天地、取象万物、物化成形的典范，展现了符号创生的全过程；壮民一方面利用自己的经验、智慧创造了符号，另一方面，符号的创生对壮民亦产生深远影响，形成个体与符号的互动滋养。

第一节 “坡芽歌书”符号创生的理据

符号的创生不是人们的凭空想象与随意制造，而是人们意志和能力的展现，特别是在生产力还不发达的过去；人们无法用科学的依据去解释自然界出现的各种现象，而只能将其归于自然与人关系的良悖。虽然这种意识显示了人在自然面前的渺小，但却实现了人与天地的良性运作，与天地万物的和谐共生，有其合理性和必要性。而且千百年来这种思想亦成为各民族的思维范式和行为方式，形成为重要的哲思观念，指导着后人的行为，亦为新的哲思萌芽发展提供理据。

一、天人同一观念

天人关系是历代先哲争论的主要议题，并构成为中华文明的重要组成部分。“天人合一”是儒家的哲学思想，关注人与天地的关系，强调人要认识自然、尊重自然、效法自然，并认为：“人与周围所有事物，作为‘一’的存在状态，使得他们之间能够相互全息、相互影响，而且这种全息与影响不仅在形下层面、也在形上层面，不仅在物质层面、同时也在精神与行为层面”[①]，以达“上下与天地同流”“人与天地参”的境界。壮族作为中华民族的一员，也有相似的哲学思想——“天人同一”。壮族先民的“同一”是指同一体、齐同；“天人同一”是指人与自然抑或异物或者仙神的同一、齐同[②]。在此，主要是指人与自然、与天地的同一、齐同。在壮民族的思想观念中，从天上到地下，从非生物到植物到动物，均产生了各种各样大大小小的神灵，形成对他们的崇拜和信仰[③]，并认为这些神灵与人的生存和发展休戚相关。

“在神化自然和人神相通的观念影响下，壮民族将人视为自然界的一个有机组成部分，认为自然万物不但都是具有生命的，在自然万物之间存在着相互联系的关系，并且在需要的时候，在一定条件下，自然万物

① 江净帆.空间中的社会教化[D].西南大学博士学位论文，2010：86.

② 黄庆印.壮族哲学思想史[M].南宁：广西民族出版社，1996：57.

③ 廖明君.壮族自然崇拜文化[M].南宁：广西人民出版社，2004：3.

包括人类生命的内部都可以实现相互间的生命转化”①，从而构成为壮民族独具特色的自然崇拜观。“壮族先民不仅把动物、植物等生物与人类等同，而且把石、水、土等非生物也一样与人类相等同，认为这些非生物可以给予人类极大的帮助，特别是在人口繁衍和农作物丰饶方面”②，进而完成“两大生产”之目的，并内化为本民族的思维和行为之方式，实现“与天地合其德，与日月合其明，与四时合其序”之境界。

在生产力极不发达的时代，人们通过处理与自然、与天地的关系来解决两大生产需求，从而实现物质满足和人口繁衍。而为了实现这两大生产，人们一方面借助自然的馈赠，一方面又面对无常莫测的现象，在内在还不强大的现实下，只能借助外在活动实现生存的目的，从而形成了对自然、对天地的敬畏和崇拜，认为万物有灵，认为存在着某种超自然的力量在主宰着万物运行，如壮族对天地、日月、山川、雷雨、树林等的崇拜，而且这种崇拜延续至今，且在很多器物上得以明证，如壮乡出土的铜鼓上的太阳纹、云雷纹、蛙纹等纹饰，使得铜鼓不仅作为一种乐器存在，而且作为一种重器与神器，沟通人神思想，实现禳灾祈年的目的。通过人与自然、与天地的和合来实现生产生活的延续与发展，从而禳福祈福实现心灵和精神的寄托，促进物质与精神的满足与发展。

二、类比思维

在过去的生产生活中，人们通过自身的体验积淀了关于自然界万物的特征，了解了动物的外部特点、习性、生长周期等；熟悉并掌握了植物的形态、生长周期、用途等；得知天体的运动周期和变化规律等等；从而掌握了一整套生产生活的常识，满足了物质生产的需求。然而这些

① 廖明君.壮族自然崇拜文化[M].南宁：广西人民出版社，2004：4.

② 廖明君.壮族自然崇拜文化[M].南宁：广西人民出版社，2004：4-5.

知识的获得绝非信手拈来，是历经了漫长周期，包含着人们一系列的知觉活动，凝结着他们与自然艰辛的作用过程，构成为本民族珍贵且丰富的“地方性知识”，亦成为后代重要的教育资源。然而这些知识毕竟是有限的，还有很多现象人们无法解释，也难以理解；且这些知识多是对现象的感性认识，具有具体性和直观性，而人们的情感、情绪等抽象、理性的东西也亟需通过一定的方式加以表达，从而满足人们的精神需求。基于此，人们通过一定的方式，借助感性、直观的事物来对理性、抽象的事物进行表达，借助周边的、可观、可感的东西来解释遥远的、未知的、神秘的事实存在。这种思维和处理方式，即为类比，也就是“用已知事物或现象的特征来说明未知事物或现象的特征，从小的、近的、日常的经验事实出发解释大的、远的、神秘的非经验事实”①，实现将“无意义的事物赋予意义，根据有限的经验来重新组织世界，为无限的现象找出原因，提供证明，从而不断地把主体对象化到客体之中，把客体同化于主体自身之中”②之目的，完成人与客观事物的互动促生。

通过对周围事物的观察、体认，掌握了事物的结构、特征等，并相信生于斯、长于斯的人在某些方面与这些事物有着千丝万缕的关联，有着浑然天成的“相似”，不断地发生着“交感”，是生产生活的或敌或友，并将这些经验认识运用到对人自身的解释中来，实现情感、情绪的表达和抒发，使人心智的“自律性活动”得以开展，促进人的精神成长。此外，这种思维方式和活动在本质上是一种符号化活动，“其归根结底是外部对象活动以压缩形式内化的结果”③，是主体“借助某种符号载体，并依靠符号载体来传送和交流信息，最后完成运演过程”④，使人得以“克

---

① 俞建章，叶舒宪.符号：语言与艺术[M].上海：上海人民出版社，1988：129.

② 俞建章，叶舒宪.符号：语言与艺术[M].上海：上海人民出版社，1988：129.

③ [苏]尼·伊·茹科夫：控制论的哲学原理[M].徐世京译.上海：上海译文出版社，1981：157.

④ 俞建章，叶舒宪.符号：语言与艺术[M].上海：上海人民出版社，1988：144.

服自然惰性，并赋予自身一种新的能力，一种善于更新人类世界的能力”①。

壮族作为一农耕民族，在长期的农业生产中，通过与自然界物种的长期接触、感知，掌握了诸多的地方知识，指导着他们的生产，服务着他们丰产、祈福的意愿，有些已成为民族文化中独具特色和不可或缺的一部分。“坡芽歌书”作为壮文化的遗存物，其通过直观、具体的符号而表现出的深厚情感，是壮民符号化活动的典型案例，而且歌书符号的创生，展现了由自然之文到人文之理的完整历程，呈现了人的创造性思维和活动的展开，是浸润人心的持久不竭的源泉。

① 恩斯特·卡西尔.人论[M].甘阳译.上海：上海译文出版社，2007：85.

第二节 “坡芽歌书”符号创生的过程

“坡芽歌书”符号不是自然的鬼斧神工，而是壮民的人为所造之物，其产生是壮民就自然界取材，对“原材料”进行加工、润饰的结果；其产生不是一蹴而就的，而是壮民在长期的生产生活中，在大量的知觉活动基础上形成的；其产生不是对自然之物的简单模仿和再制，而是凝结了壮民情感和思维的创造物。同时，歌书符号的创生，在醇厚情感通过直观形象得以传达之余，其背后的意蕴也应运而生，并成其为“具有人类自身折射角的经验之镜”[①]，展现和滋养着人自身的发展。

一、观物：观法天地以识万物之文

前人在长期的与自然、社会的交往中，通过亲身的知觉体验，掌握了具体事物的整体特征，养成了敏锐的观察事物外在形式的能力，为创造活动奠定了丰富而坚实的基础，这在人文之始的《易》之成中得以展现。东汉著名学者班固在《白虎通义·号篇》中有明确表达：“伏羲仰观象于天，俯察法于地，因夫妇，正五行，始定人道”，即阴阳符号的产生是古人对天象、自然世界的观察与理性总结。“坡芽歌书”符号的产生也

---

① 恩斯特·卡西尔.符号·神话·文化[M].李小兵译.东方出版社，1988：142.

不例外，是壮民在生产生活中，通过与自然界的交往互动，对万物之象进行细致观察的结果。田野考察中，坡芽村民对歌书81个符号原生事物的名称、形状、结构特征等方面进行了介绍和说明。虽然他们不能罗列出事物的全部条目，但是他们对事物典型特征、功能、存在状况等方面的把握翔实可靠，成为他们本民族的“百科全书”，代代相传。现梳理如下：

符号1，对应的物质实体为月亮，一轮弯月，月牙方向向右；月亮作为天体，因其运动变化的周期显著，一直作为美的象征。“在壮族先民的思想观念中，月亮是一位女性，慈祥而又温柔的善神”①。而且月亮升起的夜晚是过去壮族晚间举行对歌和休闲活动的最佳情境，壮族妇女在说到月亮时，总是神采奕奕，仿佛眼前出现了月色如镜的夜晚大伙出来在月色下对歌、吹树叶的情景。而现在，随着生活方式的改变，壮乡月色下对歌的情景已不复存在，有关月亮的美好记忆也渐渐被人淡忘。

符号2，对应的物质实体为石子，是壮族民间儿童“抓石子”游戏的道具。“抓石子”游戏中石子有5–7颗不等，2–4名儿童可以一起参加，有一定的游戏规则，如抓石子时不能碰到周边的石子等，以先抓完或抓到石子多的人为胜。“抓石子”游戏是壮乡儿童主要的游戏活动之一，不仅给童年生活带来了乐趣，而且抓石子的过程中，因眼睛、手和脑的协作，从而锻炼了手、眼、脑协调能力，促进了儿童的精细动作发展。考察中，在壮乡仍能看到一些儿童从沙土地里捡来几颗石子，然后几个小伙伴一起进行游戏，但是随着其他现代游戏的传入，这种游戏活动进行的次数也越来越少了。

符号3，对应的物质实体为人，表示的是壮族年轻男子的形象。

符号4，对应的物质实体为绿头鸭，数量为两只（同向）。村民说这是一种旱鸭子，全身的毛是黑色的，公鸭头是绿色的，母鸭则不是。鸭

① 黄庆印.壮族哲学思想史[M].南宁：广西民族出版社，1996：40.

子是壮乡主要的家禽之一，也是壮民食物的主要食材之一。现在，坡芽村民有的人家还饲养着鸭子，满足食物所需。

符号5，对应的物质实体为鹧鸪。鹧鸪属于鸟类，为南方留鸟，主要生活在山林或草丛中。鹧鸪好唱，声音洪亮而刺耳，在壮乡很常见，壮民在家中、山上都能听到其叫声。

符号6，对应的物质实体为刚竹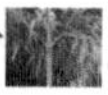。刚竹属于禾本科，刚竹属；秆高10–15米，径8–10厘米；枝下各节无芽，秆环平，但分枝各节则隆起。竹子是壮乡常见的一种植物，常生长在村前屋后、山菁上，而且富宁的热带、亚热带气候很适宜竹子的生长，各种竹制品也是壮民生产生活中重要的工具。刚竹是坡芽村最常见的一种竹子，村民说这种竹子的叶子要大些。除了竹子的实用价值外，竹子在壮族文化和神话传说中，还具有一定的生殖崇拜的象征意义①，以竹子来祈求人丁兴旺。

符号7，对应的物质实体为慈竹。慈竹属于禾本科、牡竹属；阔叶常绿、冬青黄、质软皮青。根据村民的介绍，相比刚竹，这种竹子的叶子要小些，常用来编竹器，也可做绳。在坡芽这种竹子被叫做“保命竹”，“如果孩子饮食不佳，老人体弱多病，家人认为其命单薄，便请摩公来种竹，以增补其命，求其如竹之生机勃勃”②，而且种在村旁和房前屋后的这种竹子，人们不能用来做竹器，也不能随意砍伐。

符号8，对应的物质实体为人，是壮族男子。

符号9，对应的物质实体为嘴巴，且嘴角上扬，意为笑的表情。

符号10和11，对应的物质实体均为枫香叶，以方向分别向右和向左来区分符号的不同。其叶为三角形，冬落；多生于山脚地带，局部成林。壮乡，枫香叶多作为一种染料，来染五色糯米饭中的黑色，每年三月上坟时，壮民取其叶来染糯米饭。

① 廖明君.壮族自然崇拜文化[M].南宁：广西人民出版社，2004：229.

② 廖明君.壮族自然崇拜文化[M].南宁：广西人民出版社，2004：239.

符号12，对应的物质实体为油蚂蚱。蚂蚱，蝗科，直翅目昆虫，主要生长在田菁边，有翅可飞。坡芽村民说油蚂蚱为蚂蚱的一种，形体大大的，嘴巴红红的，样子好看，谷子黄的时候多见。

符号13，对应的物质实体为韭菜。韭菜，是壮民日常蔬菜之一。有的壮民会自己摘种，齐地进行收割，经过一段时间会长出一茬新的叶茎。

符号14，对应的物质实体为眼睛，且通过右边眼角的几滴来表示流泪的眼睛。

符号15，对应的物质实体为石块。坡芽所在的剥隘镇，“属低山丘陵地貌，容62座山峰”①。坡芽村因四面环山，山石作为壮民常见之物，过去被作为建筑材料的主要来源。

符号16，对应的物质实体为酱油壶。过去，坡芽壮民用专门的容器来装放酱油，一般是土罐，壮民自己烧制而成；而酱油是过去壮民的主要调味品，用来代替盐巴，至今壮民还有吃菜蘸酱油的习惯；现在这种酱油壶已经在壮民生活中消失了，而以塑料瓶来代替之。

符号17，对应的物质实体为弯钩，富宁壮族有“打钩打赌”的说法。

符号18，对应的物质实体为白菜。白菜为壮民日常的蔬菜之一，常用来素炒和煮汤之用，是家常必备的食材之一。坡芽村民过去会在自家的菜园里摘种白菜，但现在大多村民则是到镇上集市购买回来。

符号19，对应的物质实体为三角灶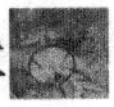。三角灶，是壮民火塘的一样重要器物，是壮民一日三餐火塘里用来烧饭、做菜的重要灶具；火塘亦是壮民进行家庭教育和娱乐活动的主要场所；而现在火塘的功能已渐渐退化。

符号20，对应的物质实体为一对人，为背对的一男一女。

---

① 云南省富宁县地方志编纂委员会编.富宁县志[M].云南民族出版社，1997：146.

符号21，对应的物质实体为青冈树叶。青冈树为常绿乔木，叶互生，椭圆常绿，质坚，核黄红，抗蚊耐腐。富宁地区青冈树主要生长在菁边或森林中，很少成林。村民说青冈树的叶子很不容易落，其他树的叶子已经落下或者春天来临有些树开始发芽的时候，青冈树的叶子还不会落。坡芽村民多用来作为木材，并认为青冈树做材薪是最好的。

符号22，对应的物质实体为野生龙眼。龙眼为常绿大乔木，树体高大，多为偶数羽状复叶，小叶对生或互生，果球形，种子黑色，有光泽，花期3–4月，果期7–8月。过去坡芽村，山上多是野生龙眼树，现在村民则在村前屋后种植了不少龙眼树，供自家食用，多的也会拿到集市上去卖。

符号23，对应的物质实体为野山果。壮民将其命名为野山果，壮语为 $ma:k^{31}da\text{ɯ}^{55}po^{24}$ ；这种山果果实为红色，果子上有刺，吃的时候会刺到舌头，主要生长在坡芽村的草山上。现在，村民上山还会采摘一些果子回来，供全家食用。

符号24，对应的物质实体为木船。因坡芽所在的剥隘镇处驮娘江、那马、普厅三条大河相汇的右江上游流域，木船是重要的水路工具；且“滇粤津关”的地理优势，使得木船亦成为商贸活动中的交通工具。

符号25，对应的物质实体为棉篮。壮民采棉时用来装棉花的竹制工具，圆形、篮身中间有线穿连，采摘棉花时将绳子系在腰间，支撑起整个篮子，将手解放出来采摘棉花。过去在壮乡，棉花是壮族服装、织品的主要原料来源之一，棉花的种植满足了壮民衣着的需求，进而推动了壮族纺织技术的发展。

符号26、27、28、29，对应的物质实体均为人体部分，分别为人的眼睛、腿脚、手、躺下的人体，用来表示人的状态。

符号30，对应的物质实体为圆圈，数量为7个，体现了壮族过去的计数方式。

符号31，对应的物质实体为壮族女性服饰的上衣。壮族女性的传统服饰一般上衣短小、偏襟、盘扣、袖口宽大、颜色一般为黑色和浅蓝色、两边衣角微微翘起，就像鸟的翅膀一样。

符号32，对应的物质实体为野芋。野芋为天南星科的多年生草本植物，主要生于荒地、山坡、水沟旁。在坡芽村，水田附近的水沟旁生长着很多野芋；现在，野芋已不作为食物来源，很多家庭反而在村里树荫下或沟边种植一些芋头。

符号33、34、35，对应的物质实体均为植物紫梅。紫梅在坡芽村的山脚下很常见，枝条纤长，叶子呈卵形、互生，一般在二、三月开花，花色为淡紫色。

符号36，对应的物质实体为人体之腿脚和一间房，来表示人行走到人家的状态。坡芽村，至今还完好保存着壮族特色的干栏式建筑：两层，下层用来喂养牲口，上层用来住人，住人的地方再在进门处搭起一层来存放粮食、杂物等。这种房屋外层用土坯夯筑，内部则用木棒支撑，顶部用瓦来覆盖，实现了遮挡和保暖的功效。

符号37，对应的物质实体为鸭子和竹笼、。这种竹笼为椭圆形、一侧开口；是到市场买卖时用来盛放鸡鸭的。竹制品在壮乡很常见，而且过去编制竹制品是壮民的手工技艺之一。

符号38，对应的物质实体为沙梨树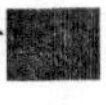。沙梨树，是梨树中的一种，结出的果子又酸又涩，吃不成，一般用来做泡梨。现在坡芽村中的道路旁还有几棵沙梨树，但是数量很少，村民摘种的已是其他品种的梨树了。

符号39，对应的物质实体为筷子，数量为两双。筷子为一日三餐的必备餐具，而且餐桌上筷子的数量也决定了人数。

符号40，对应的物质实体为油灯[①]。油灯，由灯盘和底座构成；

① 此图片来自王志芬.云南壮族坡芽歌书符号意义解读[M].昆明：云南大学出版社，2010：173.

用棉线做捻，用桐油做燃液；是过去坡芽壮民的主要照明工具。

符号41，对应的物质实体为壮族女性的裙子①。这种裙子类似于围裙，顶端为系带，用来系在腰间，下部为百褶裙摆，裙子里面还需穿裤子；坡芽村民说老一辈的妇女是穿裙子的，但是这种裙子和今天的裙子在外形上完全不同。

符号42，对应的物质实体为茅草。茅草，叶茎上部有毛刺，不小心会划伤手指，根茎咀嚼起来微甜；茅草耐干旱和瘠薄，根茎蔓延能力强，不易铲除，生命力极强。因为坡芽四面环山，村子山上、路旁和山菁里都分布着茅草，是一种很常见的野草。村里很多儿童都喜欢拔茅草根来咀嚼，当作糖吃。

符号43，对应的物质实体为丝裤。这是壮族传统服装中的裤子，平头、短裆、阔腿，一般用壮民自制的黑色土布做成；现在坡芽村的一些老人还穿着这种裤子。

符号44，对应的物质实体为人和火，表示人被火烧的状态。

符号45，对应的物质实体为棉纱。棉纱，是壮民用棉花纺制而成，用来织布满足全家衣着的需要。坡芽村虽然还有纺纱机的存在，但是纺纱、织布的情景已经极为少见。

符号46，对应的物质实体为草鱼。鱼是壮民生活中一道常见的菜肴，是壮民渔猎生活的展现，满足壮民蛋白质的摄入需要。

符号47，对应的物质实体为树枝和蜂窝。因壮族村寨多是依山靠水而居，因此到了夏季，则是蜂子活跃季节；蜂窝有的在树上，有的在地下；壮民大人和小孩都形成了一套找蜂子的方法，不但满足了蛋白质的补给，而且还增加了家庭收入。

符号48，对应的物质实体为榕树根。榕树，高大，枝叶繁茂，根

① 此图片来自王志芬.云南壮族坡芽歌书符号意义解读[M].昆明：云南大学出版社，2010：177.

部发达、弯曲，深入土壤。榕树是壮乡一种常见的树，在坡芽村榕树特别多，而且年代久远，并且作为神树被祭祀。

符号49，对应的物质实体为黄瓜。黄瓜，属葫芦科，为一年生蔓生草本植物，是壮民日常食用的蔬菜之一。

符号50，对应的物质实体为米和簸箕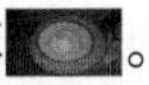。壮族作为稻作民族，稻作生产非常发达，大米是壮民的主食。簸箕和大米是壮民日常生活中必不可少的东西，而且壮民煮饭前有将米放到簸箕中簸出脏东西的习惯。

符号51，对应的物质实体为芭蕉。芭蕉，叶子硕大，呈长椭圆形，花白色，果实跟香蕉相似，为常绿大型植物；村民说，芭蕉这种植物的特点是其叶子大火烧不着，也烧不死，其种植满足了壮民水果的食用和出售之需求。

符号52，对应的物质实体为葡萄。葡萄，叶子椭圆、藤部发达，果实串状。坡芽村很多村民家里都摘种着葡萄树，用来自家食用。

符号53，对应的物质实体为弯刀。弯刀是壮族农业生产中重要的工具，通常他们为弯刀做了木质的套子，两边用绳子相连，上山的时候就把弯刀系到腰上，用来砍青藤、砍树皮、砍柴等等。

符号54，对应的物质实体为星星。星星，作为天体之一，闪烁的形象在人眼看来如有边角，且数量繁多、不可胜数。

符号55，对应的物质实体为鱼和鱼笼。鱼笼，壮民的捕鱼工具，椭圆形、下宽、口小，而且出口处用竹子编成螺旋状，防止鱼进去后再逃出。这种特别的工具，保障了壮民捕鱼与放养牲畜等活动的同时进行。

符号56，对应的物质实体为锯子。锯子，其构造为两条竖直的木质边框，中间上面为搓着的棉绳，下面为铁质的锯齿；是壮民生活中的重要工具之一，建房、家具的制作等都需要锯子来完成。

符号57，对应的物质实体为人，女孩，突出了女孩头发部位，表示还未成年的女孩。

符号58，对应的物质实体为人和靠椅，突出手向上的动作，表示人的行为状态。

符号59，对应的物质实体为锄头。锄头，由铁质的头、木质的长竿组成，而且木杆连接锄头呈90度；是壮民生产劳作中一种重要工具，常用来挖地。

符号60，对应的物质实体为蜡烛，数量为一对。蜡烛是继油灯之后通电之前的又一照明工具。

符号61，对应的物质实体为书桌。书桌作为教育活动的象征，体现了富宁地区的教育发展状况：过去富宁地区壮族学校教育起步较晚，直到清雍正、咸丰年间才在普厅、剥隘、那能各设私塾一馆，但是受教育的人数非常有限，一般人家的孩子是无法接受教育的。

符号62，对应的物质实体为人的腿脚，表示两人并肩而行的状态。

符号63，对应的物质实体为人和饭桌，表示两人同桌吃饭的状态。饭桌，壮民自己竹编的圆形之物，镂空，上面为桌面，下面中空；饭时作为桌子，其余作为遮盖之物；今天，壮民的饭桌也发生了变化。

符号64，对应的物质实体为斧子。斧子为生活用具，木质斧柄、铁质斧头，用来劈砍木头等。

符号65，对应的物质实体为尖担。尖担，把竹筒从中间剖开一分为二，并将两头削成尖尖的形状而成形；满足壮民到山上割猪草、砍柴、收庄稼的时候挑担之用，即将尖的一端插在地上，装好后方便挑起。

符号66，对应的物质实体为一间房，体现了壮族一种简化的建筑形式。上面由瓦覆盖，四周用木柱撑起，四面用土坯围起，呈现开字形。这种房子一般不用来住人，而是坡芽村里集体活动，如议事、集会、休闲的场所——老人亭。

符号67，对应的物质实体为官家马和马缰绳。官家马是往来于驿站，以传递信息的交通工具，这种马壮民是不可能有的；后来随着壮乡饲养业的发展，一些壮民饲养了马，用来辅助农业生产和进行马匹贸易。

符号68，对应的物质实体为人的胃和肠。

符号69，对应的物质实体为搓绳。搓绳是壮乡生产工具之一，由壮民自制而成，通常由三股藤丝编制而成；主要用来背东西时捆绑之用。

符号70，对应的物质实体为火鸟，壮语为ðɔk^{33}fi^{33}。村民说火鸟是通身为红色的一种鸟，而且“火鸟”并不是鸟的真实名称，是他们按照鸟的显著特征——颜色将其命名；天要下雨的时候在空中飞来飞去，可能会看到；但是火鸟下蛋却无人看到。

符号71，对应的物质实体为果蔗。果蔗，作为水果食用，壮民将其称为水果甘蔗。当前，壮乡壮民摘种的一种经济作物为甘蔗，主要用来榨糖，与水果甘蔗不同。

符号72，对应的物质实体为浮萍。浮萍，为浮萍科、浮萍属的水生植物。村民说浮萍一般长在水里和他们的水田里，到了8月份，谷子要收割的时候浮萍要老了。

符号73，对应的物质实体为云和雪。坡芽村虽属于亚热带气候，但是因四面环山，气候四季明显，特别到了冬季，寒冷、有霜，气温低时还会下雪，但是下雪的时候并不是很多。

符号74，对应的物质实体为火和煮饭锅，表现了做饭的情景。

符号75，对应的物质实体为人之手和斧子，表示人砍东西的状态。

符号76，对应的物质实体为耕犁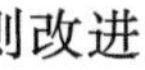。耕犁，农耕用具；用来翻地、以备播种；过去犁头是木质，现在则改进为铁质，改善了耕作的工具和

效率。

符号77，对应的物质实体为三条横线。在壮民的观念中，表示计数之用。

符号78，对应的物质实体为田和地、。田为水田，用来摘种水稻，满足稻作生产之需；地为山地，需要刀耕火种，间隔一段时间需开辟新的以保证土壤肥力，主要用来种玉米，现在则种植一些经济作物，如桐果、八角等。

符号79，对应的物质实体为花。壮民没有称谓花的名字，只是将其描述为好看、艳丽、呈现盛开之状，并用壮语表达“好花生院中”：ko^{24}va^{24}xa:i^{24}tṣa:ŋ^{24}tṣok^{31}。

符号80，对应的物质实体为两个人，一男一女。

符号81，对应的物质实体为两颗笋。竹笋，为多年生常绿草本植物，食用部分为初生、嫩肥、短壮的芽或鞭。因壮乡竹子的大量种植，因此竹笋也成为壮民日常的一道菜肴，常用来做酸笋丝等。

通观“坡芽歌书”81个符号，可知其物源都来自壮民的生产生活，来自他们生于斯长于斯的环境之中，因此，“坡芽歌书”符号本源物不是壮族先民的凭空想象，而是有其扎实的根基和土壤；不是壮民突发奇想的信手拈来，而是他们日常活动的点点滴滴。而且这一过程正符合戴尔的“经验之塔”，即壮族先民在日常生产生活中与81个符号的原生物直接接触，经常在村前、山上看到这些物体的形状、听到它们的声音、有些是直接使用或经常接触，如一日三餐中看到、摸到、嗅到和尝到它们，从而对它们的外在特征和特质有了深入和细致的认识，为符号“形式”的创造打下基础。81个符号对应的实物既包括壮民衣、食、住、用、行的生活所需；也包括农业、采集、渔猎等的生产用具，是壮族生产生活的罗列，也是自然生境、地方人文的素描。然而这些事物因其不同的特性，而与壮民的生产生活发生着不同关联，壮民依据对物的认识去类分事物，建立物与人的不同关系网格，进而实现服务生产生活，促进人与万物的和谐互生。

二、取象：格析万物以达物我相和

壮民通过对周围事物的观察体验，建立了对事物特征，尤其是其外部形象和性能特征的了解，培养了其感性直观能力。然而这些认识还是杂乱无序、零散无章的存在，既不方便记忆的提取和使用，也不利于对后人进行经验知识的传承。基于此，壮族先民在不断地摸索中，根据一定的标准和规则对已掌握的事物特征进行了分析与类分，为事物建立了不同的位置和顺序。

（一）物我相和为之的

壮民已积累的对事物的认知，如何应用到生产生活中，从而实现物质和精神的满足成为壮族先辈的美好愿望和不懈追求。而面对现实中无常自然现象的发生，生产生活遭遇到的令人恐慌的不测，在有限的已知经验知识条件下，人们只能借助这些已知去解释或解决那些无限的未知，以求得心灵上的慰藉。

人立于天地之间，与自然间的万物发生着复杂多样的关系，这些关系的建立是人与自然长期交往的结果，关系建立的动因是人为了实现生产生活的顺利进行。而在经验知识有限的现实条件下，人为了在自然间的生存，不得不借助外物，借助对物形式和实用特征等的了解，借助对物的特殊情感，去实现人的愿望。也就是把事物看作与人有着某种类似性，可以发生着不同程度的“交感”，并借助事物与人的相通之处加以利用，沟通物我关系，推进物我相互作用，以期实现物我相和状态，推动生产生活的顺利进行。

物我关系，一直以来是哲人研究和争论的主要命题，从而形成丰富而深邃的哲思，指导和规束着后人的行为。老子通过观察、分析，总结得出了：“道生一，一生二，二生三，三生万物”的伟大哲理，把自然界万物的存在、关系和蕴涵的深邃道理用简单的几个字概括而出，认为万物存在和运行皆有“道”，人必须认识和遵守这种“道”，而这种“道”实为天地万物关系作用的结果和和合状态，也就是万物之于人的和合。

基于对自然界万物的认识和对物我相和结果的追求，面对头脑中已掌握的纷繁杂乱的知识，人不得不去对这些知识和知识还原状态之事物进行类分，以建立对事物特质方面的表达。这种分类涂尔干和莫斯将其称为“技术分类”，意即“对于人们赖以为生的东西，人们总是可以依据他们使用或取得这些事物的方式，或明确或不那么明确地予以分类”①，而且往往这种分类与人们的“实用目的紧密相连”，因此，“这样的分类彼此之间既不相关，也没有发展成为体系。它们只是观念的划分和区别，还不是分类图示”。即便如此，这种分类虽是早期分类思想的体现，其体系化还不明显，但还是解决了人们追求美好生产生活的愿望，满足了人的物质和精神的需求，是人的认知发展的必经阶段，也是人在主观能动性指导下，进行实践活动的结果，具有深远意义。

（二）感知体验为之分

在有限和艰苦的外部条件下，人们借助大自然的馈赠之物并对其进行简单加工，以推进生产生活的缓慢而艰难的进行。人们除了依靠人力应对外，更多的则寄托于那些与生产生活相关的事物，对它们或敬畏或遵循，以求风调雨顺，人丁兴旺，以保生产生活的顺利进行。而这些事物包括外形、颜色、味道、功能等方面具有的特征则由人们日常的感知体验而得，是通过他们躬身的看、听、触、尝活动的总结，进而将这些直观认识与人自身建立关联，以应用到生产生活中。“坡芽歌书”81个符

① 爱弥尔·涂尔干，马塞尔·莫斯.原始分类[M].汲喆译.上海：上海人民出版社，2005：94.

号，除去人之身的符号（11个）表达外，皆是与壮民生产生活密切相关事物的符号化，是壮民感知体验结果的外化。基于此，以壮民对事物特质获得的方式为据，将歌书81个符号所含的事物进行划分，以剖析壮民的认知方式，了解其简单实用的分类思想。

壮民在生产生活中，通过常年的观察、聆听、接触、品尝等感知活动，建立了对周边事物特质的了解，这些感知活动为符号化活动准备了素材，是事物从原形到符形转化的必经阶段，是符号创造者符号化思维和符号化行为展开的准备。

通观歌书81个符号对应的事物，通过壮民视觉活动而获得的事物有：符号1月亮、符号6刚竹、符号7慈竹、符号10和11枫叶、符号12油蚂蚱、符号15石块、符号21青冈树、符号22野生龙眼、符号32野芋、符号33、34、35中的紫梅、符号42茅草、符号47树上蜂窝、符号48榕树根、符号54星星、符号70火鸟、符号72浮萍、符号73云雪、符号78田地、符号79好花、符号81两颗笋，共有23个符号。壮民的视觉活动为歌书符号的创生奠定了基础，正如亚里斯多德所言：“求知是人类的本性。我们乐于使用我们的感觉就是一个说明；即使并无实用，人们总爱好感觉，而在诸感觉中，尤重视觉。无论我们将有所为，或竟是无所作为，较之其它感觉，我们都特爱观看。理由是：能使我们识知事物，并明察事物之间的许多差别，此于五官之中，以得之于视觉者为多”①。

通过歌书符号的直观再现和特征了解，得知这23个符号所含的事物多为自然物，未经人的加工和改造；其种类丰富、繁多，囊括动物、植物，生物体与无生命体，容纳天地之文；其特征多为事物的部分特征且多集中在外部，如大小、形状、颜色等；其功用展现在壮民的农业生产活动中，即这些事物与壮民的水田稻作和旱地耕作发生着不同的联系，符号12油蚂蚱、符号32野芋、符号72浮萍等事物，是壮民在稻作生产

① ［古希腊］亚里斯多德.形而上学[M].吴寿彭译.北京：商务印书馆，1981：1.

中得以认识，并通过这些事物的特性为稻作生产活动服务：如壮民结合水田里浮萍的状态来判断谷子的成熟情况：浮萍老了代表谷子将要成熟，可以收割了；野芋一般长在有水源的地方，可以根据野芋的生长地点来进行稻作水田水利的疏导，克服坡芽村因山多而稻作种植的困难。符号21青冈树、符号22野生龙眼、符号33、34、35中的紫梅、符号42茅草、符号47树上蜂窝、符号70火鸟等事物是壮民在旱地耕作活动中得以认识的：青冈树是壮民夏季储备柴薪的主要来源，因其不易落叶、树干粗壮且不易生蛀虫等特点，而成为壮民钟爱的柴薪，用于日常做饭、冬季烤火木炭之用；茅草，繁殖能力极强，是壮民刀耕火种中要清理的杂草之一，壮民一般将山坡上的杂草、小树枝等砍掉后，加以刨翻，然后再进行种植，一般种植苞谷，现在还摘种一些经济作物，如油桐、八角等，但是因为这些山地的土质差、肥力欠缺，一般在种植几季后则被弃置而开辟新的地方。

壮民从外界获取信息除了倚仗视觉器官——眼睛外，还借助听觉器官——耳朵来完成，通过耳的聆听，来完成对事物声音的鉴别，从而实现声音与情感的共鸣。“坡芽歌书”符号所含事物通过听觉感知而获得的很少，主要是符号5鹧鸪，鹧鸪为南方留鸟，区别于他物的特征在其洪亮的叫声上：鹧鸪爱叫，尤其在繁殖季节，且叫声独特。歌书其他符号中所含事物如符号4两只绿头鸭、符号37中的鸭子、符号67中的马、符号70的火鸟虽然也会发出声音，但是结合符号对应的歌词，可知壮民将这些事物特质的描述放在了别处，而没展现其发声特点，这是由壮民的主观意愿所决定，也是事物独特性之展示。

除了主要感知活动——视觉感知的收获外，壮民还通过触觉活动来完成对事物特性的掌握。“坡芽歌书”符号对应事物有很多事物来自壮民的躬身体验，通过接触即日常的使用，来认知事物区别于他物的特有功用。“坡芽歌书”中通过壮民触觉活动而完成的符号有：符号2石子、符号16酱油壶、符号19三角灶、符号24木船、符号25棉篮、符号31上衣、符号36和符号66中的一间房、符号39两双筷子、符号40油灯、符号41裙子、符号43丝裤、符号45棉纱、符号53弯刀、符号55鱼笼、符号56锯子、符号59锄头、符号60一对烛、符号61书桌、符号63饭桌、符号64斧子、符号65尖担、符号67马缰绳、符号69搓绳、符号74饭锅、符号76犁耙，共有26个符号。这26个符号所含的事物皆为人为之物，意即壮民就自然界取材加工而成，用于满足人的穿、住、用、行，属于器物之列。这些事物产生的原理，与我们当今的科学技术原理不谋而合，如三角灶的产生，是依据“三点形成一个平面”的原理，并依据灶具的形状去加工从而用于壮民锅灶的支撑；其形成的初衷，是在充分发挥原材料特性的基础上来减轻壮民生产劳作的负担，如尖担，在充分利用竹筒的基础上，将其两端削尖，方便用于将地面上的柴火、庄稼等重物挑起而实现运输的目的；其形成过程彰显着壮民对事物特性的不断探索、总结与应用实践。此外，这些事物的形成，展现着壮民将自然之文变为人为之物的一整套技艺的延展，如符号31中上衣的缝制，需要壮民在山地种植棉花、采摘棉花（需用棉篮）、加工棉花成棉纱、纺纱、织布、用蓝靛染布、缝制出美观的衣服，每一个子过程又自成一套完整的技艺工序。

民以食为天，在食品匮乏的过去，人们采集食物的方式主要是通过自身的体验——通过品尝去认知事物的酸甜苦辣之性，以及通过时间来鉴定对人的利害。“坡芽歌书”符号所含事物中，通过壮民的味觉感知而得的有：符号13荒原韭菜、符号23野山果、符号38沙梨树、符号49黄瓜、符号50簸中米、符号52葡萄、符号71果蔗等符号。这些符号所含事物，满足了壮民对食物的需求，解决了他们的温饱问题，为身体补给了蛋白质、维生素等；而且人在味觉活动的过程中，对事物的特性又有了进一步的认识，从而建立了事物与人的关联。

壮民通过一系列的感知活动，将事物类分为满足其稻作农耕和吃、穿、住、用、行的必需之物，从而实现生产生活的顺利进行。这些事物不但满足了人的物质需求，有些还丰富了壮民的情感和精神所需：通过对月亮、星星这两大天体的观察，人们无法解释它们的运行原理，而是将其“圆缺变化、盈亏有时”和“繁多闪烁”等直观特征与人的情感建立关联；月明似镜的夜晚，壮民聚集在村中老人亭，在月光下对歌、吹树叶，表达各自的情感，舒缓劳作的艰辛，并将月亮、星星拟人化，形成壮族特有的神话传说，成为壮族精神文化的一部分。

在“科学分类”盛行之前，人们为了实用目的，将事物按照一定方式进行划分，从而安排不同事物的位置，实现物我的和谐与作用。在生产力还不发达的条件下，人们将其全部精力放在了与自身生存密切相关的生产生活上。为了这一目的，他们寄托身边的事物，并借助对周边事物的了解，对事物进行格理，建立人与事物的关系网络，促进事物对人的浸润滋养。在这一过程中，壮族以对事物认识为基础，以对生产生活的美好祝愿为蓝图，选择那些与他们休戚相关的事物，体现了其古朴的思维模式和简单实用的分类思想。壮民用熟知的物来表达愿望，书写意志，从而引起本族群的共识，这也是其“格物”和“致知”的过程。“坡芽歌书”81个符号所含事物的不同类属，正体现了壮民在对事物特性认知基础上进行的“技术分类”，体现了壮民朴实的情感意愿。

三、构形：构画成形以显人文之理

符号化的过程是主体之人在“质料”——事物之文基础上的加工创造，加工创造的关键则是通过这些事物之文的呈现来实现人的情感细节，以达人文之理的应运而生。“坡芽歌书”符号的创生，正是壮民在事物之文认知、分类基础上的创造和表达，展现了壮民精湛的绘制技巧和实际操作能力。

如何将人头脑中物的形象转化为直观可见及其具有明确指向性的符号，需要一定的表达方式和技巧：壮民通过绘画忠实反映事物的典型特征；通过不同事物的组合来呈现一定的场景和状态；通过对事物部分特征的“放大”来指向特定含义。歌书符号的创造，不是对现实事物的生硬摹写，而是将抽象不可见的情感、思想观念巧妙赋予其上的创造。“坡芽歌书”作为壮民的创造物，以竹子削成的细棒做笔，蘸取仙人掌果实的汁液作为颜料，用不同线条绘画出红色的图像；以生产生活中的原生事物为素材，直观展现和描画出跃然布上的不同符号。虽然壮民不是专业画师，然而其表达的巧妙和智慧却值得艺术创作者借鉴，也为我们受众解读歌书符号提供了诸多线索。此外，“坡芽歌书”通过对事物的描写、排列，表达了完整的思想内容和情感过程，从而使81个直观符号具有了丰富的“内容”和意蕴。

（一）摹写与具象

壮民在未经任何美术训练的条件下，通过对原生事物外部特征的把握，运用不同线条将这些特征予以呈现，实现对原生事物典型特征的忠实反映，使受众通过观察就可辨认出符号所要传达的信息，使这些符号具有了直观、形象的视觉印象。对“坡芽歌书”来说，具象表达在单体符号中更为明显，壮民通过对单一事物某一部分特征的描画来展现该事物的整体，明确告诉读者要表达的事物实体。

在原生事物和次生图案之间，即使表达技巧再精湛也无法做到两种形象的一一对应、毫无差别，而只能通过诸多手段的使用来提高这两者之间的相似度。而且在创作初衷的指导下，没有必要将原生事物进行百分百的临摹。在形象表现上，壮民多采用以部分说明整体的方式去概括和呈现原生之物的形象，从而方便受众的理解。如符号12油蚂蚱，壮民将重点放在了触角和尾巴上，通过长长的一对触角和长而尖的尾巴的描写，使蚂蚱的形象跃然画布上；符号52葡萄，壮民将葡萄的构成，一片叶子——椭圆之状、一串果实——垂下之态、顶端的嫩芽——卷曲之状和整根的枝藤——构成葡萄的整体；再如符号64斧子，通过一条直线条描画斧柄，将斧头的横切面——类似梯形而下边条呈椭圆状来表现斧子的刃口，并通过斧头上的一个点来连接斧柄和斧头，从而完成对斧子整体形象的描绘等。

（二）浓墨与指示

观察“坡芽歌书”的整体画面，其中许多符号的原生之物相同，但是表达的内涵却完全不同，这种不同主要来自对同一事物的主观和细节处理；如通过改变事物的方向、增加其他事物与之组合等方式，对其进行变化。对相同事物呈现方式等细节的处理，产生了实际的效果，不但使不同“符号形式”的产生，而且实现了“符号内容”的表达，更为重要的是刻画了符号对应歌曲中男女主人公情感状态的微妙变化。而这种对相同事物通过方向、组合等细节进行处理以示区别和表达主题思想的行为，体现了壮民异质同构的思维特点：在设备、知识等还非常匮乏的条件下，人们往往借助自然界中的事物去处理并解决遇到的难题，并借这些事物在某方面与人的“相通”来表情达意。这种观念不仅长期影响着壮民的思维方式，而且还外化在生产生活中，体现在其实践活动中。歌书中符号10和11同为枫香树叶，但是壮民通过叶子方向的描写，使其相同的枫叶表达了不同的内涵，对应歌词演唱中则分别标识出了男唱与女唱。符号34和35同为两支紫梅，创作者通过这两支紫梅方向的变化来呈现不同内涵：符号34中的两支紫梅背对，且通过直线代表的地面来表示有生命力的两棵紫梅；符号35中的两支紫梅同向，（画布上）方向向右，以此来表示男女情感关系的变化。

壮民通过对事物方向和结构关系等的表达来呈现不同内涵，而且基于符号记忆歌词的实用目的，使其表达具有明确的指向性。如符号1月亮，这是一个明确指示时间的符号，从其形象来看，是一轮弯月，直观明了；但是从弯月的方向来看，结合月相知识，则应属于下弦月或残月，正符合壮民对歌的时间和过去的生活状态：壮民一般在白天做工，晚上才聚集到村子里；年轻人则到山上对歌，有时兴致高会对上一整夜，天亮才各自回去。符号10和11都是枫叶，通过一右一左的方位指向了男和女：符号10为男唱，男子感叹孤单一人，通过一系列的反问来表达期望找个能同他一起生活、劳作的人；而符号11为女唱，是女子对应男子的问题而答，表示出对男子的好感。符号34、35通过同一事物的方向和组合等表达男女主人公的情感状态：符号34异向的两支紫梅，并通过直线的表达来呈现独自生长没有关系的两棵紫梅，指向男女关系还处于试探阶段；而符号35中同向的两支紫梅则表示男女已钟情彼此，决定在一起之意。

（三）分解与重组

歌书有些符号所含事物往往不止一种，而是多种事物的组合，壮民通过相同事物或不同事物的解构与重构，从而呈现不同“符号形式”，亦表达不同的内涵，实现了人与物、物与物、人与人相结合的造型表现。物与物的组合，如同类事物的组合，通过符号方向的凸显来类比人与人之间的情感关系或状态；通过不同事物的组合，来陈述事实或类比人物的关系；人与物的组合，来呈现人物的状态，从而表现其深层情感；通过人与人的组合，来呈现人与人之间的行为关系状态。通过对不同事物的分解与重组，构成了歌书符号结构的多样性，既有单一的物体与人物符号，又有单一符号重组而成的合体符号，使歌书“符号形式”呈现丰富多样之态。

通过不同事物的分解与重组，重组后的符号其“符号内容”更加丰富，内涵远比单一符号深远。如单体符号46草鱼与合体符号55筐中鱼，这两个符号有相同的原生物 —— 鱼，但是因鱼笼的加入，而使后一符号意义更加丰富：符号46将姑娘比作鱼，人人都想钓上来，表现姑娘的魅力；而符号55则是利用鱼笼与鱼的关系（束缚、囚禁的关系）来反比男女之间的关系，一反不情愿，女子要主动地将手牵过来，来争取与男子的幸福生活。因此，壮民根据情感表达的需要，对不同事物进行分解、重组与整合，从而完成新的形象建构，实现视觉上的审美效果，更为重要的是实现了其情感的清晰表达。

壮民通过对事物的摹写，忠实再现了原生之物的形象、特征；通过对事物细节的刻画与深描，指示与强调了事物与人的作用与关系；通过相同事物或不同事物的分解与重组，既呈现了不同的“符号形式”，又实现了“符号内容”的表达。壮民运用多种表达方式，将事物之象物化成形，使得歌书符号得以创生。符号一经产生，其构与形建立的同时，背后丰富的内涵包括壮民的观念和思想感情也附加其上，使符号形式背后的“内容”应运而生，将事物之文转化为人文之理，丰富与滋养着壮族人民。

“自发性和创造性是一切人类活动的核心所在……人所做的不过是建造他自己的宇宙——一个使人类经验能够被他所理解和解释、联结和组织、综合化和普遍化的符号的宇宙”① 而已，因此，壮民在“坡芽歌书”符号创生活动中，通过对天地万物的观察、分类和表达，完成了81个符号的创生。在对事物之文认识的基础上，依据物我相和的标准对不同种属的事物进行了类分，并运用摹写、深描、分解与重组等方式将这些事物之文转化为符号之形，歌书得以产生。这一过程不但贯穿着壮民持久、精细的感知活动；而且还包括对不同事物的安排、分类的思维表达；以及将事物构画成形的实践能力，淋漓展现了壮民建造他们自己符号的宇宙经过，是壮民自发性和创造性的集中体现。

① 恩斯特·卡西尔.人论[M].甘阳译.上海：上海译文出版社，2004：304.

第三节 “坡芽歌书”符号创生的特征及教育功能

壮民通过一系列活动，认识万物的特征，而且这一过程是长期的积累阶段，是融于他们的生产生活中；有了具体经验的积累，他们以对生产生活的美好祝愿为蓝图，对获取的“资料”进行划分；进而根据这些具体“信息”运用多种方式进行表达，从而使“坡芽歌书”符号得以创生，也才有了我们今天看到的书面符号。虽然这81个符号的“形式”还相当的原始和简单，但其创生过程却是凝结壮民思维、智慧的“作品”，具有独一无二的原创性；符号创生中蕴含的对事物的认知和创造的技巧等在生产科技还不发达的过去，更是壮乡人民的“百科全书”，具有丰富的滋养性。

一、原创性

在“坡芽歌书”符号创生中，壮民作为创造者，他们通过持久与精细的参与观察，熟悉和掌握了事物的特性，形成诸多对事物的经验认识；进而根据对生产生活的祈望，将这些经验知识对应的事物进行分析与安排；从而将这些事物和经验知识予以形象化，或具象、或意象、或抽象为直观可视的视觉符号。“坡芽歌书”符号的创生凝结了壮民认识事物、分类事物和表达事物的全过程。

歌书符号出自壮民之手，是他们智慧的结晶，深深打上壮民族的烙印，是其创造性的集中展现。《易传》中以“古者包牺氏之王天下者，仰则观象于天，俯则观法于地，观鸟兽之文与地之宜，近取诸身，远取诸物，于是始作八卦，以通神明之德，以类万物之情”，描述和指出了八卦符号创生之过程；“坡芽歌书”符号作为人为之物，其产生也是壮民取自于身、择取外物的结果，是他们观法天地、析取万物之文并予以加工创造的过程。从歌书符号的本源来看，81个符号其物源为自然物的，其中榕树作为壮乡常见的植物，在壮民生活中发挥着独特的作用，壮民对其有着独特的情感；两种不同竹子的呈现，竹子不仅在壮乡大面积种植，它还跟壮民的信仰活动密不可分。取自人为物的，其中酱油壶不仅呈现了壮民的生活用具，还体现了其独特的生活现状和习俗；棉篮，作为采棉工具，不仅展现了壮民的棉花生产状况，还呈现了其独特的工艺技术等，这些人为物不但提供了壮族生产、生活必不可少的物质来源；还满足了吃、穿、住、用、行的需求。取自于事的符号，不但造型上抽象，还是壮民思想观念的外化。此外，从符号呈现的结构上来看，表示双生事物的符号很多，如符号4-两只绿头鸭、符号20-一对情人、符号32-两棵野芋、符号33-双手扶紫梅、符号-34两棵紫梅、符号35-两枝紫梅、符号39-两双筷子、符号60-一副蜡烛、符号62-同行、符号-80在一起、符号81-两棵竹笋，通过双生事物的选择和呈现，体现了壮族独特的表达方式和特定的表达涵义。壮民选取的这些事物，不但参与完成了符号的创生之过程，还提供了壮乡生存环境和生计方式的索引图，打上了壮民族独特性的烙印，成为壮民表情达意的工具。符号虽然原始、简单，但却极具民族特色，从而组构为壮民族的生产生活图景，实现着壮民丰产、人员兴旺的追求。

二、滋养性

“人是符号的动物；人在创造符号的同时，又用符号创造了人自身”①，因为符号创生中“凝聚了符号创造者对其所要符号化的对象的本质、关系、功能、结构等诸方面的认识，是创造者认识、思维水平、对天地万物的把握等综合能力的展现”②。符号创生的实现，“一方面，使人的本质力量通过符号活动得以不断实现和对象化，成为各种文化形式，另一方面，各种文化形式的产生和发展则展示了具有符号创造功能的人的本性不断完善、丰富的历程，展示了人类逐步摆脱愚昧、走向文明的历史”③。“坡芽歌书”正是人创造符号的活范本，壮民作为创造者，在歌书创生中积累和形成的各种能力，对个体的浸润和滋养伴随其中，使其符号的意蕴与教育的本质诉求——人的发展相契合；在此意义上，符号的创生一方面是壮民创造性发挥的全过程；另一方面是他们各种能力生长和发展的契机。

（一）“地方性知识”的习得

“坡芽歌书”符号的创生，壮民是直接参与者，是创造者，也是获益者。壮民立足于生产生活，通过对天地万物的体认，积累了自然万物的知识，包括所要符号化对象的本质、关系、功能、结构等知识，并形成一整套应对自然界变化的规律和生存智慧，形成本民族的知识体系，并通过符号的使用在群体间承传。

歌书符号中涉及大量的动物、植物，虽然有些事物壮民无法用汉语

① 恩斯特·卡西尔.人论[M].甘阳译.上海：上海译文出版社，2004：304.

② 张诗亚主编.百川横流：全球化背景下的多元文化教育国际论坛论文集[C].广西师范大学出版社，2007：1-2.

③ 孟庆艳.文化符号与人的创造本性——西方早期符号理论研究[M].辽宁大学出版社，2006：43.

去对应，但用壮语却能滔滔不绝地说出它们的习性、生长环境、生长季节、用途等。这些知识又在生产生活中以他们喜闻乐见的方式，在群体成员间传承。通过对自然界事物的认识，壮民积累了诸多的生存智慧，这些智慧用以解决在条件还非常恶劣的环境下本民族的生存和发展，成为壮民族的“地方性知识”。“坡芽歌书”符号中所囊括的“地方性知识”很多，如壮民的生产技巧、生活妙招等，现整理如下：

壮民常常利用动植物来识别季节变化，并与农业生产建立关联：符号10、11的枫香叶，是季节变化的参照物：一般正月发芽、二月叶子变绿、八、九月（秋季）叶子变红、十一、十二月则叶子变黄、飘落。而枫香叶的变化则对应着壮民农耕时间安排表：开始撒稻种、育秧苗的春耕、忙碌的夏耘、紧张的秋收、恬适的冬闲。符号12油蚂蚱，壮民说这种蚂蚱谷子黄的时候特别多，因此，通过油蚂蚱的出现来判断谷子的成熟，也是壮民还没有明确时间预报下稻作生产的重要辅助手段。在过去，壮民主要依靠绿色蔬菜来满足一日三餐食物供应，蛋白质摄入还非常有限，而且蛋白质的来源不像当前这样，主要还是自给自足，其中鱼类是壮民日常主要的蛋白质来源，这与壮民的生活环境密切相关：坡芽村里没有河流，而是走路到二、三公里外的谷拉河去打鱼，打鱼是壮民的生计之一；因而也形成了与打鱼相关的一套经验知识：坡芽村民自制了专门的捕鱼工具（符号55）：一种上口窄、下宽、呈椭圆形的竹器，更为重要的是开口狭窄处用竹条编制成螺旋状，以防进去篓里的鱼跑出来；这样壮民在安放了鱼笼后，不用寸步不离地守在水边，而是可以去做其他活计如放牛或者割草等；等一段时间后，壮民便可过来提起鱼笼，满载而归；这种工具下的打渔活动，通常收获颇丰，满足了自家和村里邻人的食用。除了鱼给壮民提供蛋白质来源外，坡芽村因四面环山，大山也为他们提供了诸多的物质生产生活资料，其中蜂子也是蛋白质来源之一，经过常年的观察和实际经历，壮民形成完整而精准的捕蜂方法：蜂窝有的在树上（符号47–树上蜂窝），有的在地下，进入夏季蜂子繁殖季节，常常会飞到壮民家中。壮民会抓到一只，并在蜂子身体中间部位系上细棉线，并绑上白色的纸片或者鸡毛，然后将其放生，他们会在高处依据蜂子飞去的方向而判定那个地方有没有蜂窝。除了应用自然界中的原材料来满足生产生活所需外，壮民在长期的实践中，还形成了朴素的知识体系，如对数的认识和对应的计数方式：符号30，其本原是圆点，数量为7个，表示7天，在此壮民用圆圈来计天数。壮族历史上有用石子计数的习俗，因为小石子一个个清晰可见，可用来小数目的计算，而且在此将天数与每天进食的食物圆粑、吊粑联系在一起（一般是一天要吃掉几个圆粑）。符号77，其本原是长短不一的三条横线，表示三趟，也是壮族古朴计数方式的体现。

壮民在生产生活中积累的对周围万物的认识，既解决了生产、生活的必需品来源，又形成对物种丰富性的掌握，积累了诸多的经验知识。在过去没有“教材”的生存环境里，这些知识自然是教育后代的主要“课程”资源，从而得以在田间地头、老人亭、火塘边教育下一代如何适应周围环境，认识、了解万物特征，使本民族的农业生产、渔猎、纺织技术等知识、技能得以代代相传，也为民族个体的和谐发展提供了养料。

通过对事物的观察、认识与分析，不仅掌握诸多自然知识和生产生活常识，还促发了壮民精神层面的思考和积淀，因为作为人的符号化活动的产物，这些符号“不是对现成的即予的实在的单纯复写。它是导向对事物和人类生活得出客观见解的途径之一。它不是对实在的摹仿，而是对实在的发现”[①]，因此，歌书符号的创生导向更深层次的思索，并成为壮文化精神层面的要素；如对某些事物的敬畏，形成古朴的自然崇拜和信仰方式，以表达他们的感情和愿望，完成自身再生产和物质再生产的需求。如符号48榕树根：榕树以树形奇特、枝叶繁茂、树冠巨大而著称；

① 恩斯特·卡西尔.人论[M].甘阳译.上海：上海译文出版社，2004：198.

往往“独木成林”，且根系发达。而榕树这种旺盛的生命力正是在生产力还不发达的条件下，壮民祈望得到的，希冀借助榕树的旺盛生命力来实现自身人口的繁衍，因此榕树是壮乡一种常见的树，在坡芽村榕树分布广泛，而且年代非常久远，并且作为神树被祭祀，体现了人对自然的崇拜，人与自然的和谐。弗雷泽在《金枝》中对树神崇拜进行研究，认为人们之所以对树有种独特的情感，是因为“相信树或树的精灵能行云降雨，能使阳光普照；树神能保佑庄稼丰收；树神能保佑六畜兴旺，妇人多子”[①]，而坡芽壮民对树的崇拜则更多地趋向于树能“保佑六畜兴旺、妇人多子”的美好愿望。

（二）智力因素的发展

人类的符号活动经历了一个由低级到高级，由具象到抽象的不断发展过程，是人类自身不断进化和发展的结果。从造型和书写方式来看，歌书符号属于绘画表现方式，是“人类符号活动从以主体自身的暂时性动作为媒介的阶段过渡到以永久性客体为媒介的阶段”[②]。而这一符号活动的实现“除了要有发展到一定程度的大脑功能以外，还需要有相当发达的灵巧的手以及相应的技术条件，否则，由于长期的动作符号所内化的心理表象就无法外化，从而变成绘画表象的客体存在”[③]。具备了这些条件的壮民参与并完成歌书符号的创造，同时，这一符号活动亦对壮民的手、脑、技术发展产生影响和推动。

众所周知，人的观察力、记忆力、想象力、思维力和注意力等智力因素并非先天具备的，而是经过后天的社会实践而逐步发展起来的。“坡

① [英]詹姆斯·乔治·弗雷泽.金枝[M].徐育新等译.北京：大众文艺出版社，1998：112-113.

② 孟庆艳.文化符号与人的创造本性——西方早期符号理论研究[M].沈阳：辽宁大学出版社，2006：150.

③ 孟庆艳.文化符号与人的创造本性——西方早期符号理论研究[M].沈阳：辽宁大学出版社，2006：140.

芽歌书”符号的创生，以对事物的精细观察为基础；以事物与人自身的类比关联为思维方式，对不同事物进行类分；并依据对事物特性的记忆为材料，运用他们的想象力、注意力等完成符号之形的书写。因此，“坡芽歌书”符号创生中对事物的观察认知、分类和表达，对壮民的观察力、思维力、想象力、注意力等有不同程度的影响和促进，实现壮族个体智力因素的发展。

1.精细观察力养成

在歌书符号的创生过程中，对事物特性的认识需要壮民精细的观察，从而形成对周围万物在外形构造、生长周期和分布变化上的精确认识。壮民通过观察活动建立了对天地万物的认知，这种活动不是一两次的经验所得，有些是放在了一个完整的周期内完成，体现了其观察的持久性。

符号1中展现的月亮，其符号的外形是弯月，弯向右边，从月相来看，应属下弦月，而且应是下半夜。通过对壮民的访谈得知，这个唯一有时间限制的符号，其符形指向了时间，也显示壮民已对月亮盈亏变化和运行周期有了全面、清晰的认知：人眼看到的月亮不总是圆而明亮的形态，而是需经历月牙 、半月形、满月、还有消失几天的月球等形态上的变化，即“由新月渐渐变成半月（上弦）、满月（望）、再半月（下弦）、残月以及无月（晦），至再合朔的月相变化”[①]，而且这一形象的变化周期正好是一个月。壮民在一个月的周期内，对月的形态进行了精确观察，并建立了月相与时间的对应关系，不仅掌握了月的圆缺变化情况，还将月的圆缺变化而带来的美好融入他们的生活。符号10、11中的枫香叶：枫香树叶的生长经历了正月发芽、二月变绿、秋季变红、冬季飘落这样一个过程，对枫香叶特征的完整认识则是放在了一年的周期内，通过观察其生长、颜色变化、衰落的全过程，认知其特征，并把其用在歌词的表达上。

① 叶正渤.金文月相纪时法研究[M].北京：学苑出版社，2006：3.

2. 丰富想象力发展

对事物的分类，是壮民基于对生产生活的美好祈望，在类比思维指导下的异质同构过程。壮民在有限的经验知识下，无法对已经出现和可能出现的现象进行解释和处理，而只能借助于自然界万物的力量，通过它们与人的相通和相似之处，来祈求风调雨顺、人丁兴旺。类比还往往使用在抽象事物的表达上，如情感的表达，以鲜明生动且浅显易被接受的事物，来表达难以名状的情感，有助于人们的联想与想象。“坡芽歌书”符号的本源都来自壮族的生产、生活，囊括吃、穿、住、用、行，是壮民熟知的事物，用这些事物来表达壮民的情感，不仅易于接受，而且鲜明的形象更为生动，易与真挚的情感相对接，也是壮族山歌文化的精髓所在。

“坡芽歌书”正是在情感表达目的上的物化成形，其创造的基调和壮民的情感密不可分。在类比思维的指导下，极大地发展了人的联想与想象能力。如符号5鹧鸪：鹧鸪好唱，且叫声独特，歌书中用鹧鸪来类比男子，因鹧鸪的鸣叫与男子的声音相似共通，并建立关联。符号13荒园韭菜：通过荒园韭菜的自生自灭、无人照看的特点来类比姑娘的出身；符号15石块：石块，特别是磐石，因为重量和体积大而不容易被外力随便移动，具有稳固、不流动的特点，借此来类比女子经常在家看守，极少出门的特点；符号21青冈树，青冈树具有不易落叶、常青之特点，在此用青冈树叶子嫩生生来类比男女之间的关系，意为两人还为时尚早，还未到谈婚论嫁的时候；符号22野生龙眼果：其果实高高挂在枝头，具有人想要又难以得到之意，以此来比男子对女子无法触及的无奈之情；符号32野芋：野芋其叶对生，不在同一方向，用野芋的形态来类比男女之间的状态，虽然靠得很近但是还是不在一起；符号33、34、35中的紫梅：紫梅花开，漫山遍野的紫色小花非常好看，在此用紫梅来比喻女人的娇美；符号37笼中鸭：笼中鸭的特点是被关着，没有自由，女子运用这一形象来自比命运不好，没有自由；符号38沙梨树：其果子苦涩，没人要，男子用以自比命运苦涩，没人要；符号46草鱼：鱼是过去壮民生活中一道珍贵佳肴，也是人们改善生活、补给营养的重要来源；在此男子把姑娘比作一条鱼，意在表明姑娘人好很多人都想要追求；符号50簸中米：簸中大米虽然已是成熟米饭的前一步，但是离吃到嘴里还差一步，在此，来比和姑娘的关系，意为离婚嫁还远；符号60一副烛：一副蜡烛，并排一起，双生表示成双成对，用以表示男女的状态，好像真的夫妻；符号67官家马缰绳：马与缰绳相附着，须臾不能分离，用此来类比男女之间的情感与关系，不离不弃；符号71果蔗：水果甘蔗，甘甜，用以比喻男女之间的感情甜蜜幸福；符号81两颗竹笋：两颗竹笋具有共生特点，借此来类比男女要同生共死的决心。在“坡芽歌书”中，类比的表达很多，体现了壮民的类比思维，通过熟悉事物的特征来陈述事项，抒发情感。

3.持久记忆力和注意力发展

在对已观察实物的表达中，壮民需将对对象事物的认知转化为可以呈现的符号，这一过程需要精确的记忆力，并且81个符号的创造不是一蹴而就，需要壮民注意力的集中和恒久。壮民对要符号化的对象的外部结构观察、认识的过程中，在其头脑中形成了对其包括大小、形状、颜色等在内的整体印象的把握；接下来，再将这些形象转移到画布时，他们在不面对实物的情况下，只能借助记忆力将头脑中的印象和轮廓复制、移植过来。在实际的表达中，借由生产生活中经年的观察积淀，借助对事物典型特征的认知，借助对事物细节的记忆为事物生动的摹写创造了条件。

“坡芽歌书”因所含符号之多，加之与歌曲的对应关系，使得壮民的表达过程不是一蹴而就，而是需要他们持久的注意力和足够的耐心。俄罗斯教育家乌申斯基曾言：“注意是心灵的唯一门户，意识中的一切，必然都要经过它才能进来”；对外界事物的注意过程，是联动视觉、听觉、触觉、嗅觉和味觉五大信息通道参与认知的过程。“坡芽歌书”81个符号的创造，是壮民在感知觉经验基础上，综合运用视觉、触觉、听觉（图与歌的对应）等进行创造活动，并伴随着思维、想象力的发生和发展；参与并实现整个心理过程的完成和再现，是符号创造主体——壮民心理活动的具体体现。

此外，在歌书符号的表达中，因符号化“对象本身只能提供很少的结构特征，因此就要求想象”①，要求壮民在对已知结构特征了解的基础上，“为事物创造某种形象”；而且歌书符号的创造过程，“决不能只用一种简单的程序去说明，尤其不能用那种普遍到特殊，或者是从特殊到普遍的程序去说明。然而不管创造过程的程序如何，它一定要解决想象的问题”②。因此，“坡芽歌书”符号的创造和生成，是壮民眼、手、脑协调运作，观察力、记忆力、注意力、想象力和耐力相结合作用的全环节，是壮族个体能力滋养的全过程，对观察力、记忆力、想象力、思维力和注意力等都有不同程度的发展和锻炼，促进了个体的全面发展。

符号创生的过程中，一系列无意识的教育伴随其中，而且这种教育“因其天然的、极为和谐的寓于一切活动之中，它才是无时无刻不在以最佳的形式，潜移默化地在完成其教育功能，因而也是最隐蔽、最有力、最持久、最具有支配作用的，从而也是最无法从根本上替代的”③。因此，歌书符号的创生，表面是图案符号、歌曲的创生，实质是壮民行为方式下教育行为和教育内涵的发生和实现；是壮民主体性的参与和生长过程，是他们经验世界不断地对象化过程。

毋庸置疑，语言、神话、艺术、宗教、科学、历史等这些符号形式

① 鲁道夫·阿恩海姆.艺术与视知觉[M].滕守尧，朱疆源译.北京：中国社会科学出版社，1984：119.

② 鲁道夫·阿恩海姆.艺术与视知觉[M].滕守尧，朱疆源译.北京：中国社会科学出版社，1984：200.

③ 张诗亚.祭坛与讲坛——西南民族宗教教育比较研究[M].云南教育出版社，1992：3.

是文化的组成部分，是构成“人性”圆周的各个扇面，是人的符号化活动的产物，反过来亦对人的发展具有不同程度的滋养。对于“坡芽歌书”来说，不论是将其归为“艺术”扇面，还是把其分属为“语言”扇面，都是壮文化构成中不可或缺的部分，对壮族个体发展影响深远。“坡芽歌书”符号的创生，是壮民从物到物我关系认识的不断深化过程，从而达致物我互动滋养、物我相合之态，主体之人在其中主动性和创造性得以全面发挥。而且，“坡芽歌书”作为壮文化展演的“文本”，符号产生及表达的方式与过程，有助于窥探壮民看待世界、思考世界的运作方式。

第五章

云南壮族“坡芽歌书”符号的传承

“坡芽歌书”符号一经产生便参与到壮民的生产、生活中，并随着符号的使用，在群体间传承，使符号得以代代相承。而民族事象的传承，是“老一辈将文化传授给下一代人，再由他们依次往下传，目的是使这种文化能够得以保存下来，不至于失传”①，更为重要的则是“一种文化的再生产，是民族群体的自我完善，是社会中权利和义务的传递，是民族意识的深层次积累，是纵向的‘文化基因’复制”②，即民族文化的传承，既需要老一辈有意识自觉的传，又需要下一代积极的受，在这一过程中，上传下效得以实现，民族文化得以在代际间延续，个体在传承过程中亦得以发展。因此，“坡芽歌书”符号的传承，是壮民历经传受过程，使符号在更为广泛的时空范围内得到传播，更为重要的是符号背后蕴含意蕴的传扬。同时，接受者在传承过程中还汲取了符号创生所蕴含的丰富内涵，滋养了个体的发展，实现符号“解释项”的播化。

第一节 “坡芽歌书”符号的传承动力

符号创生表明，符号首先是为了人们的生产生活服务，离开了生产生活实践，符号则成了无源之水、无本之木，艾柯曾指出：“确切地说不

---

① 姚艳．文化传承的困境 — 阿细跳月的个案研究[J].贵州民族学院学报（哲学社会科学版），2006（1）：104–108.

② 赵世林．论民族文化传承的本质[M].北京大学学报（哲学社会科学版），2002（3）：10.

存在符号，而只有符号——功能”①。“坡芽歌书”直观、形象符号的形成，是壮民为了表情达意之需而创造出来的，以实现辅助记忆歌词的目的，即利用符号的直观和指向性特点，实现符号的指示和会意。在实现记忆歌词这一实用目的外，随着符号的产生，符号浓缩的知识体系和深厚意蕴也相伴而生，增添了符号的“内容”项，为其在群体间的传承增添了动力，也为这一文化事象在代际间的播化、所蕴含文化因子的生长、发展奠定基础。

一、提示之用：符号完成的指示概括

在文化水平，如文字表达和记录能力非常有限甚至缺失的情况下，人们将周围的事物物化成象从而创生出符号。符号因其直观、形象之特点，解决了壮民表达和记录之需，完成了事件的记录，指示和展现着当时的生产生活场景，并构成为表达和书写的重要方式。“坡芽歌书”创生的目的虽然还未得到确切答案，但是壮民口中的“记忆歌词”则应为歌书功用之一，也是其能够存活至今的重要动因之一。壮族自幼习歌，以好歌善唱著称，歌唱一度成为壮民解决人生大事——婚姻的重要途径。汉代刘向《说苑·善说篇》便有记载。刘锡蕃在《岭表纪蛮》中指出：“壮人无论男女，皆认为唱歌为人生之首要问题。人之不能唱歌，在社会上即枯寂寡欢，即缺乏恋爱择偶的可能性，即不能通今博古，而为一蠢然如豕之顽民”②。而且，壮族“倚歌择配”的传统，使得唱歌成为年轻一代必备的技能：青年男女到了婚配年龄都要到歌圩场、其他村子、山上等场所进行对歌，通过对歌去认识异性朋友，通过对歌进行了解和相处，通过对歌实现人生之大事的完成。长此以往形成“以歌代言”的传

① 艾柯.符号学理论[M].卢德平译.北京：中国人民大学出版社，1990：50.

② 刘锡蕃.岭表纪蛮[M].商务印书馆，1934：156.

统，劳动中田间地头要唱；生活中火塘边、凉亭里要唱；人生之重要阶段要唱、情感所及之处也要唱，歌唱已成为他们习以为常的一种言语表达方式。

在这种背景下，壮族青年在十二三岁时则需跟着家中的长辈进行山歌学习，特别是情歌的学习。而面对流传着如此繁多的情歌版本和如此冗长的歌词，记忆歌词则成为情歌学习的一大难题，“坡芽歌书”符号则很好地解决了这个难题。壮族先民将生产生活中可触可感的实物构画成形，通过直观形象来指示歌词，提示故事发展，并在具体情境中进行强化，从而实现了山歌教育的顺利进行。通观歌书81个符号，因符号出现位置和符号结构的安排，使符号完成了指示和概括之功用，如符号1月亮，作为第一个符号且在歌词第一句中出现，提示了男女青年的相遇和故事的开始；符号3男子，通过孤单男子形象在歌词第一句中的出现，指示男女青年对话的开始，女子听到男子歌唱后，对其有意才开始了对男子的询问；符号4两只绿头鸭，以两只绿头鸭水中的相遇来类比，概括以示两人相遇的美好；符号5鹧鸪，以鹧鸪的叫声来类比男子的歌声，概括歌词大意；符号10和11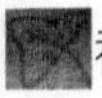都是枫叶，但是因为方向的不同而对应着不同的歌词，表达了不同的涵义，均提示着歌词的内容展开；符号17打赌，以“弯钩”形象在首句的出现，来指示故事的展开；符号22野生龙眼果，以“龙眼果”在首句的出现来概括，以类比男子对女子爱慕却得不到的无奈；符号27跟哥走，以“跟哥走”来开头，指示事件的发展；符号62同行，在歌词第一句中出现，以提示下文表达；符号79好花生院中，以“好花院中生”来起兴，引起下文内容的阐述。

“坡芽歌书”每一符号对应完整的一首情歌，有其情节设置和中心体现；而情节和中心的实现是壮民利用生产生活中物与人的相通相似之处、或物的直观性等，将符号与情歌建立对应和关联，既实现了人们记忆歌词的目的，又介绍了故事的情节和大意的表达，是壮民智慧和创造性的集中展现。

二、情感之传：符号实现的表情达意

“坡芽歌书”符号不是孤立产生和存在的，而是符号之形与流动之音紧密结合的整体，即形与音的密不可分。符号呈现的每一阶段亦对应着人的情感发展和关系状态，以直观、形象之形，完成人们抽象情感的传达和交流；而且这些符号因取自壮民的生产生活而具有通识之特点，极易引起本民族群体成员的共鸣，进而内化为本民族的精神文化符号。

“坡芽歌书”以直观的81个符号表达了独立的81首情歌，从第一首到最后一首展现了一对壮族青年男女通过对歌相识、相探、相恋、相知、相守的完整过程，展现了青年男女的情感历程。既有智慧的打探和试验，又有情到深处的表白，表现了青年男女在情感上的勇敢与真挚。加之过去，壮族青年男女婚配的主要方式为对歌，会唱山歌，特别是会唱情歌如掌握了一门手艺和技能，颇能得到异性的青睐。基于此，山歌特别是情歌成为青年男女必备和必修的一门“课程”，“坡芽歌书”的产生则是这种诉求下的直接产物，此时，符号展现的形与情感对应的音还有人要表达的意结合在一起，构成为“坡芽歌书”的整体。

“坡芽歌书”在记忆歌词的最初诉求下，用直观之符号来提示或概括歌词，从第一个符号表达的青年男女相识开始到最后一个符号呈现的男女结合相守，符号都完整地予以了表达和对应，提高了山歌教育之情歌教育的效率，既解决了壮民技能的掌握，更为重要的是实现壮民智慧和深厚情感的延续。而且，从第一首到最后一首，展现了壮民情感的不同程度，符号以不同方式予以对应，实现了情感的连续和深化。依照壮民青年男女情感发展的历程，可将符号的“表情达意”分为三个阶段，每一阶段符号与歌词、情感都实现了很好的契合，发挥了符号“传递讯息”，特别是情感讯息的功用。

第一阶段，青年男女的相识，月明似镜的夜晚，是壮民对歌的良时，附近寨子的年轻小伙和姑娘都会走出家门，进行对歌活动。这一阶段主要是双方介绍自己的阶段，一般都是贬低自己，隐瞒自己的家境情况等。在符号表达上则是符号1–9：符号1，通过弯月的表达，创设了青年男女相遇的情境——月明似镜的夜晚，且是在下半夜；符号2用抓石子来概括和代表小时候，男子诉说起小时候的艰苦生活；女子听到歌声，对此有意，想进一步地了解，则接应男子的歌声，询问起男子；符号3男子形象是女子询问的概括；男子听到女子的歌声欣喜万分，感叹他们俩的相遇是如此美好，就像两只绿头鸭在水中遇着了一样；符号4，以同向的两只绿头鸭形象来类比男女两人相遇的欣喜与美好，女子则进一步地追问，“是谁在那里唱歌，其身份是什么”。接着以符号5鹧鸪的形象，并利用鹧鸪爱唱和声音的独特来类比男子的歌声；男子洋溢在相遇之美好中，夸赞女子的独特，并以符号6刚竹——刚竹丛中最好的一株来类比姑娘的独一无二，表示对姑娘的喜爱；姑娘则回应男子的赞美，以符号7慈竹丛中独特的一丛来类比男子的歌声美妙，女子对其的倾慕之情；接着男子对自己进行介绍，感叹是家中的独子和孤单无所依的无奈，符号8孤单男子的形象来概括男子的自述；女子则回应说，男子有老婆，两人出双入对幸福无比，整天笑呵呵，符号9则以开口笑的造型展现男子的幸福状态。至此，青年男女以歌声为媒相识并相互吸引，符号对应创设和概括两人相遇的美好，表达两人一见倾心的美妙，为爱情的发展打下了基础。

第二阶段，青年男女相遇后，虽然彼此都颇有好感，但是对方的情况还全然不知，需要进一步的了解和认识，了解的途径为对歌，通过对歌进行探情，以表达对彼此的爱慕和思念之情。在这一阶段中，男女双方以夸张、诙谐的方式，一步步去试探对方，既试探对方的基本情况，又试探对方的用情。在一方步步紧逼之下，对方做出聪慧的应答和诉说自己的感情立场，以此来加深彼此的感情和推进情感故事的进展，这表现在符号10–45中。符号以提示、概括男女情感状态为要，表现了双方的智慧和真挚情感，如符号28、29是男女双方感情的直白，符号28男子以“流血的手”来表达因思念过度而招致病重到手流血，以表达对女子的强烈思念；符号29女子则用“晕死的人”来呈现因思念男子招致晕死，以表达自己的感情。试探之初，女子对男子进行考验，以男子有老婆为由对其进行追问，男子在坚定自己感情的同时，对其作出巧妙回答，如符号39和40，符号39中女子以饭桌上“两双筷子”为据执意认定男子已有老婆，不是单身，而符号40男子则以晚上“油灯”照出自己的人影来应答，坚持自己是单身。

男子面对女子的步步紧逼，机智应答的同时转而将话题回到对女子的试探上，表现在符号56–66上，以了解女子的基本情况，并考验其用情。女子一方面表示对男子的坚贞不渝，另一方面对自身情况进行解释。如符号54、55男女互诉衷肠表达对彼此的爱恋，符号54男子以“星星”之多来比地上的人之多，用明亮独一的月亮来比女子，以赞美女子的独特，表达男子对其的坚贞；符号55女子用“网中鱼”表示鱼儿需要等待进网，凉风要等待吹拂，自己则不需等待，主动把手牵给男子。至此，男女双方完成了对对方的试探，既包括基本情况的了解，又囊括用情的考验，这期间表现了男女的机智和对感情的真挚。整个试探阶段漫长，既是男女相互考验的阶段，亦是双方感情升华、相恋的过程，是歌书故事的核心部分，展现了壮家情感的真挚，和勇敢追求爱情的决心和勇气。

第三阶段，在男女完成了试探与浓浓爱意表达后，则收获了爱情之果，走向了相守，表现在符号66–81的表达上。男女双方表示相爱成双，定能克服物质上的各种困难，夫妻一起面对生活的酸甜苦辣，物质条件虽然艰苦，但是夫妻同心生活定会甜蜜幸福，如符号72、73，符号72用“浮萍”来提示，男子表示如果得妹为妻，旱田会变良田，有情饮水饱，符号73女子则用“云雪”表示和男子在一起，腊月下雪睡晒台也暖和，四月断米，晚饭不吃也不会饿，吃饭不蘸油也香。青年男女还对婚后的生活进行了憧憬，表达夫妻双方相互扶持、共同生产生计、相伴一生的决心。

“坡芽歌书”从开始到结束，为读者展演了一幕温婉而动人的壮族爱情剧，表现了男女主人公对爱情的执着与真挚，从两人的相识到相守都予以展现，实现了情感历程的完整。用直观形象的符号或兴、或比、或赋，使男女细腻的感情得以直观表达，男女双方爱情上的斗智斗勇得以展现。更为令人赞叹的是感情进程的每一幕除实现歌词的串联外，还用壮民熟知的实物进行符号化，实现了符（形）、歌（音）、情（意）的结合，使壮民丰沛的情感和乐观勇敢的爱情观跃然符上，促推了“歌咏言”目的的实现。

三、生长之源：符号伴生的文化意蕴

符号以直观形象完成了抽象、无可言状的情感表达，实现了歌书创生的最初目的，但是壮民通过观物、取象和构形这一完整过程不仅完成直观形象的符号创生，更为重要的是符号背后的丰富意蕴，特别是符号化过程中凝结的壮民的经验与智慧、壮民的思维和表达方式等也伴随符号的产生而应运而生，构成为壮族文化的扇面，成为壮民生长所需的养料。

“坡芽歌书”作为壮族古老的文化遗产，是壮文化的重要组成部分。从“坡芽歌书”的构成来说，其特殊性所在的符号是壮族先民的创造物，凝结了壮民的智慧和知识经验，个体之人通过符号表达展现了与天地化生的生存之道；符号不仅是壮文化展演的重要窗口，而且更为重要的是个人经验与社会事实的枢纽，人通过符号调适内外部的关系①。此外，符号的使用一方面是壮文化得以产生和流传不息的重要途径；另一方面，符号所对应的歌曲展现了壮族爱情的温婉、真挚，体现了壮族山歌文化的丰富内涵与博大意蕴。

任何一种文化事项，从其构成上来说，都可分为物质、制度和精神层面，以此来满足群体的物质和精神生产所需，实现人与外部世界的和谐化生，“坡芽歌书”也不例外。虽然“坡芽歌书”作为壮族情歌很好保存的典范为后人所知，但是歌书情歌所对应的图案符号，则更具价值也更应得到后人的阐释和理解。通过符号，不仅能够完成对壮族情歌的记忆，还展现了壮族群体观察世界、认识世界、改造世界的方式，使人通向“理想的文化世界”。

（一）“坡芽歌书”符号的物质文化层面

任何一种文化事项，最直观、最易明白和展现的就是物质方面的内容，而物质方面的内容亦是满足人的生产生活的根本所在，它们“决定了文化的水准，决定了工作的效率”②。物质方面的内容囊括人们的吃、穿、住、用、行，“举凡器物、房屋、船只、工具，以及武器等都是人的物质设备”③。“坡芽歌书”虽然作为壮文化的一个因子，但其所构成的符号和歌曲却组合成丰富的符号系统，用其“普遍性、有效性和全面适用性”完整展演了壮文化的方方面面。以符号直观、歌曲详实、生动的方式共同展现了壮族的生产生活场景，实现了壮文化的代代相传。

“坡芽歌书”符号体现的壮族人们为了满足生存发展需求而创造的

① [美]克利福德·格尔茨.地方性知识：阐释人类学论文集·导读二[M].王海龙等译.中央编译出版社，2004：37.

② [英]马凌诺斯基.文化论[M].费孝通译.北京：华夏出版社，2002：4.

③ [英]马凌诺斯基.文化论[M].费孝通译.北京：华夏出版社，2002：4.

物质产品及其文化有：壮族的服饰、饮食、建筑、交通工具、生产工具等。符号与歌曲的结合构成了歌书的整体，不仅符号直观展现了壮族的物质产品形式，而且歌曲中也蕴含了丰富的物质文化方面的内容。现梳理如下。

壮族的饮食及其文化：因壮族特殊的居住环境——一般临水而居，决定了其耕作方式和作物种类，稻作农业成了壮族的主体部分，稻作的果实——谷子在壮族生活中占据着重要位置，形成了与稻作相关的“那文化”体系。“虽然水稻源于人们对野生稻的驯化培植，但在壮民的心目中，水稻的来历不仅仅具有植物学上的意义，而是具有非常浓厚的神奇色彩和重大的文化意义”[①]。在壮族群体中广为流传的神话传说《谷种和狗尾巴》：讲述了九尾狗为壮族先民到天上盗取谷种，挽救人类的故事；说明壮民对谷种具有特殊的情愫，已把它看作为天上的一种神物，从而具有了文化意蕴，并形成一整套与水稻相关的风俗仪规，丰富着壮民的精神信仰。此外，在壮乡，稻谷中糯米做成的食品在壮族社会中地位很高，在不同的节日都要备有各种糯米食品，壮民一般把其看成是贵重的礼品，体现了壮民对稻谷的崇拜文化和祈求丰产的美好祝愿。符号50大米，符号78中提及的黄饭花染成的糯米饭、符号30中提及的吊粑和圆粑等都是壮族稻作生产的展现。大米是壮民每日所需的主食，各种糯米食品则是节日里必备的符号；坡芽村用黄饭花来染黄色糯米饭，用板蓝根来染紫色糯米饭来参加“祭竜”仪式、用糯米做成各种食品如吊粑、圆粑在过年、七月半两个最大的节日里供奉祖先、祭拜生灵，保佑寨子风调雨顺。壮乡还有嫁女陪嫁五谷六畜之俗，这里的五谷并不是确指五种粮食，而主要是稻谷。这些东西带到夫家后，不能随意出卖和吃掉，而是作为开展家庭生产的‘种子’[②]，在此，稻谷作为一种具有生殖与丰饶象征意义的

① 廖明君.壮族自然崇拜文化[M].南宁：广西人民出版社，2004：301.

② 潘其旭，覃乃昌.壮族百科辞典[M].广西人民出版社，1993：370.

文化符号。

此外，歌书部分符号还展现了壮民日常的生活用具和生活方式。符号16酱油壶，过去在壮民的生活中，酱油不仅是一种调料，更多的还是充当盐的作用，因为在过去盐是一种极其珍贵稀少的物品，对平常百姓人家则是种奢侈品，随着后来盐铁贸易的推进，百姓人家才渐渐吃上了盐。目前壮民的生活中，吃菜蘸酱油的习惯依然存在，这也是过去生活的一种遗风，符号73的歌词中也提到“吃菜蘸酱油”的说法。符号19三角灶，三角灶是壮家火塘里最重要的器物，壮民一日三餐离不开它。过去壮民都是靠柴火来做饭，而柴火多是由壮民到山上砍好，并烧好保存部分作为冬天烤火的木炭。对壮民来说，砍柴还有很多讲究：一般正月、二月、三月、四月这几个月是不砍柴的，村民认为这几个月树里有虫，柴薪不好；而且夏季砍好后，一般将其放在山上等到腊月才背回家中。现在村民也还使用柴火，仍保留砍柴的习惯，但是随着部分家庭饲养家畜的增多，沼气成了替代品。符号21的青冈树是坡芽壮民认为最好的柴薪，村民用来做柴薪的另一种树木是麻栗树。过去，壮族寨子没有通电，都是靠油灯（点的是桐油）和蜡烛照明，符号40、60正是壮民过去生活状态的真实写照。此外，符号73的歌词也展现了富宁壮民过去生活的艰辛，对于坡芽村民来说，山地多、水田少的现实，耕作条件差，收成在天，往往青黄不接就断了粮，而且缺乏其他收入，生活资料来源也非常有限，使得生产生活极其困难。

壮族服饰及其文化：自古壮族服饰传统而独特，史书中多有记载①：《史记·赵世家》中所载：“剪发纹身，错臂左衽”；《后汉书》中指出：“椎髻跣足”“雕题”“儋耳”“穿胸”“衣著尾”；民国《马关县志·风俗志》中亦指出：“侬人服饰，男子略似汉人。女不缠足，挽螺髻于顶，以青布帕裹头。帕两头梳成细穗，缀以彩绒。服色青黑，有裙无裤，对襟密

① 转引戴光禄，何正廷.壮族文化概览[M].昆明：云南美术出版社，2006：102-113.

纽，窄腰小袖，衣长及尻，袖长及肘，袖口镶以三存宽之杂色边；裙数百褶，需布甚多，行路时裙幅扭结于臀，翘摇如尾”，均指出了壮族服饰的特色。

壮族支系众多，不同支系服饰也存在不同，特别在女性服饰上。侬系服饰精于头饰，牛角造型，上衣短小，窄腰小袖，并绣有卷云纹饰。沙支系平时穿着朴素，蓝衣、黑色头巾，节日礼服则披金戴银。壮族妇女精于纺织，过去都是自家种植棉花，纺纱、织布、染布来满足全家的穿戴需求。

“坡芽歌书”符号中涉及到壮族服饰及其文化的有：符号31的上衣，符号39歌词中提及的鞋子，符号41的裙子，符号43的丝裤。符号31中的衣角卷起，符合壮族女性服饰的上衣短小、窄腰小袖特点，而且衣角向上翘起，符合《太平寰宇记》中所载的“如鹰的尾巴，鸟的翅膀”，而其歌词中提到了黑色头巾，也是壮族服饰的体现。壮族服饰还依年龄、性别等存在差异：“男装朴素端庄，女装艳丽华贵。老年人一般只着青黑，饰绣较简略；中年则多着青蓝，风格淡雅，配饰亦不多；青年则不拘颜色，色彩丰富艳丽，饰绣繁复，代表壮族服饰工艺的最高水平；儿童服饰较为简单，以保暖易用为原则，但为儿童制作的童帽、背带等则多以金银饰品及绣花装饰，不失为壮族精致的工艺品”①。壮族的鞋子，用自织土布做成，并绣上花鸟的图案；壮族老人过寿，其姑娘（女儿）会给绣上寿字在过寿的时候赠予母亲，祝愿老人健康长寿。符号41的裙子，是顶部两端有系带，四维有褶皱貌似围裙的样式，歌词中指出通过裙头颜色来分辨年龄的说法正是壮族服饰特点的体现。符号43中的丝裤，是种质料比较好的裤子，描绘出壮族服饰中裤子的形状：平头、裤腿，目前在富宁，许多壮族老人仍穿着这种样式裤腿裤子，而且都是用土布做成。

---

① 戴光禄，何正廷.壮族文化概览[M].昆明：云南美术出版社，2006：111.

此外，符号25、45、54，是与壮族服饰密切相关的事物。其中棉篮是用来采摘棉花的竹篮，中间有一根绳子用来系在腰间，方便采摘，棉花的种植解决了壮民的穿衣需求，为壮族纺织技艺的发展提供可能。除了棉花种植外，壮民还摘种蓝靛，用来染色，将土布染成黑色，来做衣物，符号54歌词中提到蓝靛。经过棉花、棉纱和染色等一系列活动的进行和准备，促进了壮族纺织技艺的完整发展。壮族纺织技艺发达，其中尤以棉纺织为最，“壮族纺织技术主要由妇女传承，当地使用的棉花为树棉，从种植到摘收、纺织、缝制等各道工序均由妇女独立完成。民间也以此作为评价妇女能力的标准之一，因而壮族妇女没有不会纺织的”[①]。

壮族的建筑及其文化：因富宁地处热带和亚热带，雨水丰沛，湿度大，而且坡芽村所在的剥隘瘴疠严重，民间曾流传着“若要到剥隘先把老婆卖，若要去板蚌先把灵牌供”。此外，壮族地区还经常有猛兽出没，对人造成很大的威胁。为了适应这种自然环境，壮民的建筑也形成独特风格——干栏式建筑，《魏书·僚传》中记载：“依树积木以居其上，名曰干栏，干栏大小随其家口数”，《旧唐书》亦指出这种建筑样式的缘来：“土气多瘴疠，山有毒草和沙虱、蝮蛇”。在坡芽村，还完好保存着这种建筑风格，土墙、两层干栏。下层用为饲养家畜，上层用来住人，而且第二层有晒台伸出，方便家人活动和用来晾晒东西；第二层里面又分出一层，用来存放粮食、腊肉和其他生活用品，以方便保存。壮族的干栏民居不仅给壮民提供了安全、舒适的住所之地，“从它的建造到使用，还包含着壮家人文明、友善、亲和的人生哲理和道德规范”[②]。按照壮族的风俗，起房建屋不仅是一个家庭的重大事件，还是亲戚、朋友、邻里应尽的社会义务——力所能及地参与帮忙；而且从备料、选址、动土、组合框架、上“红梁”、收尾、搬迁都遵循着严格的仪规，其中的上“红梁”

① 戴光禄，何正廷.壮族文化概览[M].昆明：云南美术出版社，2006：110.

② 戴光禄，何正廷.壮族文化概览[M].昆明：云南美术出版社，2006：84.

是壮民建房中的大事，要举行隆重的上梁仪式[①]：主人家要请摩公挑选吉日，以便提前邀请亲朋好友前来庆贺；“每幢房屋的‘红梁’要架在由中柱支撑的堂屋中央。中柱则分‘公柱’、‘母柱’，分别立于堂屋的两侧，‘公柱’立左，‘母柱’立右。‘公柱’和‘母柱’是神圣的，除了老人外，其他人不能随意靠坐。中柱两侧的柱子称‘儿柱’，这与壮族古代的‘公母观’密不可分”；架‘红梁’时，梁上要站着一只红公鸡，担着一袋米，待木匠师傅把它平稳地架装在堂屋中央的顶端时，燃放鞭炮，方才完成。

符号14歌词中提及的晒台正是干栏式建筑中人们活动的晒台，而且邻里间晒台相邻，中间用栅栏分隔，房屋并排而立，沿着地势一排排整齐展开。符号66一间房，是壮族房屋建筑的简体，也是坡芽村老人亭的造型：老人亭处于寨子的中心，在过去是祭祀天地神灵的地方，是寨老议事的地方；也是壮民娱乐、聚会的场所，如晚上唱歌、吹树叶的凉亭。与老人亭相关的寨老制，是壮族社会管理机制，通常全村的寨老聚集一起，商议定度村中大事，协商解决村民的实际问题，维护村民的利益和团结。

壮族的交通工具及其文化：“西汉以来，内地入西南的通道有僰道、滇楚道、牂牁江道和交趾道等”[②]，可见陆上和水上交通构成内地与西南联系的主要途径，壮族也不例外：[③] 唐末，西原蛮居住的左右江流域成为南诏国进侵桂西地区的通道；宋代，自邕州进大理道，以西原蛮聚居的邕州横山寨（今广西田东县境）为中心，共有三条干线：一条为横山寨–自杞（今贵州兴义）–善阐府（今昆明）道，一条为横山寨–罗殿（今贵州望谟县境）–善阐府道，一条为横山寨–特磨（今云南广南、富宁）–善阐府道；自宋代以来，广南就成为滇桂通道必经之地，元明清三朝，

① 戴光禄，何正廷.壮族文化概览[M].昆明：云南美术出版社，2006：85–86.
② 杨宗亮.壮族文化史[M].昆明：云南民族出版社，1999：148.
③ 杨宗亮.壮族文化史[M].昆明：云南民族出版社，1999：148–150.

广南保持着滇桂通道要冲之地位；自明代，滇桂通道广南段开始设置驿站，清代设有弥勒湾、上安排、者报、者兔、木帖、董那、高相槽、蜈蚣、乡水、普听、泗庭、平领、者桑、剥隘等14个驿站。

符号24、67正是富宁壮族水路和陆路交通的展现，体现了水路的畅通和贸易往来的开始。而且中央政府往往通过陆路，通过设立驿站、依靠马匹来传达政令，一般壮族人家是养不起马的。

壮族的生产工具及其文化：壮族作为以农业为生民族，因居住环境的制约，稻作农业和山地耕作构成了该民族的主要生产活动。壮语称稻田、水田为“那”。“据粗略统计，云南省以那字为地名的地方近千个，文山州就有518个”[①]。而且在富宁的皈朝地区发现了野生稻，回答了稻作文明的起源问题。“壮族据‘那’而作，赖‘那’而食、依‘那’而乐、以‘那’为本的稻作文化，孕育了谷种来源的经文，牛王到人间的传说，还产生了稻谷神、田坝神等自然神祇，人们据此把它称之为‘那’文化”[②]。

“坡芽歌书”符号53弯刀、59锄头、65尖担、76犁耙都是农业生产中必不可少的工具。因坡芽四面环山，其生产和生计也与山结下不解之缘。壮民每次到山上，都是腰间别着弯刀，去砍柴、去开辟新的山地等；锄头则是用来刨地、挖土，还用在开荒山辟新地之时。壮民在点种前一般将泥土翻开，然后用犁把土耙好，放上一段时间，等到播种时节再点种上当季庄稼的种子，从而完成播种工作。尖担则是壮民最常用的工具，过去壮民上山找柴火、割猪草等，都要扛着，因其两头尖尖方便将重物背起，从而挑回家，现在很多老人上山还在使用这种工具。

此外，“坡芽歌书”中还展现了壮族具体的生产活动及其农事安排：符号10、11提到砍田埂、拔秧苗则是春天来临，壮民忙着准备春耕的景

① 戴光禄，何正廷.壮族文化概览[M].昆明：云南美术出版社，2006：28.

② 同上

象，也是稻作种植的体现，将水田挖好、犁好，疏通好水道，等到“开秧门”的日子定了，每家都忙着拔苗，进行插秧。符号34、35中提到“正月引火烧地、二月放火烧坡”，正是壮族刀耕火种的体现，是山地种植的主要方式，通过焚烧杂草等留下的木灰来增加土壤的肥力。符号53提到的砍蓝靛、砍木材等也是临山壮民的生产活动之一；此外，符号80还道出了一年的农事安排等，通过这些生产活动满足吃、穿、住、用的需求。

因自然条件的制约，加之生产工具的简陋，在壮乡收成主要靠天。坡芽四面环山，水源不充足，不但造成农业生产中山地水多田少的现实，还加重了壮民劳作和生活的负担。过去，坡芽村民日常饮用水主要依靠早上到村里的老井去挑，到了枯水期吃水则成为一大难题，他们要走很远的山路去挑。地理环境虽然给壮民生产生活造成了诸多不便，但是其优越的环境也为其带来了优势，如壮民从山上采集到丰富的原材料，做成各种居家所需的生产生活用具，而且通过男女不同的分工，来实现和谐劳作的场景，这些在“坡芽歌书”中均得到淋漓尽致的体现，表达了壮族先民艰辛而智慧的生存状态。

（二）“坡芽歌书”符号的制度文化层面

“制度文化是为了自身生存、社会发展的需要，而主动创制出来的有组织的规范体系，如各种礼仪俗规”，这些礼仪俗规不仅规范了群体成员的行为，也很好地实现了群体成员与外界天、地的和谐，促进民族群体的发展与壮大。“坡芽歌书”符号虽然在内容上展现的是壮族爱情故事，但是对壮族的礼俗规定等也有明确的展示。

符号57女孩（发未编）的形象和歌词，体现了壮族女子成年礼的相关情况：壮族“分发、辫发、剃眉、染齿是云南富宁壮族少女的成年礼。分发、辫发是女孩长到十三四岁时，改变脑后一撮头发的发型，留发成长辫子，代表成年可谈恋爱、可嫁人；剃眉则是妇女在家中长姐或嫂嫂的帮助下，将眉毛用棉线刮干净，修成形；染齿则是少女成年后用当地的一种橄榄果加石灰把牙齿包起来染成黑色”[①]；此外，壮民少女到了一定年龄，还需用棉线进行“绞脸”，通过这一系列活动和准备后，表示女子成年，可以谈恋爱，可以参与对歌等社交活动。

符号62、63的歌词中均提到不是夫妻的男女不能同行、不能同桌吃饭的说法；而且这在壮族社会中也是禁止的：未婚男女主要通过歌圩等场所、村寨之间组织的对歌活动进行交流和认识；而且这些活动的进行一般都要到远离村寨的地方，两个异性青年在村寨里同行或同桌吃饭则是不允许的，会招来老人的训斥和别人的闲话，这也成了一条潜移默化的规矩被保留下来，成为家中老人教育孩子的内容之一。

符号符号35、64、65歌词中均提到“挑吉日”，这体现了壮族的婚俗：壮族青年男女倚歌择配，青年男女在对歌中认识，通过一段时间的了解，谈好了就找媒人去女方家说亲，并找摩公进行“合八字”，顺利后男方家才准备酒、米、肉等东西到女方家订婚，然后挑日子结婚。壮族青年结婚，都要要找摩公挑选吉日、吉时，而且结婚当日还要请摩公到土地庙给新娘“上户口”，以祈求保佑新人平安、人丁兴旺。

符号74歌词中提到“田近的自己去，田远的找帮工”，其中帮工则是壮族村寨成员间一种互助方式。壮族社会里，普遍流行着无偿互助的习惯，壮语称“打背工”，“其范围很广，举凡耕田、种地、收割、打谷、起房子，甚至婚丧嫁娶，人们都主动相帮，但主要是耕作”[②]。农忙时节，人们自觉自愿组成互助的团体轮流参与耕作劳动，既解决了繁重的农业劳动，又能在集体劳动中达到情感交流的目的。而且“打背工本来源于氏族社会的集体劳动，进入阶级社会后，壮族人们把它作为一种民族传统继承下来，形成了耕作习俗”[③]。现在，坡芽村还保留着帮工，即“打

① 王志芬.云南壮族坡芽歌书符号意义解读[M].昆明：云南大学出版社，2010：237.

② 梁庭望.壮族风俗志[M].中央民族学院出版社，1987：108.

③ 梁庭望.壮族风俗志[M].中央民族学院出版社，1987：109.

背工”的习俗，主要在农忙时候，在村寨范围内成员间进行无偿的互助和帮扶，以提高生产的效率。

符号76“三趟”，主要展现了壮族文化中“不落夫家”的风俗：“不落夫家”是古代母权社会的遗风，青年男女结婚后，新娘不在夫家居住，留居在娘家，一个月回夫家一次，等有了孩子才回到夫家居住。“壮族的婚俗多为男娶女嫁，从夫居；但也有一部分女婿上门，从妻而居的”①。坡芽村就有女婿上门的现象，一方面是因男方儿子多无力承担盖房、娶媳的经济负担而上门，另一方面则是女方家无儿以求传宗接代之目的而招男子上门。过去，女婿上门后，要改变自己的姓氏随妻姓，现在要求则慢慢放宽。

（三）“坡芽歌书”符号的精神文化层面

“精神文化是在物质文化基础上产生的人类所特有的意识形态，是人类各种意识观念形态的集合，包括价值观念、道德规范、精神面貌、行为准则等”，文化的精神层面比较复杂，而且难以类分，但是必不可少的；不仅对群体成员的生长和发展起到潜移默化的作用，而且是整个民族文化的内核所在。

“坡芽歌书”符号所含事物均取自壮民的生活生活，符合“近取诸身，远取诸物”的原则，是壮民观法天地的产物。其中符号1月亮、符号54星星，从其物源来看，取自于天体。月亮的盈亏变化显著，呈现新月、弯月、满月、残月等形象；经过一个月的完整周期完成圆缺变化的现象，使人们对其赋予了美好的意义：月亮在不少民族的神话故事里频繁出现。在壮族先民的思想观念里，月亮是一位女性，慈祥而又温柔的善神。月亮的慈祥温柔，在《太阳·月亮和星星》这个古老的故事里有体现：月亮是一位可爱的母亲，每天夜晚，她就带孩子们——星星出来玩耍，她对于孩子们慈祥温柔……过去，桂西一代的壮乡还有“祭月请神”的

① 戴光禄，何正廷.壮族文化概览[M].昆明：云南美术出版社，2006：184.

习俗。人们认为月神有超凡的智慧，能给人们预卜吉凶①，以此来祈求人丁繁衍。在壮乡，还流传着《月亮妹》的神话传说，“在壮族先民的信仰中，月亮（包括星星）并不是自然之物，而是人类用生命通过千难万险制造出来的。更为重要的是，通过月亮妹的存在，我们可以了解到，月亮不但是具有生命的，而且其生命还是人类生命的又一种转型”②，是壮民“物我合一”自然观的又一例证。壮民将月亮、星星作为美好的象征，来表达美好祝愿，祈求生产生活的圆满、顺利。

符号28提到巫婆、符号81提到摩公，这两种人均是壮族民间的宗教神职人员，其中摩公是壮族的知识分子，掌管壮族经书，懂得古壮字，负责宗教仪典的主持，展现了壮族的原始宗教信仰。“壮族先民从越人开始，就崇拜天地、日月、山川、雷雨、树林等，崇拜的对象基本包括了自然界的主要神祇。人们幻想着寻找一种超自然的神力，通过它来消灾除祸、驱瘟防病、排除饥饿，并希望周围的气候、动物、庄稼、健康等遵从人的意愿，使自己在心灵上得到安慰，精神上得到寄托，并通过各种活动对其进行祭祀”③。坡芽村有3个摩公（一个小摩公，2个大摩公），没有巫婆。村里白喜事，都要请摩公看日子、择吉日、选吉时；不少村民生病了也找摩公来看。结婚前父母要找摩公给男女青年“合八字”、择吉日；小孩出生3天，要找摩公念经，请摩公到土地神那给婴儿“上户口”，通过种种活动祈求人丁兴旺、风调雨顺。而且符号48的榕树，则展现了壮族的自然崇拜，壮语将森林、树林称为“竜”，每年要举行祭竜仪式。这种竜树一般是古树，在坡芽则是榕树，坡芽村每年的农历正月、六月、十月全村人集体到后山祭竜，祈求全村风调雨顺、寨子平安。而且后山的竜树林得到保护，禁止乱砍滥伐和外人随便进入，体现了壮民

① 黄庆印.壮族哲学思想史[M].南宁：广西民族出版社，1996：40.

② 廖明君.壮族自然崇拜文化[M].南宁：广西人民出版社，2004：32.

③ 杨宗亮.壮族文化史[M].昆明：云南民族出版社，1999：105.

的生态观念和对自然生灵的敬畏与崇拜。

此外，“坡芽歌书”符号对应的歌词中还包含着丰富的生产生活知识，体现了壮民的生存智慧，并通过歌曲将这些经验知识代代相传。歌书符号21中的青冈树作为常青树木，具有不易落叶的特点；符号48的榕树树冠高大，根系发达，而且榕树根永远都是弯曲的特点；符号51芭蕉为多年生草本植物，叶子很大，长椭圆形，果实跟香蕉相似，为常绿大型多年生草木，但是芭蕉叶具有火烧不死、也烧不着之特点。而这些知识的获得，都是壮民日复一日的精细观察和亲身体验而总结出来的，是他们主动性的体现。

符号61书桌则展现了壮族的教育情况：富宁壮族正规学校产生较晚且发展缓慢，整体教育状况落后于其他地区，一般壮家的孩子没机会到学校接受教育：“富州（富宁古称富州）设教较晚，私塾不多，清雍正十二年（1734）始设义学。教育经历了蒙学堂、初等小学堂、高等小学堂、省立富州中心小学等。民国14年推行义务教育，县设师资短训班，27年创建天志中学。清咸丰二年（1852），普厅、剥隘、那能各设私塾一馆。同治年间（1862—1874），县城设男女私塾各一馆。光绪十一年（1885），那能江那办私塾一馆。清末兴新学后，部分私塾仿新式学堂开设科目。民国九年《富州地志资料调查表册》载：‘私塾十余处，均设在乡间僻处，尚无改良之可言，其已改良者，十分之一、二而已’”[①]。在此意义上，壮民的教育主要在传歌中进行，从而得以在火塘边、歌圩场、田间地头，老一辈作为教授者，将生产生活常识、风俗仪规、传统技艺、美德观念等内容通过歌曲对下一代进行传授，使群体成员掌握丰富的“地方性知识”，完成教化之目的。

① 富宁县志[M].昆明：云南民族出版社，1997：731-732.

第二节 “坡芽歌书”符号的传承方式

人类作为从事构造化活动的动物，往往通过具体的活动把自己所居住的世界秩序化，从而使把自然改造成文化[①]成为现实，“坡芽歌书”作为壮民构造化活动的产物，是壮族传统文化形态之一，蕴含着丰富的内涵。从歌书的本身来看，其包括的81个符号，学术界已将其认定为“文字之芽”，认为是比东巴文更原始的图符文字[②]；81个符号对应的81首歌呈现了一幕完整的壮族爱情剧，展现了壮族歌曲的委婉动听；更为重要的是歌书符号背后体现了物的无限丰富性和物与人的和谐化生关系。“坡芽歌书”符号虽然原始、简单，但却是壮民族参与其中创造的产物，具有鲜明的民族性和独特性。因此，对歌书的传承不仅在于优美动听的81首歌的传唱、81个符号的书写，更为重要的是歌书创生的理念和创生中壮民技能和智慧的沿袭等，从而使歌书蕴含的文化意蕴代代相传，这也是歌书在现时代背景下得以生存和发展的要义所在。

符号创生后，依托歌曲的传唱，在生产生活的具体情境中实现了符号的传承和使用，在实现符号书写的同时，符号化过程中所蕴含的经验知识也得以传递。而且在这一长期过程中，壮民利用生产生活中的具体、

---

① 池上嘉彦.符号学入门[M].张晓云译.北京：国际文化出版公司，1985：133.

② 赵丽明.“坡芽歌书”的符号是文字吗[J].文史知识，2009（7）：58.

直观实物来传授，在田间地头、火塘晒台边等具体情境中将具体的物、符号化的形和优美的音及其丰富的意得以整合，实现了符号“形式”与“内容”的完整传承。

一、情境中的认知：符号习得的基础

生产生活中一定的情境既是壮民生于斯长于斯的具体环境，亦是他们教育活动得以开展的重要条件，因为在外在条件非常有限的背景下，壮民只能依托周边的事物，倚靠熟知的环境进行生产生活经验的传授，从而使教育得以发生：生产中田间地头、生活中火塘晒台、劳动的途中和间隙、休闲时凉亭圩场等无不充斥着壮民老一辈对年轻一代的传授和教导，他们将身边感知到的具体事物化作情感表达的载体，利用熟悉的事物去呈现难以言状的经验认知，并把这些经验知识在他们熟悉的环境中进行传承，使年轻一代在生动具体的情境下掌握其中所涉及的事理和人情，满足了生产生活的需求，为符号的掌握奠定了基础。

“坡芽歌书”81个符号涉及壮民生产生活的方方面面，符号创生后，壮民的生产生活环境自然成为符号生存的土壤，亦成为符号在群体间传播的重要情境和场所。如在稻作生产中，经过育秧、翻地、引水、插秧、收割等完整过程，壮民完成了在他们生活中占据重要位置——水稻的耕作收割，而水稻的耕作周期有许多与此相关的事物，这些事物成为壮民辨识时节、指导生产的重要参考物，从而形成为特有的“地方性知识”。如壮民通过观察水田里浮生物——浮萍的生长状态、颜色等来辨识谷子的成熟程度，浮萍老了，谷子也差不多黄了，要收割了；壮民还通过水田附近一些动物的活动和出现频率等来判断谷子的收割时间，如蚂蚱的数量不断增加，则对应着谷子的成熟，即将提示壮民要面临水稻的收割等。当儿童跟着大人到田里劳作时，看到浮萍和蚂蚱时，老一辈会告诉身边的儿童：“别小看这小小的浮萍，我们还有一首关于浮萍的歌……”，然后会告诉孩子浮萍与水田与稻作生产的关系，“有浮萍的水田一般是良田，水源充足，利于水稻的灌溉”，并唱起歌来，如此以来，年轻一代在具体的情境下，掌握了事物的特征，为符号化的核心要件奠定了基础。

除了生产情境中的符号习得，生活中也处处充满着对符号所含事物的传授和学习。火塘是壮民家庭生活中重要部件，也是进行家庭教育的重要场所，壮族女性在火塘边准备伙食，承担家庭生活责任，也在火塘边对下一代进行教导，包括生活技能和行为规范等。正是在这些情境中，壮民对年轻一代进行关于歌书符号本源物的传授，为符号的认知和掌握打下基础：如壮民一日三餐离不开的三角灶，完成了壮民的饮食供应，是壮民制作美味食物的重要辅助工具，其重要性在壮民心中显而易见，其特点也因日复一日的接触而深刻保留在壮民心中，并在大人的引导下建立其与歌书的联系；壮民饮食中常见的白菜、韭菜等蔬菜也因与它们的长期接触，其特性自然了然于心，这些也成为实物符号化的素材。农闲时节是壮族女性从事刺绣等手工活动和进行女工教育的重要时间，她们用灵巧的双手满足家庭成员的穿戴，有些还拿出去售卖以换取家庭的开支。女孩到了一定的年龄，一般是10多岁，家中的女性长辈就要对其进行手工方面的教学，而且在周边环境的熏染下，女孩子也乐意去学习，如学习纺纱、织布、染色，以缝制出好看的上衣和阔脚裤；并在刺绣的过程中，培养和提升了绘画能力，将周边美好的花草虫鱼等形象绘制到布面上，创作出精美而惟妙惟肖的形象与作品。在制作过程中，不仅对实物有了清晰认知，而且还锻炼了动手能力，养成了绘制的习惯，为符号化提供了技能支持。

此外，壮族干栏式建筑的晒台，是壮民家庭成员聚集的重要场所，特别是月明的夜晚，吃完晚饭一家人坐在一起，大人讲述着本民族的神话传说、有趣的故事，教孩子们一些为人处世的道理。当月亮出来时，大人会指着月亮并告诉孩子：“有一首关于月亮的情歌……”，从而在真实情境下，和孩子一起经历、体验月亮的变化从而掌握这一天体实物的特性，并通过歌声渲染这一特殊而美妙的气氛，完成情感与实物的链接。

壮民在生产生活的不同场合，利用他们熟知的实物去传授常识与经验，建立实物与形象的关联，积累符号传承活动所要求的质素，从而完成“坡芽歌书”符号在群体间的播化。通过生于斯长于斯的具体情境，壮民积累了对周边事物的了解，完成了符号原生物的认知，并通过日常活动建立实物与形象的关联，深化符号形象的同时，实现符号原生与次生的统一。

二、物、符、音的传授：符号习得的完成

歌书符号的传承除了依靠具体、直观，即生活化的情境外，符号所含物质本身、符号化而成的符号形态和符号对应歌曲的三者结合在歌书符号传承中发挥着重要作用，使得符号传承将物、符和音链接起来，体现了歌书传承方式之独特。壮民在生产生活中一方面将感知到的具体事物告知周边人，教授他们事物的特性、用途等；一方面将实物与歌书建立关系，从而构画出其形状，在构形的同时将对应的歌曲唱出，从而完成了歌书符号的教授，并依靠壮民对唱歌的喜爱将对应的符号一一掌握。

众所周知，壮族对歌的喜爱，使得妇孺人尽爱歌、爱唱，并形成爱学歌的风气，在壮乡会唱歌还能得到特别的待遇和尊重。在这种背景下，儿童在十一二岁的时候，常常跟随家里的长辈到山上劳动，大人在劳动休息的间隙爱唱歌，而且也爱在这个时候教身边的孩子唱歌。据坡芽村民回忆，他们小时候跟着家里长辈去山上，常常听到大人们唱歌，同时大人也会教他们，通常是边画边教，如听到山上有鹧鸪的叫声，大人们会告诉他们：有这么一首歌，唱的就是这种鸟，然后就在沙土地上画下

鹧鸪的图案，并开始唱起；通常是把整首歌唱完，然后再一句一句地教给孩子；大人们要求先把歌词记住、会背，并告诉孩子们所画符号与歌词的一些关联，以方便记忆；而且一次会教10到11句，然后第二天接着教；有时在整首歌都已掌握的情况下，如在生产生活中再看到这个实物，大人会提醒孩子们有关于这个实物的一首歌，然后开始唱起，起到温习的效果，时间长了孩子们也能做到看到实物就能想起歌词、记住大意、唱起山歌了。

孩子们都乐意学唱山歌，老人也乐意教。不仅在山上会学习唱歌，在家里也会学。过去家里没电视，几个小伙伴就相约去找别家的老人来教他们唱，有的老人教的他们学会了，再去找其他老人学；有些句子长的、复杂的要花两三个晚上才能学会。坡芽壮民说，唱歌和学习一样，要反复练习，而且歌书符号就像现在汉语学习中的拼音、英语中的音标一样，要能做到看到某个符号就知道唱什么了。而且老人画的时候，会边说歌词的第一句，接着念完。画完的时候，就告诉他们以后见到这个符号，要记得第一句和下边的内容。

除了依靠长辈们的教授外，年轻一代也形成他们独特的学习方法：去放牛的时候，她们会用纸把符号画下来，不会画的时候，就请家里的大妈、姐姐帮着画，出去的时候带着，在路上或山上唱的时候记不起来就拿出来看看。一个人不可能全部记住，就几个人在一起相互提醒，经过反复的练习也就慢慢学会并记住了。一般在20岁左右能把歌书符号的81首还有其他的一些山歌掌握。只有“坡芽歌书”符号的81首歌是画下来的，其他的则不需要画。进入小学后，课间活动中他们会画出这些图案，并在一起演唱。学的时候，虽然大人会告诉他们男唱、女唱，但通常81个符号的81首他们都会一并学习和掌握，等完全熟练后，知道意思了，才会分开。此外，在壮民外出劳作时，如听到远处有人在唱山歌，即使同是女的也可以用男唱来回应进行对歌，其乐无穷。

坡芽村民老一辈在生产生活的环境中，在实物发生和存在的具体情境中对年轻一代进行包括符号原生之物、符号形体书写、符号对应歌曲演唱的完整教授，实现了符号“代表项”“对象”“解释项”的完整统一，使年轻一代实现了对物、符（形）、意（歌以及所蕴含的情感与意蕴）的掌握。而且一经掌握，年轻一代便在生产生活中进行练习，通过相互学习和对歌等活动将掌握的技巧进行实践，使以图载歌的技能得以传扬，使跃然在画布上的符号能够存活至今，也使得优美的歌曲能够传播至广阔的时空。

第三节　“坡芽歌书”符号传承的特征及教育功能

“坡芽歌书”符号的传承，其独特的传承方式将符号原生之物、符号本身和符号背后之理有效链接起来，实现了符号三要素的整合；其传承不仅实现了符号本身的传播，更为重要的是符号所具有的丰富意蕴得以在更为广阔的时空内传递下去，从而构成为壮民族的精神质料；同时符号化活动中所凝聚的创造者的智识在传承中从个体——创造者扩展到群体——使用者中间，既实现了智识的播化，又成为滋养群体发展的重要养料。

在“坡芽歌书”符号传承中，壮民利用已创造出来的符号这一媒介，将符号生存发展的土壤与其内涵相链接，使符号不再成为无源之水、无本之木，实现了符号要素的完整和内涵传播的有效性。此外，“坡芽歌书”符号的传承，是壮民老一辈对下一代的传与授，这一过程使教育得以发生，教育各要素在此过程中得以协调与作用，成为学校教育缺失或发展滞后背景下壮民自我教育与发展的重要途径，且这种自发、灵活的教育方式实现了与壮民生产生活的有效链接，个体在这一过程中得以全面发展与滋养。

一、歌曲为媒：个体社会化的完成

“坡芽歌书”符号传承中，壮民以生产生活中可感知的实物，囊括动物、植物、天体、人为创造之物等去构画符号原形，建立符号原生与次生的链接；不仅在具体情境中将符号之根寻找和挖掘出来，而且由这些符号之根衍生出来的关乎壮民族的风俗、历史、神话、民间故事等事象也得以构筑与讲述，从而构成为壮文化的扇面，不仅实现了符号的认知与书写，更为重要的是符号背后的意蕴也伴随而承。此外，符号一经创造，相比其原生之物具有稳定性和功能性：能“指代一定的事物”“传递充沛的情感”“指令特定的规则”“表达丰富的涵义”“呈现不同的美感”“交流深邃的思想”[①] 等，使人能够“借助符号表现情感世界和认知世界，并借助符号系统实现文化的传承与人性的塑造”[②] 等。

“坡芽歌书”81个符号为我们展演了一幕壮族爱情长剧，表现了壮民对待爱情的坚贞与真挚；每个符号既指代了现实中的一件实物，又对应着一首完整的歌曲；81个符号构形具有独特的审美内涵；81个符号背后蕴藏与凝聚着壮文化的不同扇面。符号所具有的功能和意蕴随着符号的传承和使用而传化，化生为壮民族的精神养料，从而将壮民族特有的认知与思维方式传递下去，形成为独特的民族性。

首先，“坡芽歌书”81个符号和歌曲展现的是一对壮族青年的爱情故事，用直观的符号表达了其爱情的曲折发展，其中自然体现了壮族婚姻风俗，表达了壮民追求爱情的自由和勇气，以及通过对歌进行试探了解，其方式的机智和巧妙。壮族有“倚歌择配”的风俗，男女青年到了婚嫁年龄，会跟着家里的长辈学唱山歌，特别是情歌，并在每年的“陇端节”

① 皮埃尔·吉罗.符号学概论[M].怀宇译.成都：四川人民出版社，1988：2-6.

② 克洛德·海然热.语言人——论语言学对人文科学的贡献[M].张祖建译.北京：三联书店，1999：120.

或者“三月三”去赶圩，结识年轻男女朋友，并通过情歌对唱发展感情，从而结成夫妻。男女青年通过对歌相识、相恋，恋爱中的男女常以“麻栗果串成项链、手镯、荷包等作为爱情信物，送给对方”①；两人恋爱关系成熟后，男子会告知家中长辈然后找媒人到女方家提亲，“首次来时若女方家父母有意，则先将女儿生辰八字写在棉纸或土布上，壮语称‘书白’，交给媒人带回；男方则找摩公‘合八字’，如果八字相合，男方再请媒人以及亲友带着如数规定的礼品到女方家报合；女方父母正式将女儿的生辰八字书写在红纸或者红布上交给男方存放在神龛上，谓之‘书红’”②；之后男方便请摩公看日子、挑吉日，女方则准备嫁妆，从而完成嫁娶。云南富宁地区的传统婚俗里，女方要准备花箱、被服及生产生活用具等，“花箱中要装着纳制的布鞋和头巾，作为送给男方父母、长辈、亲友的见面礼，婚礼时弟妹执掌花箱的钥匙，在拜堂成亲后，当众开箱请男方亲友检验并评价新娘女红手艺”③；而且“女子嫁到夫家时，新娘必须挑一担水进家门，意为当家成为女主人”④；婚后，壮族有“不落夫家”之俗，即男女结婚后，女子即回娘家居住，每月最多回夫家一次，直到怀孕临分娩时才到婆家生产，产后才长住夫家。婚后每年农历的正月初三、七月十四，女婿要携带妻儿带着礼物到娘家探望。

其次，“坡芽歌书”虽然展现了一对青年男女的爱情故事，但却完整呈现了他们相识、相知、相恋、相守的人生历程，不仅淋漓尽致地表现了婚俗，而且还展现了其人生风俗和礼仪：符号57，以发未编的形象展现了还未成年的一个女孩形象，呈现了富宁当地风俗：壮族少女一般到十三四岁需蓄发、修眉、染齿，而且这些需在家中女性长辈的帮助和指导下进行，蓄发、修眉、染齿后则意味着女子已成人，要学习女红，可

① 刘冰山.中国富宁壮族坡芽歌书[M].北京：民族出版社，2009：4.

② 刘冰山.中国富宁壮族坡芽歌书[M].北京：民族出版社，2009：35.

③ 刘冰山.中国富宁壮族坡芽歌书[M].北京：民族出版社，2009：55.

④ 刘冰山.中国富宁壮族坡芽歌书[M].北京：民族出版社，2009：67.

以恋爱、结婚，是为壮族女子的成年礼；符号44、59、80则提示了壮族的丧葬风俗：“人去世后装殓入棺前家人要将死者扶坐于正屋堂前，使其手握钱币，给死者喂上路饭”①；然后进行梳洗，佩戴上项链、手镯等首饰，更换新的衣服，即可装殓入棺；“夫妻一方去世后，另一方要守孝一到三年；有人去世都需请摩公来打斋超度；守孝的亲属要每天早、中、晚在棺材边哭三次；亡人下葬后，要在新下葬的坟上盖上一间小屋或在坟头盖一斗笠，使亲人的灵魂免受风吹日晒，而且下葬后家人要到坟前献祭三天或七天的午饭；接着在送葬路上三祭后把亲人的灵魂接到家中神台上，以后即在家中神台供祭；而且成人或长辈去世后举行丧葬仪式期间，家人须戒荤食素；在守孝期间家人要穿孝服，一般不能穿新衣服、戴首饰，一年或三年守孝期满后举行脱孝仪式，把孝巾挂在坟旁树枝上，方可更换新衣，谓之脱孝”②。

再次，“坡芽歌书”以直观形象和优美旋律展现了壮家真实的生产生活场景，成年、婚姻、丧葬等人生风俗实现了人自身生产的循环和发展；除此之外，壮民还需加入到与他人的交往与互动中去，并形成不同的风俗习惯，亦成为壮民族的独特性所在。在与他人的交往中，“与陌生人初次交谈，不能直接询问对方姓名或家庭住址，否则视为唐突失礼；必须先婉转询问对方父母及兄弟姐妹的情况，进而判断对方的身份，才合乎礼节”③，这在歌书符号12对应的歌词中得以体现。壮族不同亲属之间，有其特定的称谓方式：“为人父母者常以儿女身份和口吻称呼亲属，有以儿女称之外公，即为男之岳父，以儿女称之外婆即为男之岳母，儿女之舅伯，即女之内兄，舅舅即女之内弟，儿女之爷爷即女之公爹，儿女之奶奶即女之婆婆，儿女之叔叔即为女之小叔”④，这在符号53中得以展

① 刘冰山.中国富宁壮族坡芽歌书[M].北京：民族出版社，2009：46.

② 刘冰山.中国富宁壮族坡芽歌书[M].北京：民族出版社，2009：83.

③ 刘冰山.中国富宁壮族坡芽歌书[M].北京：民族出版社，2009：13.

④ 刘冰山.中国富宁壮族坡芽歌书[M].北京：民族出版社，2009：73-74.

现。在壮民的思想观念中，“家中兄弟众多，意谓人丁兴旺、多福多贵，且长子的地位最高；而独子则意味着家中人丁不旺，少时常受人欺凌白眼”① 等，歌书符号2、8中均对其进行了阐述。壮民在生产劳作或外出途中，在路旁或山上遇到可用之物可以系上草标做上标记，表明此物已有主人，他人便不会拿去，符号47中提及此话；面对繁重的生产劳动，依靠一家人的力量很难胜任，基于此，壮民结成互助团体，一般在亲戚之间进行，壮语称“打背工”，几家劳动力一起劳作，完成一家然后再转到别家，直至劳作完成，符号74中涉及此俗。

复次，“坡芽歌书”以声音除了传承和衍伸壮民的人生礼俗、处事风俗外，还直接展现了壮民的生产生活之俗，描绘了壮家真实的生产生活场景。符号31、41、43除了呈现壮族服饰的直观形象外，还展示了与服饰相关的风俗：壮族妇女上衣短小、细腰、宽袖、两边衣角微微翘起，像鸟的翅膀一样，颜色一般为黑色、淡蓝色。过去下装是裙子，这种裙子形似围裙，一根系带连接前边的褶皱裙摆，系在腰间，里面穿阔腿裤——一种平头、直筒的裤子。富宁地区，“中年以上妇女穿白头裙子，粉色、紫色、浅蓝色裙头一般是年轻少妇穿”②。符号30、73等则呈现了壮族的饮食习俗：壮族是稻作民族，稻作产品既是壮民日常的重要食品之一，更是节日和祭祀活动中的必备之物。糯米食品在壮民观念中很尊贵，常用来祭祀、节日专用。坡芽壮民在农历七月十四、小年等节日，都会准备裢粑、圆粑、吊粑来祭祀祖先、欢度节日；裢粑用粑叶将调制好的馅（糯米、红糖、花生、芝麻、肉等）包进来，将其折成长方形，然后放进锅里蒸，一个小时后渗透着粑叶香气的可口裢粑就可出炉。除了制作糯米粑粑外，壮民在节日和祭祀活动中，必染花糯饭作为祭品。花糯饭至少有红、黄、紫三色，重要节庆如农历三月三祭祖日则要染红、

① 刘冰山．中国富宁壮族坡芽歌书[M].北京：民族出版社，2009：8-9.

② 刘冰山．中国富宁壮族坡芽歌书[M].北京：民族出版社，2009：43.

黄、紫、黑、白五色，染料均取自植物的汁液。在日常饮食中，壮民亦形成特有的生活习惯：吃菜时每人面前置一调料碟，以菜蘸于料碟中使之入味后食用，这种料碟一般为酱油。

此外，歌书符号还涉及壮民族的经济发展略影，彰显了壮族群体为生存发展而进行的艰辛付出与努力。随着水上和陆路交通的开辟，各种商贸活动活跃发展起来：[①] 元明清时期，“滇铜粤盐，百货辐辏于其途”，广南府成为滇东南商业重地，不仅广南府已具商业重镇的规模，滇桂通道沿线也形成诸多有商业规模的小镇，如广南的板蚌讯、剥隘等；近代云南壮族地区的商业贸易主要集中在广南府城、开化府（今文山），主营棉纱、日用百货和山林特产等；前清时期，从外地输入开化府的商品主要是与人们生活密切相关的日用百货，如盐巴，乾隆《开化府志·卷四》有载：“开化府每年行销粤盐40万斤”，而且长途主要依靠马帮进行运输。符号16盐加酱，以盐作为赌注，说明盐巴在壮民生活中异常珍贵，不易得到；符号67官家马缰绳则是壮族驿站和马帮贸易的缩影。

壮族的人生礼俗，使个体通过一定的准备、锤炼等从独立之存在参与到社会化中，学会社会责任与义务，承担起本民族事务，实现了个体的社会化与民族化；且在此过程中，将本民族的习俗、仪规等内化为个体的精神品质，将个体规训为符合壮民族特色的人；完成了个体社会化、民族化和内在规训后，个体参与到社会群体中，且与他人、与群体交往的风俗、仪礼，保障了人与人之间的良好互动，亲邻间的和睦、村寨的和谐有序，助推了群体的发展。壮族生产生活的风俗，保障了生产力水平有限条件下生产生活的有序进行，既满足了壮民的物质需求，又实现了其精神的满足。“坡芽歌书”或以直观符号、或以符号对应的歌词将这些风俗礼仪进行展现，随着歌书的传承而将这些风俗仪规传授给更多群体成员，以内化为群体的行为规则，用以约束和纠正行为，实现不同个

① 杨宗亮.壮族文化史[M].昆明：云南民族出版社，1999：150-156.

体、个体与群体的和谐互动。这些风俗礼仪通过符号的直观形象和歌曲的动感优美，得以在符号使用中相伴而承，并在传承中，滋养着个体的发展，从而完成个体民族性的养成与生长。

二、符号为介：群体“符号化”思维和行为的养成

毋庸置疑，“符号化的思维和符号化的行为是人类生活中最富于代表性的特征，并且人类文化教育的全部发展都依赖于这些条件”①。而“符号化的思维”和“符号化的行为”的实现则依托人的符号活动的开展，特别是人的符号传承活动。因为经由符号的传承，符号创生过程中创造者的思维和行为方式，所使用的经验知识、智慧方法等伴随着符号的传承而传递给接收者，并在群体中间进行播化，实现对符号创生过程的演绎。“坡芽歌书”符号的传承和使用，正是壮民利用直观之符号，建立物意之间的或“赋”或“比”或“兴”，实现了物意的对接和融合，促进壮民符号化思维和符号化行为的养成与发展的重要阶段。

首先，“坡芽歌书”符号传承中因对符号之原生——实物的倚重，建立实物与人的密切关联，助推了符号化思维的培养。壮乡天地系统中的万物——歌书符号的源生之处，不但满足了人的吃、穿、住、用、行等物质需求，更为重要的是因与人的“比类相生”，而具有特殊涵义，实现了人的精神满足。壮民利用自然界万物的特征，探寻与人的相通和相似之处，构画成形用来成为群体约定俗成的符号，用以解决生产生活中的未知之题，表达美好的意愿。在符号的传承和使用中，因传授者对物的重视，而使实物之征、符号之形、具有之意完整统一，并在实物认知的过程中，建立从物到形再到意的层层递进，促进了符号化思维的形成。“坡芽歌书”直观、形象之符号特征，不但完成了对实物的描写，而且以

① 恩斯特·卡西尔.人论[M].甘阳译.上海：上海译文出版社，2004：313.

同构之方式去表情达意，呈现自然之文到人文之质的转化。传授者利用创生的符号将自然界的原生事物与壮族社会的人文之理有效链接，完成了自然之文到人文之理的转化及其对人性的滋养。符号的传承不止是符号“形式”的书写与掌握，更为重要的是人为参与下从物到意转化之机要，即符号化思维指导之理在更广阔时空范围内的传播，从而将这些转化为壮民发展所需的资源。

其次，“坡芽歌书”符号传承之物、符和音相合的方式，使符号化行为和活动得以在群体间传递和开展，实现对群体的影响。歌书符号传承中，传授者在生产生活的具体情境中，利用出现的实物对学习者进行符号的传承，一方面完成了符号原生之物的介绍，另一方面使接受者在情境中参与了对符号原生之物进行的观察认知活动，并随着传授者对符号形态的描画等，掌握了符号之源、之形，完成了符号本体的认知。这一观察活动表面上是对符号形式的单一习得，然而因观察学习中情境的生动具体和物象的统一等，而使这一观察还原到符号创造者的主体活动中去，即符号的创生之境中，学习者随着传授者的教授而进入对实物的观察、取象和构形的过程中去，体验了符号的创生之途，重演了符号化的行为。符号创生过程中对实物的认知、对外界的体悟等也随着这一习得过程而内化为学习者的知识体系，实现了“地方性”知识的积累和传播。

从物到象的过程，实现了符号“形式”的习得；学习者在对符号掌握后，便进入到对符号的使用过程中去。毋庸置疑，“符号担负着一个‘替代’的角色，包含着一个意义的世界。这样的意义世界既外在于人类意识生命的物理世界，更内在于人的心理的、精神的世界”[①]，因此，对符号的传承和使用，是学习者利用符号之介与意义建立关联的重要阶段，即利用符号的特性完成其功用，去指代一定的事物、表达一定的情感、阐述一定的意蕴、彰显一定的人文之道，是符号化思维外化的重要表现，

① 齐效斌.人的自我发展与符号形式的创造[M].北京：中国社会科学出版社，2002：4.

也是符号化行为的展开。壮民利用“坡芽歌书”符号的直观形象，来指代特定的歌词，来表达深厚的情感，来外显人与世界的关系。可以说，“坡芽歌书”符号之意义并不仅仅在于作为壮文化呈现的载体或文化分析的窗口，还在于它是壮族个人经验与社会事实的枢纽；通过符号，壮民协调内部的变化，以适应外部复杂艰苦的环境，实现内外部的和谐化生。利用符号的过程，是壮民将先民书写内心精神世界手段的传扬，是将外部物质世界与内部精神世界相契相善这一方式的传递，是符号化行为的展开与发展。

此外，在歌书符号的传承中，传授者利用符号的原生与次生，将符号背后的内容衍生出来，实现了符号“内容”的传承，推动了符号意蕴的化生。而且“符号一直是某种意愿的标志，它传播着一种意义”[①]，意义某种程度构成了符号的“解释项”，以与自然界动物的本能反应——“信号”相界分。“坡芽歌书”符号的传承，是壮民由个人——创造者意识的意义世界向集体——壮族群体意识的意义世界的转化，从而化生为壮族集体所拥有的精神符号世界，实现壮族群体生命境界的提升和发展。与此同时，壮民创造出来的各种各样的“有形”的符体完成了不可量数的“无形”的功用，实现个体对“质料”“内容”“意蕴”相结合的符号的完整认识与把握。

由此可知，“坡芽歌书”创造者之于符号，包括对符号的创造与传承，两者完整地参与到符号活动的过程中来，壮民在这一完整符号行为中，通过对符号原生之物的观察、取象和构形，积累了诸多的经验知识，更为重要的是掌握了人在自然界中的位置，明晰了人与外界事物的关系，形成壮民族所特有的精神财富，满足自身物质和精神生产所需；并通过歌书符号的传承和使用，在广阔的时空中将业已积累的智慧和经验知识进行传递，实现对更多群体的化育。

---

① 皮埃尔·吉罗.符号学概论[M].怀宇译.成都：四川人民出版社，1988：24.

壮民通过对歌书符号的创造、传承和使用，使外部物质世界愈加明晰，内部精神世界也随之得以彰显和构筑。然而“实际上，人类的创造物——不同的符号形式正是人不断自我解放的结果，而且在自我解放的各阶段人都发现并证实了一种新的力量——建设一个自己的世界、一个意义世界的力量”①，这些力量的获得正是通过人的主体性活动，即符号的活动得以实现的。壮民的符号活动创造和丰富了壮文化的“扇面”，反过来也滋养了他们人性发展的“圆周”。而且“人类不仅发明了符号，而且在生活中不断使用它、完善它、丰富它，从而不断扩大自己的对象，使对象为自己服务。人类不仅使用符号解决自己的生存问题，还在符号的能动作用下，演化生命形式，塑造人性，创造文明。所以符号既是人性文明的创造工具，亦是人性文明的积淀物”②，由此可见，“坡芽歌书”符号的营造与使用，两者不可分割地融入到壮族的文化和文明过程中来，体现了壮族群体的创造性和自由发展向度。在某种程度上，可以说这种文化进程，即是自由意识之进程，因为，“这种自由意识被意向和实现于把我们从纯粹被动状态引导到确定的活动形式的每一种思维、意志、情感进程”③，所以，人的“自由自觉”发展的实现皆是通由符号，通过符号的创生与使用这一完整符号活动完成的。

此外，“坡芽歌书”符号的传承，主要是长辈对晚辈的传与授，晚辈对所教内容的接与受，在传受过程中，教育得以发生，教育的作用与影响也应运而生。而且这种教育植根于壮民的生产生活，具有很强的实用性与情境性：教育内容之广泛，不仅包含生产生活经验常识，还有壮民族的风俗仪规、历史文化等；符号创生中所凝结的创造者的智识等在传受过程中也得以传递。符号习得内容的丰富决定了化育效果的实现，即

① 恩斯特·卡西尔.人论[M].甘阳译.上海：上海译文出版社，2004：313.

② 齐效斌.人的自我发展与符号形式的创造[M].北京：中国社会科学出版社，2002：3.

③ 恩斯特·卡西尔.符号·神话·文化[M].李小兵译.北京：东方出版社，1988：41.

不仅使学习者掌握了符号本身的内容，符号背后更为丰富的内涵亦得以播化，从而化生为壮民精神成长所需的养料。另外，符号习得方式的灵活也为化育效果的实现提供了条件，使得整个化育过程完整而丰富。

歌书符号传承是老一辈与下一辈的传与受，在此过程中传授者将符号相关内容传授给接受者，接受者将符号原生、次生及其衍生等丰富而深邃的内容加以习得。在生产生活场景中，传授者或以自然界中的实物、或以图形、或以歌曲、或以三种形式结合的方式将符号原生、次生与衍生相融合，实现了传授过程与内容的完整与丰富，且接受者在符号习得后，将接收的符号“解释项”之意内化为个人行为规则、礼仪或者壮民族特性等，以区别于外界之群体。同时，传授者在教的过程中，也通过不同方式的传、不同情境的授对符号有了新的深层的认识和理解。更为重要的是，接受者在学习过程中的疑问和兴趣也会引发他们更多的思考，从而促进符号“解释项”内容的深化和扩充，实现符号背后意蕴的扩大化。

第六章

云南壮族“坡芽歌书”符号的失承危机

壮民在生产生活中，通过对外界事物的感知和表达，完成了实物的构形成象，使直观、鲜活的符号得以产生；同时符号形体所凝结壮民的经验智慧和符号原生之物具有的丰富内涵也伴随着符号的创生而应运而生，并随着符号的传承和使用，在广阔的时空内播化。至此，生产生活中的万物、直观形象的符号和符号背后的意蕴随着歌书的创生与传承而融合到一起，实现了主体之人与符号的互动共生，完成了符号要素的统一。

符号原生之物作为符号创生的主要质料，提供了符号形式即文化的生存场，是符号意义产生和存在之根基；符号以对事物的抽象析取为手段，沟通了万物之文与人文之理；符号意蕴因其所蕴含的无限丰富性，充实和丰富着符号的对象和内容，更为重要的是联通了人与符号的关系，服务着人的生产生活。符号的创生与传承统一于符号这一整体中来，使壮民在生产生活中，在田间地头、在火塘凉亭边、在休闲娱乐时，利用可触可感的实物，对歌书中的物象进行传授，并将这些实物的特性与生产生活的关联教授给群体成员，实现了歌书在壮民群体中的代代相承，为歌书的生存提供了不竭动力。

然而，近年来随着壮乡的飞速发展和壮民生产生活环境的变化，“坡芽歌书”符号的生存环境亦悄然发生着改变，曾经重视歌书、学习歌书的壮民日渐减少。虽然歌书在2006年走出大山得到外界的关注和重视，为歌书的生存提供了机遇，但外界的大肆介入和盲目的“输血”，使“坡芽歌书”面临诸多挑战。外界关注多了，壮民自身的热情却消褪了；保护措施多了，但真正掌握歌书了解歌书的人却少了，使歌书在现今条件下出现失承的危机，这一民族文化遗存物陷入传承和发展的困境之中。

第一节 “坡芽歌书”符号的传承现状

“坡芽歌书”符号至产生之日起，壮民以生于斯长于斯的环境为背景，以天地系统中存在的万物为教材，将直观形象的符号及其符号蕴含的意蕴传递给民族成员，实现了歌书这一文化事象的传承和发展。在符号传承中，创造者将符号原生之物、本身之象和人文之理结合起来，通过对物的解析来阐释符号的意义，经由物象的直观来联通物意的关系。通过创造者的传承活动，实现了符号要素间的紧密结合，促使物——象——意的有效链接，亦实现了符号在群体间的使用与认知。

然而现如今，随着纷繁多样的多媒体技术手段的使用，歌书符号的传承手段骤然增多，但传承的效果却令人担忧，在歌书的发现地，能够演唱歌书歌曲、绘画歌书符号的人越来越少，能够掌握这些技能的年轻人更是屈指可数；在演唱歌曲和绘制符号的大肆宣扬下，符号背后的意蕴愈来愈不被人重视，甚至被直接省略，符号这一整体已被割裂为不同的部分，符号的传承陷入危机。

一、传承方式：由内生自然到外推介入

毋庸置疑，任一文化事象的传承需借助一定的媒介和手段，或实物

或器械、或书面或口头，从而实现传承对象在时空内的延续和发展，“坡芽歌书”符号也不例外。歌书符号至产生之日起，在生产生活中创造者便将这种新生事物对群体进行传承，他们借助生产生活中可观可感的实物，对民族成员讲授实物相关的物象和物性，在实物出现的同时，并将物体对应的形象展现在成员面前，使民族成员看到一种实物，便可知晓实物对应的形象和符号，实现了符号原生之物和人为之象的统一。而且，创造者借助自然界出现的事物，描写事物的特性，将符号形象表达出来，实现了从物到象的转变；在实物与形象勾连后，壮民又利用声音即歌声将看到的实物及实物相关的信息予以表达，使实物所具有的特性与人的生产生活的关联伴随音的演示而得以传递，而且这些传承活动的开展均在壮民自发组织下，并在自然的环境中进行。村中40多岁的村民回忆到，他们在十二三岁时，跟着老人到山上守牛、做活的时候，老人们会唱山歌，也会教他们唱，并在地上画下图案，久而久之，他们看到这个图案就知道唱哪首歌；除此之外，晚上吃完饭，村里的几个年轻人就相互约着到会唱山歌的老人家里去跟他们学习；或者晚上在凉亭（老人亭）里跟着老人唱歌；有时在寨门附近，或离村寨远些的地方去跟外村的人对歌；有时跟着家里的姐妹、嫂嫂出门，在路上也能学会几首山歌。现在村里不少妇女还将“坡芽歌书”中的一些符号绣在土布上，或者绣在枕头套上，用来送人或者送给外边过来考察的人，将符号以更多的形式表现出来。

在这种背景下，传承者在生产生活的情境中，将人们可触可感的实物与符号之象建立关联，并借助人们喜爱的歌唱活动将符号相关的信息表达和传递出来，实现了符号要素的完整传承。更为重要的是，符号作为人为之物，是经过主体之人的创造性活动而产生的；其创生凝结的创造者的经验和智慧，也伴随着符号的产生应运而生，构成并丰富文化的扇面，成为民族成员生长的重要养料；并伴随符号的传承和使用，传递给本民族成员，促进壮文化的发展和流传不息。

然而，随着壮乡生产生活环境的变化，山歌文化繁荣的景象已不复在，壮民对“坡芽歌书”的记忆也愈来愈淡薄，歌书成了保存者的箱底之物，成了年轻一代的陌生之事。随着2006年歌书被外界发现，得到再次重视之时，歌书文化持有者对其的认识和了解却令人担忧。2008年，有学者对坡芽这个小山村，五十多户人家的入户调查[①] 可知：目前对“坡芽歌书”能画、能唱的人主要集中在40岁以上的年龄段，在30岁以下的青年人中已出现严重的断层现象；更为严重的是青少年一代已对歌书不感兴趣，觉得唱山歌没有什么出路和用途，不愿跟着老人学习，不愿在学校读书的年轻人也都纷纷出去广州等地打工，歌书的传承出现危机。

表 2：坡芽村对歌书掌握的总体情况

掌握情况	人数（人）
会唱山歌	94
会画歌书符号	36

（注：坡芽村共有57户人家，总人口：287人）

表 3：坡芽村各年龄段对歌书的掌握情况

掌握情况	10岁以下	10–20岁	20–30岁	31–40岁	41–50岁	51岁以上
会唱山歌	1	9	15	12	42	15
会画歌书图案	0	1	3	6	21	5

随着2006年歌书的发现，其传承和保护问题得到社会各界的广泛关注和支持，采取了诸多措施对其进行保护。歌书发现后，云南省富宁县

① 数据来自王志芬.云南壮族坡芽歌书符号意义解读[M].昆明：云南大学出版社，2010：403–410.

政府采取了积极措施，对其进行传承和保护，一是积极组织人员对歌书81个符号所对应的81首歌曲进行了翻译整理，2009年出版《中国富宁坡芽歌书》，对其进行书面的记录；二是借助媒体对“坡芽歌书”进行宣传，如通过中央电视台《探索与发现》栏目，对“坡芽歌书”进行了揭秘；2009年3月在昆明进行了“坡芽歌书”发布会；三是政府出资为坡芽村建立了寨门，修建了歌书传习馆，在传习馆的门外竖立了歌柱，将81个符号刻画其上；四是组织了坡芽文化进校园活动：2009年富宁县教育局下发通知，要求全县中小学校结合实际，实行以“坡芽文化”为主题的活动，挖掘和培养文化传承人。县民族中学，于2010年秋季，以课外兴趣小组的形式，在学校的高中部的壮族学生中进行选拔，成立了坡芽合唱团：合唱团共80人，男生40人，女生40人，利用课外或周末的时间学习坡芽歌书里的歌曲，如《命好才相会》——符号4两只绿头鸭对应的歌曲，并把其改编，实现其舞台化；五是富宁县文化局和各单位，一方面组建坡芽山歌队（人员主要为壮剧团团员、中学音乐教师），另一方面是以歌书中的歌曲为曲目筹备和参与各级各层次的青歌赛（人员为年轻的壮剧团团员和歌手）。此外，富宁县政府还筹备坡芽文化品牌建设，推进坡芽文化生态村建设（修建从坡芽到剥隘的土路，铺设弹石路等）；并营造坡芽文化氛围，如在县城的休闲广场、步行街等公共场所制作坡芽文化墙、石碑、石刻等，对坡芽符号进行展示。

随着这些保护措施的推进，“坡芽歌书”在更大范围内得以宣传，实现了歌书传承途径的多样化。这些多样的保护措施和途径，虽然提高了歌书的知名度，但是却使歌书传承陷入了“外推”的尴尬境地：政府和外界人员出谋划策、不遗余力，文化持有者却极少参与、漠然无视。究其原因可知，外界的各种措施往往规避和忽视了文化持有者这一群体，使他们无缘甚至无权参与这些活动，进而降低了他们传承的积极性。再者，坡芽村民，特别是年轻一代对歌书多表现出冷漠态度，多数选择了外出打工，远离了“坡芽歌书”的文化生存场。“坡芽歌书”传承方式的变化，即由文化持有者自发、内生式的传承到外界盲目、外推式的介入，不但将文化持有者从传承活动中隔离出去，挫伤了他们的积极性；而且在外界主导下的传承，因对歌书了解的片面而使传承内容多被省略，使符号的意义得不到应有的阐释和播化。

二、传承内容：由完整丰富到片面简单

“坡芽歌书”至产生之日起，壮民为了将这些直观形象的符号在群体间传承，不但在现实情境中将符号对应的实物标示出来，以建立实物与形象的关联，而且将实物所属的物性及与生产生活的关联以壮民喜闻乐见的形式——歌唱一并传授给接受者，实现了符号原生之物、人为之象和人文之理的统一。在这过程中，接受者不仅完成了从物到象的认知，还借助他们熟悉而喜爱的方式将符号背后的东西进行学习和内化，推进了从物到意的升华，实现了物——象——意的融合。

“坡芽歌书”符号以壮民生于斯长于斯的自然生境中的万物为基础，通过对实物的具象、意象和抽象等表达，将万物的无限丰富性得以呈现，并随着符号的传承和使用而使这些因子衍生为文化之蕴，丰富着壮文化的物质、制度和精神层面。通过对壮族的服饰、饮食、建筑、工具等的物化成形，呈现了壮民生产生活的具体场景。此外，歌书还用直观具体的符号书写壮民的意识形态，促进民族群体的精神成长：通过对天地系统中事物的认知，以符号为介建立人与事物的关联，表达生产生活的美好祝愿。

歌书符号的传承在完成对符号本体认知的同时，符号创生过程中所凝结的对对象的认识和创造者的思维活动等亦随着符号的传承使用而传递给接受者，实现了对符号整体的掌握；更为重要的是符号所蕴含的丰

富意蕴，经由符号的传承和使用而传递给民族成员，滋养着个体的生命发展。综观当前“坡芽歌书”的传承活动可知，对歌书符号的传承多集中在符号形式的传承上如对符号对应歌曲的传唱上，包括对歌曲歌词的整理、曲调的搜集、歌曲的改编和演唱等。坡芽村民还将歌书的符号通过刺绣的方式进行保存；坡芽村的一师一校，将部分歌书符号书写在墙面上，作为校园文化等，而这些传承措施和保护活动极少涉及符号的内容层面，符号所蕴含的丰富内涵往往被省略，符号所凝结的智识被规避，符号要素间的关系和作用被割裂。而且诸多传承活动的开展脱离了歌书符号的生存场，即脱离了壮乡的生产生活，改变了符号生存之根基，主体参与下符号活动中人与符号的互动亦不可能，使得歌书传承呈现表面繁荣的景象：这些传承活动的开展，虽使歌书这种在外人看来非常新鲜的事物得到愈来愈多的关注，使歌书构成之符号及其歌曲得以重视和传承，但对歌书的认知还停留在表面，只知歌书是关于81首壮族情歌的，歌书是一块土布上的81个奇形怪状的图案；对歌书内涵的理解还远远不够；而且歌书文化持有者自身对其的掌握亦每况愈下、令人担忧。

随着壮乡生产生活环境和方式的改变，特别是人们记录表达和娱乐方式的改变使“坡芽歌书”这种古老的文化事象面临诸多挑战，表现在外界多媒体手段的甚嚣尘上使年轻一代对本民族独特媒介方式的漠视和疏离。加之外部的介入，使歌书的传承由原来的自发自然的化生转变为被动生硬的灌输，使歌书符号蕴含的无限丰富性被忽略，符号应有的价值得不到认识和转化，真正掌握符号，特别是对符号要素之物-象-意完整认识的人愈来愈少，创生后的歌书符号也难以在年轻一代中传授，符号陷入失承的危机。

第二节 “坡芽歌书”符号失承原因探析

“坡芽歌书”将原生之物、人为之象和人文之理统一于符号这一整体中来，实现了符号“对象”“代表项”和“解释项”的统一，完成了各要素的互动和关联。而歌书符号各要素的关系和互动不是自发而行的，而是在人的主体性活动下实现的，即借助人的符号活动，包括符号的创生与传承相统一的完整过程而完成的。在人的主体性和创造性活动下，通过符号创生与传承的统一将纷繁复杂的万物特性统析、格分、化生，完成从自然之文到人文之理的转化，实现了从物到理的质变过程。而当前的传承活动，重心放在了符号创生后的传承中，忽略了符号的源生，将符号的创生与传承割裂开来，将符号各要素及其相互间的互动关系分裂开来，以致符号失去了生存的根基，符号活动包括创生与传承中具有的丰富内涵也得不到应有的阐释和理解。

一、物的消解与意的无靠

“坡芽歌书”符号因其原生之物的真实可触；符号形态的直观和蕴含意义的丰富而使歌书符号原生、次生和衍生构成并统一于符号这一整体中，完成了物的抽象和意蕴的产生。而歌书符号这一整体的各要素即原生之物、符号之象和蕴含之意之间并不是孤立、各行其是，特别是从物到意的转化，是通过相互关系和作用，不可分离地统一于符号这一整体中，完成了对符号整体的表达和象征，实现歌书符号对生产生活实践的服务，因此，对符号的认知离不开对符号要素和各要素间关系的理解。

符号从其构成上来说，具有自身的本源物，离开这些本源之物，符号则成了无源之水、无本之木；这些本源之物不但为符号形态提供了外观形象上的脚本和素材，而且更为重要的是物与人及其天地系统的关系和作用亦伴随着符号的创造而凝结到符号之上，构成为符号的深层内涵，成为符号意蕴产生的根源。“坡芽歌书”符号作为壮民族的创造之物也不例外；再者，因其符号形象与原生之物的形神之似，以及生产生活中壮民对符号原生之物赋予的无限“功用”，使自然界的原生之物构成为符号的重要质素，一方面沟通着物——符关系，另一方面物所蕴含的“人文之质”伴随着物的抽象而转化为符号的深层意蕴，使歌书符号的无限意蕴成为可能。此外，因与壮民生产生活密切关联的物是歌书符号创生的质料和来源，从而使歌书符号与壮民的生产生活发生关联，丰富了符号的内涵，实现了符号与壮民生产生活的联通与作用。

符号创造者通过对周围万物的细致观察和感知，取其事物的特征对其进行表达，实现了物的形象之外显，进而使直观形象的符号产生。符号至产生之日起，因其直观形象之特点，被人们用以表达情感、传递信息。而且这些直观、鲜活之象，以独特之构造和巧妙之表达，将纷繁复杂的万物类分和呈现出来，将无生命的万物与人类的生产生活相联通，既展演了人类对自然界万物的体认，又呈现了物我关系的复杂与变化，及其人们借助外物追求美好生活的意愿。符号一经产生，以巧妙之象将复杂的事物特征与人类之情感需要相融合，体现了人们生产生活的智慧。

壮民以自然界存在的事物为质料，通过对事物的感知和体验，抽取事物的典型特征，进而将事物表达成象，实现了符号的产生。符号一经产生，符号创生过程中所凝结的对对象的认识亦随着符号的使用而传递给使用者，实现了符号意义的播化和完整符号系统的产生。符号的创生和使用，将自然界中的原生之物、人为之象和人文之理有机结合在一起，实现了物-象-意的融合；原生之物提供了意义生产之来源，人为之象为意义的阐释和理解提供媒介和线索，人文之理则丰富着符形的内在，为符号的生存提供无限动力。"坡芽歌书"这一符号系统，在各要素即原生之物、人为之象和人文之理的关系和作用下，既完成了对歌词的指示概括；又实现了对壮民情感的表达；更为重要的是符号伴生的丰富意蕴完成了对人的教化滋养等。

而反观当前歌书符号的传承和保护活动，人们对歌书的认识不是从符号创生与传承统一的角度，从原生之物到人文之质的视角去理解符号，而是将其孤立地置放在物质已高度发展的现代社会环境中，片面地对符号结构即符号形态和符号对应歌曲进行渲染，忽视了符号背后的丰富性。而且随着壮乡生产生活方式的改变（见下表5、表6），"坡芽歌书"符号的生存和发展面临危机，表现在符号创生和意义来源倚重的实物在壮民的生产生活中已日益消解，包括事物本身的消逝和作用的退化等（见下表4），使得为符号提供强大生命力的根基日渐瓦解，符号的生存岌岌可危。

表4：歌书符号原生之物的存在状态及变化

符号编码	符号的原生之物	符号的名称	壮民与符号原生之物的关系变化	
			过去	现在
1	月亮	月亮	在壮族先民的观念里，月亮是一位女性，慈祥而又温柔的善神。而且月亮升起的夜晚是过去晚间对歌和休闲的最佳时机。	现在，人们对月亮的盈亏变化不再重视，而且对月色的兴奋度也大大降低。即使月明如镜，出来活动的人也寥寥无几了……

续表

符号编码	符号的原生之物	符号的名称	壮民与符号原生之物的关系变化	
			过去	现在
2	儿童游戏用的石子	石子	过去壮族儿童游戏的主要道具之一	现在虽然有些儿童还在玩抓石子的游戏，但是更多的新型、现代游戏道具进入他们的童年生活。
3	男人	男子	人	人
4	绿头鸭	两只绿头鸭	村民说这是一种旱鸭子（黑毛、绿头），但是到底是家养的还是野生的则不清楚了。	目前，鸭子在壮乡还很常见，但都是家养的鸭子，村民描述的“绿头鸭”的特征已不复存在。
5	鹧鸪	鹧鸪	鹧鸪为南方留鸟；是壮民生活中常见的鸟之一。	现在鹧鸪还存在壮民的生活中，还能听到其叫声。
6	刚竹	刚竹	刚竹是壮乡常见的竹子之一；且壮民常以竹子蓬勃旺盛的生命力来祈求人口繁衍和人丁兴旺，对其进行崇拜。	刚竹是坡芽村最常见的一种竹子，村民说这种竹子的叶子要大些；但对竹子的崇拜已渐渐褪去，也不被年轻一代所知。
7	慈竹	慈竹	慈竹，别名丛竹（云南），在坡芽又名“保命竹”，过去被用以祈求人丁兴旺、安康。	慈竹在坡芽村也还存在，而且村民说相比刚竹，这种竹子的叶子要小些；但是这种竹子的保命之说在壮民的头脑里已渐褪去。
8	男人	孤单男子	人	人
9	嘴巴	开口笑	人	人
10	枫香叶	枫叶	枫香叶作为一种染料，壮民做“五色糯米饭”时用来染着黑色。	现在坡芽村的山坡上还生长着枫香树，也还有染饭的习俗。

续表

符号编码	符号的原生之物	符号的名称	壮民与符号原生之物的关系变化	
			过去	现在
11	枫香叶	枫叶	同上	同上
12	油蚂蚱	油蚂蚱	蚂蚱的一种，村民说这种蚂蚱大大的，嘴巴红红的，谷子黄的时候多见。	现在蚂蚱也还存在壮民的稻田中，但是这种类型的蚂蚱已不多见。
13	韭菜	荒地里的韭菜	日常生活的一道菜肴	还作为壮民生活中的一道菜肴
14	眼睛	流泪	——	——
15	石头	石块	——	——
16	酱油壶	盐加酱油	过去，这是一种专门用来装酱油的土罐，壮民自家烧制而成。	现在，壮民大都买塑料包装或瓶装的酱油了，已不再使用土罐来盛放。
17	弯钩	打赌	过去富宁壮族有“打钩打赌”的说法	现在，这种说法已不被年轻人了解，打钩则作为一种“对、正确”的符号来使用。
18	白菜	一棵菜	日常生活的一道菜肴	还作为壮民生活中的一道菜肴
19	三角灶	三角灶	三角灶是壮民过去主要的灶具，一天三餐都离不开它。	虽然现在有些壮民还在使用它，但是随着沼气在越来越多壮民家庭的使用，现代的煤气灶成了新的替代灶具。
20	两个人	一对情人	——	——
21	青冈树叶	青冈树叶	青冈树因抗蚁耐腐之特性，是坡芽村民认为的最好柴薪，是过去壮民的主要燃料，满足一日三餐和冬日取暖所需。	现在，在坡芽通往剥隘的土路上还能看到少量的青冈树；但是随着壮民沼气的大量使用，对柴薪的认识和使用已日渐减少。

续表

符号编码	符号的原生之物	符号的名称	壮民与符号原生之物的关系变化	
			过去	现在
22	野生龙眼	野生龙眼	过去，坡芽山上多是野生龙眼树，壮民食用的也是野生龙眼果。	现在，坡芽村的山坡上虽然还有少量野生龙眼树的存在；但是村民在村前屋后已种植大量的人工培植品种，已不再食用野生果实。
23	野山果	野山果	这种果子上有刺，吃的时候会刺到舌头；是壮民亲自体验的结果。在坡芽，这种野山果一般长在草山上。	现在，壮民已不再食用其果实，对其认识也越来越少。
24	木船	木船	过去，船在剥隘极为常见，是商贸互动中主要的交通工具。	随着百色枢纽工程的推进，剥隘码头已被淹没，人们记忆中的码头、木船也已消失。
25	棉篮	棉篮	过去在壮乡，棉篮是采棉时的工具，而且棉花的种植与壮族发达的纺织技术息息相关。棉花是壮族服装、织品的直接物质来源，棉花的种植满足了壮民衣的需求，进而发展到精美的纺织品，如壮锦等。	现在，坡芽村已不种植棉花，家里存下来的棉花，多是老一辈种植的时候留下来的。而且现在的服装也大都靠购买成品，而不用织布做了。棉篮的作用已褪化。
26	眼睛	目光	——	——
27	腿	跟哥走	——	——
28	手	手流血	——	——
29	人	晕死的人	——	——
30	七个圆圈	七日	用圆点来表示数量，是壮族计数方式的体现。	现在壮民已经使用其他的计数方式，如数字、文字等。

续表

符号编码	符号的原生之物	符号的名称	壮民与符号原生之物的关系变化	
			过去	现在
31	上衣	衣角卷起	虽然壮族不同支系其服饰存在诸多差异，但是过去妇女的上衣一般短小，衣角微微翘起，就像鸟的翅膀一样，这也是壮族鸟崇拜的一个物质体现。	现在壮族寨子里，一般年龄在35–40岁以上的妇女，还穿着简单的蓝色偏襟上衣，裤子则是购买的；而年轻人的服饰则已完全汉化。
32	野芋	野芋	野芋主要生于坡芽村的山坡、水沟旁。	现在，坡芽村的水田附近还生长着很多野芋。
33	双手、紫梅	双手扶紫梅	坡芽村民说紫梅一般是二三月开花，花的颜色为紫色，非常好看，过去很得他们喜欢。	现在，虽然坡芽村的山菁里还有几株紫梅，但是已无人问津，也不被壮民所认识。
34	紫梅	两棵紫梅（反向）	同上	同上
35	紫梅	两枝紫梅（同向）	同上	同上
36	腿、房子	抬腿去妹家	此处的房子是壮族特色的干栏式建筑：两层，下层喂养牲口，上层住人	虽然坡芽村还完好保留着传统的建筑形式，但是村里的有些土房已有几十年，墙角已经倾斜，成为危房；村民修建水泥房的愿望很强烈。
37	竹笼、鸭子	笼中鸭	竹制品在壮乡很常见，而且过去编制竹制品是壮民的技艺之一。	现在虽然竹制品还在使用，但是自家制作的已越来越少，如有需要都是去集市上购买。

续表

符号编码	符号的原生之物	符号的名称	壮民与符号原生之物的关系变化	
			过去	现在
38	沙梨树	沙梨树	沙梨树，是梨树中的一种，结出的果子又酸又涩，不好吃，是过去壮民的一种水果。	现在坡芽村中的道路旁还有几棵沙梨树，但是数量很少；村民摘种的已是其他品种的梨树了，对沙梨果已不再食用。
39	筷子	两双筷子	生活用具	生活用具
40	油灯	油灯	油灯是过去壮民的主要照明工具，用棉线做捻，用桐油做燃液。	现在随着村寨的通电，油灯早已在人们的生活中消失。
41	裙子	裙子	坡芽壮民作为壮族中的沙支系，听村中人说，过去老人都是穿裙子的，这种裙子形似围裙。	现在，妇女的服饰已变成了裤装；坡芽村里已没有原来的裙子。
42	茅草	茅草	因茅草耐干旱和瘠薄，生命力极强，是坡芽山上常见的野草之一；过去壮民常食用其根茎，取得糖分。	现在壮民，已不再食用茅草根茎，而是通过糖果等来补充糖分。
43	丝裤	丝裤	丝裤，是壮族服饰中的裤子样式：平头、短裆、阔腿；只是材质由珍贵的丝做成。	现在坡芽村，70多岁的老人还在穿着用土布做的阔腿裤；而中青年人已不再穿这种裤子。
44	人、火	火烧死	——	——
45	棉纱	棉纱	壮民通过棉花的种植，来纺纱、织布，棉纱是服饰制作的重要一环。	现在坡芽村已没人种植棉花，自己纺纱织布做衣服的人也越来越少，只有一些老人还坚持用土布做衣裳。

续表

符号编码	符号的原生之物	符号的名称	壮民与符号原生之物的关系变化	
			过去	现在
46	草鱼	草鱼	坡芽村一些年龄稍长的村民说，过去生活差，肉不能像现在这样去街上买，老人一般要走2、3个小时的路到很远的谷拉河（富宁下来的一条河）打鱼，鱼是壮民生活中一道常见的菜肴。	虽然现在壮民也吃鱼，但是鱼都是从街上买来，村里已没人外出打鱼了。
47	树、蜂窝	树上蜂窝	壮族村寨大山除了为他们提供各种作物种植外，还为他们提供各种物产，其中包括蜂子，为自身供应蛋白质摄入。	现在，进入夏季，不少村民都会到山上找蜂子拿到富宁或百色去卖，捕蜂已作为一种获得收入的手段。
48	榕树根	榕树根	榕树是壮乡一种常见的树，在坡芽村榕树特别多，而且年代久远，并且作为神树被祭祀。	当前坡芽村还保存着这种祭祀传统
49	黄瓜	黄瓜长崖头	过去村民摘种的黄瓜是种短而粗，且表面平滑无刺的品种。	虽然这种黄瓜村民还在摘种，但是细长、表面有刺的黄瓜品种也渐渐地被人们接受和种植。
50	簸箕、米	簸中米	簸箕和大米是壮族日常生活中必不可少的东西，而且壮族煮饭前有将米放到簸箕中簸出脏东西的生活习惯。	现在年长的壮民还保留着这种生活习惯，但是年轻一代已不再遵从。
51	芭蕉	芭蕉	芭蕉，为多年生草本植物。过去村里的芭蕉多是野生的，满足食用。	现在，坡芽村山上还有一些野生芭蕉；但村民更多地在住地空地和山地上栽种了新品种芭蕉，用以食用。

续表

符号编码	符号的原生之物	符号的名称	壮民与符号原生之物的关系变化	
			过去	现在
52	葡萄树	葡萄藤	葡萄为葡萄属落叶藤本植物，为壮民家庭中常见的栽种植物。	现在坡芽村很多村民家里还栽种着葡萄树
53	弯刀	弯刀	弯刀是壮族农业生产中重要的工具，用来砍伐东西。	现在村民还在使用这种弯刀，到山上用以砍青藤、砍树皮、砍柴等。
54	星星	星星	天体	天体
55	捕鱼工具、鱼	筐中鱼	壮民打鱼的特殊工具：椭圆形、下宽、口小，而且出口处用竹子编成螺旋状，防止鱼逃出。	随着打鱼生活的消逝，这种工具的制作已慢慢失传，全村仅剩下一个，面临消逝的危险。
56	锯子	锯子	锯子是壮族生活中重要的工具之一，生活中建房、家具的制作等都需要锯子来完成。	虽然锯子还是壮民家中的用具之一，但是其使用的频率却越来越少。
57	女孩	女孩（发未编）	——	——
58	人、靠椅	坐靠椅数钱	——	——
59	锄头	锄头	锄头是壮族生产劳作中一种重要工具，呈现平头状，常用来挖地。	壮民说现在所用的锄头和过去相比，在形状和功能上都发生了变化。
60	蜡烛	一副蜡烛	照明用具	照明用具
61	书桌	书桌	过去，富宁地区学校教育起步较晚，发展也比较缓慢，壮民受教育的人也非常有限。书桌是受教育的代表，也是家庭优越的象征，一般人家里是没有书桌的。	现在，壮乡儿童接受着学校教育，家长对教育也越来越重视，书桌已是壮民家中常见之物。

续表

符号编码	符号的原生之物	符号的名称	壮民与符号原生之物的关系变化	
			过去	现在
62	腿	同行	——	——
63	两人、饭桌、饭菜	同桌吃饭	过去壮民吃饭、待客用的桌子，是竹编、圆形、中空的。	现在的饭桌已是各种材质的圆桌或方桌了
64	斧头	斧头	生活用具	生活用具
65	尖担	砍尖担	尖担是壮民过去生活的必需品，主要用以上山挑物之途。	现在，村里老人上山挑东西还在使用这种工具；但年轻人则使用摩托车等工具进行运输。
66	房子	一间房	干栏式建筑	坡芽村还完好保存着壮族传统的建筑风格，但是其他壮族寨子已是水泥建筑完全取代了干栏。
67	马、缰绳	官家马缰绳	过去，壮乡一般百姓人家没有马，也没有见过马，只有官家才有马。	2005年之前，坡芽村民大量养殖牛、猪，还有一些人家饲养马，用来农业种植和出售；但是现在牛马已不再养殖。
68	胃、肠	肠相结	——	——
69	搓绳	搓绳	壮族生活中用的绳子一般是用藤或麻3股编制而成，由壮民自己制作。	现在的壮民已不会这种制作工艺，绳子多是从市场购买。
70	火鸟	火鸟下蛋	村民说火鸟是红色的一种鸟，天要下雨的时候会在空中盘旋；过去村民能经常看到它，但是火鸟下蛋却无人看过。	现在能看到火鸟的机会越来越少

续表

符号编码	符号的原生之物	符号的名称	壮民与符号原生之物的关系变化	
			过去	现在
71	果蔗	果蔗	村民表示符号中呈现的是水果甘蔗，是作为水果来吃的，不是作为榨糖的原料。	现在坡芽村种植了甘蔗，是制造蔗糖的原料。
72	浮萍	浮萍	村民说浮萍一般长在水沟和水田里。	现在，水田里还很常见。
73	云、雪	下雪	坡芽村到冬天还是非常寒冷，过去还下过雪。	现在则很少下雪
74	饭锅、火	煮饭	在壮乡，家庭分工比较明确：男主外女主内，女子主要负责洗衣、做饭，农忙时夫妻一起出去劳动。因此，煮饭的事情一般是妇女所为。	现在，年轻一些的夫妇则一起外出打工，把孩子交由老人带养；家庭分工已发生了变化。
75	手、斧头	扛斧	劳动分工：在壮乡，像砍树、劈柴等活计一般是男性来做，因此，斧头也成了男性的代表。	现在，一些年轻人选择外出打工，在家参加农业劳动的极少。
76	犁耙	犁耙	犁耙是过去农耕的主要用具，而且是木制的，并配以黄牛或者水牛，体现了“牛耕”的耕作方式。	现在的犁耙则是铁制的，随着耕牛养殖的结束，牛耕方式也不复存在；现在村民主要靠借用或租用拖拉机来耕田。
77	三条横线	三趟	壮族的婚俗：“不落夫家”。	现在，除了坡芽村的上门女婿外，一些新婚后的人们已没有这个习俗。

续表

符号编码	符号的原生之物	符号的名称	壮民与符号原生之物的关系变化	
			过去	现在
78	水田、旱地	田和地	坡芽村因其特殊的地理位置，形成水田少、旱地多的种植特点；而且这种特点给种植带来了诸多困难，如水的引流，旱地的贫瘠等。过去人均拥有水田0.3–0.4亩。	现在，因水库、高速路的建设占用，水田面积越来越少。
79	花	好花生院中	村民将这种花描述为：开花为白色，长在山上；多生长在茅草和橄榄树多的地方。	村民将这种花描述为：开花为白色，长在山上；多生长在茅草和橄榄树多的地方。
80	两人	在一起	——	——
81	竹笋	两颗笋	壮族生活的地区适宜竹林的生长，竹笋也就很常见，壮民经常把它作为食物材料。在壮族观念里，双生的东西多表示夫妻或情人。	壮族生活的地区适宜竹林的生长，竹笋也就很常见，壮民经常把它作为食物材料。在壮族观念里，双生的东西多表示夫妻或情人。

由上表可知，随着壮民生产生活方式的改变，人们对符号原生事物的认识已发生着改变：从过去的生产生活必需品到现在的多项选择之一甚至完全可由他物代替；由过去直接的感知参与到现在的间接接受拿来。长此以往，这些事物将逐渐消逝在人们的生产生活中，事物具有的物性也会被人们逐步淡忘，事物与人的关联亦会发生断裂。而歌书符号随着物的消解和变化，其创生的来源和意义生产的质料便无迹可寻，意蕴依靠的根基亦无从探寻。“皮之不存，毛将焉附”，歌书符号的生存将陷入真空无氧之境，人们对其的传承和保护则陷入了治标不治本的误区，导

致其传承出现措施多效果差、表面繁荣内在岌岌可危的境况。

二、外部生境与内在需求的变化

“坡芽歌书”生存的坡芽村，因地理位置的特殊，使其完好保存了壮乡的特色，如干栏式建筑和稻作农耕的传统，壮族特色的风俗习惯也能在坡芽村找到踪迹。过去这一封闭的环境为歌书生存提供了优越的条件，使其免受外界的冲击，但是文化的传承和发展不可能倚靠闭门锁户、固步自封，而是需要不断的对话和交流，需要主动与外界的交流与自养。而且随着市场经济的飞速发展，壮乡已发生翻天覆地的变化，壮民的思想观念经历着巨大的冲击，也悄然发生着改变，坡芽也不例外。

任何一种文化事象的生存和发展都扎根于当地的自然生境中，并受社会环境的制约，“坡芽歌书”也不例外。坡芽小山村的自然生态系统为歌书的生存提供了养料，天地系统中的自然之物、人为之物和人相互关系和作用，推进了人与符号的互动与作用，实现了符号与生产生活的关联。然而，随着市场经济的发展和推进，使歌书生存的社会环境发生巨大变化。经济上由传统单一的稻作农耕生产发展到农业和商贸共同发展；农产品由单一的水稻、包谷等发展为农作物和经济作物并有；传统的耕作方式日渐被机器耕作代替；壮民由原来的“唯知农耕”“不事商贾”到越来越多的人离开了赖以生存的田地，走出山村做生意、打工等；壮民的生活方式亦发生翻天覆地的变化。此外，随着城乡建设的推进，如乡间公路的扩建和高速公路的建设，壮民所拥有的耕地面积呈递减趋势。坡芽村因地理位置的限制，呈山地多水田少的现状，加之近年水库、高速公路的占用，人均占有水田面积由过去的0.3–0.4亩到现在的越来越少。而且坡芽村属于“占田不占家”（家和田距离远），政府往往只做了一次性的补偿，以致村民的水田种植和旱地耕作难以满足自家的需求。

表 5：壮民生产情况的变化

生产情况	生计来源	农耕方式	养殖	棉花种植	作物种植
过去	农耕、渔猎	牛耕	猪、牛、马、家禽	种植棉花	水稻种植、包谷等
现在	农耕、外出务工	牛耕很少、机器耕作	猪、家禽	已不种棉花	水稻、包谷、经济作物，如甘蔗、茶果的种植

表 6：壮民生活方式的改变

生活情况	食物来源	服饰	住房	交通	娱乐
过 去	渔猎、种植	用自织的土布制作衣裳裤子	干栏式	步行、船、马	山歌、节庆活动
现 在	种植、集市上的购买	集市上购买	干栏式、水泥房	摩托、汽车	电视、手机等

壮民生产生活方式发生了巨大改变，而且这些变化不断地冲击着人们传统的思想观念，使壮民的思想和行为也慢慢发生着改变。壮族作为稻作农耕民族，因生活在河谷盆地或丘陵地带，繁重的农业劳动，使人们依附在土地上，鲜有时间进行交往和娱乐，生产季节支配着壮民的生活季节，这样壮民形成了在劳作间隙、节庆等场合进行社交活动的习惯。而且，壮人素有歌唱的传统、“自幼习歌”“以歌代言”“倚歌择配”等传统深入人心，歌唱也成为壮民舒缓劳作辛劳、抒发情感、传承生产生活知识等的重要手段。“人们的生活愿意、理想追求、情感交流、生产知识、历史故事、道德规范、以至婚、生、寿等人生礼仪，都以歌唱的

形式来表达。真可谓逢事必唱、无处不歌”①，歌唱已成为壮民生活的一部分，成为休闲娱乐的主要途径，成为壮民劳动之余、茶余饭后的主要活动。

“坡芽歌书”符号对应的歌曲为壮族情歌，是壮族青年男女十二三岁时必须学习的内容，通过符号的直观，学习人与人之间特别是异性之间交流和表达情感的巧妙方式，习得情歌演唱的技能，以参与群体的歌唱、对歌等活动。在生产力水平还很低下的过去，壮民依靠种类繁多的歌式来抒发情感、调剂生活、记录事件等，歌唱是壮民交往的主要媒介。而当前随着经济发展和电视、音响、手机等多媒体手段的涌现，使壮民实现了不出大山也能知晓外面的世界，不用动嘴也能聆听各种新鲜劲爆的音乐，不用刻画标记也能联络朋友的目的。曾经萦绕着悦耳歌声的壮乡夜晚，现在已变成万籁俱寂的空旷，曾经聚守凉亭、长辈家中、田间地头积极主动学习山歌的姑娘小伙，现已分散在电视、电脑、手机旁边，歌唱的作用已被这些新鲜的媒体手段所掩盖，人们惊喜和热衷于这些先进技术手段而不愿去学习山歌、演唱歌曲了。

“坡芽歌书”符号是壮族先民的创造之物，通过对事物的感知、类分和表达实现了符号的产生；随后创造者又将这种直观的符号教授给群体成员，实现了符号在群体间的使用。歌书符号以直观形象和悦耳声响相结合的方式，实现了情感表达、民族文化知识的传承，这一媒介手段虽然简单、原始，但却是壮民群体主动参与和创造的产物，深深打上了壮文化的烙印；电视、手机等这些媒介虽然高级、现代，但却是壮民被动接受和植入之物，附着和彰显他文化的因素。

在对坡芽村的调查中，年长的人们表示：“家里的小孩不愿意学山歌，认为唱山歌已经没什么用了，又不能赚钱，还不如去打工”；小时

① 潘其旭.以“那文化”研究为基础建立壮学体系的理论架构[J].广西民族研究，1998（1）：91.

候长辈都会教孩子学唱、学画“坡芽歌书”的歌曲和符号，但是一旦小学三年级出去到剥隘、富宁等地读书，学会的几首山歌、会画的一些符号也都逐渐遗忘了。随着市场经济的发展，壮民由过去的重农抑商发展到农商并重；随着劳务大量输出到广东、江浙等地，城市生活和物质产品的富足震惊着这些外出的壮民，物质至上、金钱至上等观念亦渐入壮民的心中，使得他们需要的不再是会唱山歌、会画符号，而是会赚钱会做工的本领；他们需要的不再是符形结合以达情感交流，而是外界高级的通讯手段以联通人与人之间的关系；他们需要的不再是复杂过程的参与创造，而是简单容易地拿来。长此以往，歌书将成为壮民的“历史记忆”，歌书的传承将后继无人，歌书的未来岌岌可危。

一种文化事象的生存和发展，既有赖于自然生态系统的滋养，又离不开人自觉能动的传扬，作为壮文化遗存物之一的“坡芽歌书”也不例外。在内外环境剧变的情况下，将“坡芽歌书”置放在没有外界冲击的真空中已不可能，让人们回归到过去的生产生活状态也不现实。基于此，歌书如何在与外界的交流中保持自身的独特性，并形成顽强的抵抗因素以应对外界的冲击，成为歌书未来生存和发展的重要议题，正如列维-斯特劳斯所言“每个文化都是与其他文化交流以自养。但它应该在交流中加以某种抵抗，如果没有这种抵抗，那么很快它就不再有任何属于它自己的东西可以交流”①。那么，“坡芽歌书”应该拿什么去与他文化交流，在交流中应该加以什么抵抗，从而实现自养之目的，成为歌书摆脱失承危机和更好传承和发展的路向所在。

① 张诗亚.“位育”之道：全球化中的华人教育路向[J].西南师范大学学报（人文社会科学版），2006（6）：55.

第三节　多媒体介入下歌书符号生存与发展的思考

毋庸置疑，语言、神话、艺术、宗教、科学、历史这些符号形式是文化的组成部分，是构成“人性”圆周的各个扇面[①]，是人的符号活动的产物，反过来亦对人的发展具有不同程度的滋养。对于“坡芽歌书”符号来说，不论是将其归为“艺术”扇面，还是把其分属为“语言”扇面，都是壮文化构成中不可或缺的一部分，对壮族个体发展影响深远。然而，基于歌书当前面临的困境和危机，如何在保持独特性的基础上，参与到当前的文化交流中以发展和强大自己，并将符号所具有的丰富意蕴进行转化和利用，促进歌书的现代生长，是歌书符号生存和发展的路径所在。

随着多媒体手段大量涌入到人们的生产生活中，传统的记录和表达方式失去了自己的使用者和受众，生存的空间愈来愈小，面临着消逝的危机。然而这些传统的记录和表达方式，作为民族成员认识世界和表达世界的工具，因其产生和使用的独特和巧妙，不仅作为工具而存在，还作为民族成员精神生长的重要因素。因为“人类不仅发明了符号，而且在生活中不断使用它、完善它、丰富它，从而不断扩大自己的对象，使

① 恩斯特・卡西尔.人论[M].甘阳译.上海：上海译文出版社，2004：304.

对象为自己服务。人类不仅使用符号解决自己的生存问题，还在符号的能动作用下，演化生命形式，塑造人性，创造文明。所以符号既是人性文明的创造工具，亦是人性文明的积淀物”[①]。因此，歌书符号不仅作为壮民族的创造物而存在，而且更为重要的是符号凝结和化生的精神要素深深地烙印在民族成员身上，成为民族精神的一部分，对其传承和保护尤为必要。

一、符号根基的抢救

“每一个符号——一座建筑物、一件艺术品、一项宗教仪式——都有它的物理方面。人类世界并不是一个独立不倚的存在或自行其是的实在。人生活在物理环境之中，这环境不断地影响着他并且把它们的烙印打在人的一切生活形式之上”[②]，歌书符号也是依靠和扎根于壮民族的物理环境之中，并以此为基础而烙印上壮文化的特色。任何一种文化符号或文化形式的生成离不开周围的物理环境，离不开物的参与，“坡芽歌书”符号也不例外，物理环境的天文、地理、动物、植物等参与了符号的创造，提供了符号的质料来源，并为符号的生存提供场所；离开了物理环境，符号或文化的生存便成了“空中楼阁”。基于歌书符号根基之来源物的不断消逝和变化，为了歌书符号生存和发展，应致力于符号生长根基的加固和抢救。

歌书符号对应的不同物体，因其形态、属性、功用上的独特，经过壮民精细持久的观察、井然有序的分类和巧妙精细的表达，使自然界存在之物符号化成为不同的形象，实现了符号的创生。而符号的产生，经

① 齐效斌.人的自我发展与符号形式的创造[M].北京：中国社会科学出版社，2002：4.

② 恩斯特·卡西尔.人论[M].甘阳译.上海：上海译文出版社，2004：304.

历复杂过程，凝结着壮民一系列的思维和智慧活动，包括对万物的认知、物我关系的探索和人类自身需求的表达和实现等，皆经由直观形象而浓缩在符号之上。而这些直观形象的实现也源于物的参与，来自对物的作用，并归于对物的认知，从而为符号意义的产生提供或物质或精神的质料，亦为符号意义的阐释和理解提供线索。因此，面对物的不断消失应行动起来，加紧对这些物体进行抢救和保护，如对现存物体进行分类、收集和整理，将涉及的一些器物进行收集、整理、集中到文化传习馆、博物馆中进行保护；将动物、植物等进行采集和影视人类学的抢救，对其进行记录、拍摄和整理；对已消逝的事物通过对老一辈壮民的访谈、问询等，将其特性进行记录和保存，以建立歌书符号来源物的档案，使更多的人意识并参与到对符号原生之物的抢救和保护中去。

此外，“坡芽歌书”作为一个文化整体，壮乡的自然生境和社会生境等也为歌书的生存和发展创造了天然的生存场。然而，随着大量人员的外出流动，使壮乡成了老幼人口的留守地，民族的各种节庆和风俗活动等也难以像过去那样按时、大规模举行；壮民利用务工赚回来的钱将自己的家园进行建设，过去土木结构的“干栏式”房屋变为钢筋混凝土结构“水泥房”；过去的“歌海”以交流娱情变成手机电视的交流往互。基于歌书生存场环境的改变，我们应充分利用多媒体技术的优势将传统的风俗节日等进行采集和记录，保留原汁原味的民俗节日和活动；组织和通过“陇端节”“三月三”等活动来唤起壮民的“集体记忆”和对歌书符号的使用等，实现歌书符号在更广阔空间内的交流；鼓励至今仍活跃在民间的一些文化传承人，支持他们的传承和交流活动，为歌书这一天然生存场增添活力。

二、符号意蕴的倚重

“坡芽歌书”之所以能够生存至今，除了形音并存传递信息、表达情感外，其所具有的丰富意蕴，给符号注入了无限活力：符号凝结的知识体系和丰富意蕴构成为壮族的“百科全书”，成为壮民教育的读本与资源，实现了老一辈在火塘边、歌圩场、田间地头将生产生活常识、风俗仪规、传统技艺、美德观念等传承下去，实现了知识经验和文化的“上传下效”。符号所蕴含的丰富意蕴，使符号原生之物和符形本身具有了生命力和可读性，壮民通过对符号的传承和使用，将符号所蕴含的意蕴传递给民族成员，内化为壮民族的独特性所在；通过符号，民族成员解读先辈的思维和行为方式；通过符号，民族成员学习生产生活知识，传递和积累生存智慧；通过符号，民族成员体察与外部世界的关系，进而实现观察世界、认识世界、改造世界之目的。

此外，“坡芽歌书”作为一完整的符号系统，有其符号的形式和内容：将外物构形成象，直观、形象之形构成为符号的形式，完成了壮民的表达之需；而符号除形式之外，符号背后的东西，包括符号所含物的丰富性和物所化生的人文之理等随着符号的创生凝结在符形之上，构成为符号的内容部分。如果说符号形式是符号系统的骨架，符号的“内容”则是填充骨架，使其饱满丰富的灵魂，也是歌书符号生存的生命力所在。离开符号的丰富内容，符号形式只是没有生气、简单拙朴的图画而已，也抹杀壮民符号创造活动的价值。基于歌书符号传承中只重形式而忽略内容的现实，我们应加强对符号丰富意蕴的阐释和理解，为符号的生长探寻丰富的养料，实现符号系统的完整。

符号意蕴的产生来自于符号化活动中人与外界关系和作用的结果，即符号创生中主体之人对外界认知的积淀和转化。歌书符号创生中，壮民以对事物的观察为基础，积淀了周围万物的外形、结构、功能、分布等知识，并通过长期的体验类分出万物与人的关系，建立物我的关系网络，这些认知并随着对实物的构造成形而凝结到符号之上，构建为符号的“内容”，完成了符号内容和形式的统一。因此，对符号意蕴的探寻离不开对符号创生活动的认知，离不开符号创生中人们“符号化思维和符号化行为”展开的解读。而且，符号的传承亦离不开对符号创生的理解，符号创生所生产出的丰富意蕴，为符号传承活动的意蕴播化提供质料，使从物到意、物意相合的实现成为可能。

三、“自决能力”的培养

“坡芽歌书”符号作为壮文化的一份子，因其发现时间之晚近，对其的生存和发展利弊参半；而从歌书符号本身来说，因其形态的原始、朴质，传播的简单、自发、不成体系等，使其生存面临着诸多挑战。为了使歌书符号这种冒出芽来的文化能够经受外界的各种洗礼而茁壮成长，除了加强自身的装备外，作为文化持有者的——民族成员也应加强自觉意识，积极投入到符号生存和发展的保卫战中去。汤因比在《历史研究》中提出：“一个文明成长的标准是一种趋向自决的进程，而趋向自决的进程则是平淡无奇的公式，用来描述使生命走进自身王国的奇迹”[①]，而且“自决能力的丧失是判断文明衰落的最终标准”[②]，在此，自决的意思为“自省”，是人应对挑战和危机时的自决意识和行为的开展。

面对“坡芽歌书”符号的挑战和危机，符号使用者的壮民在继承创造者的创造成果的同时，应加以自决的意识和开展自决的行为，充分认识歌书面临的境况，积极行动起来，在民族成员间加强对歌书保护的倡

① 阿诺德·汤因比.历史研究[M].刘北成，郭小凌译.上海：上海世纪出版集团，2005：122.

② 阿诺德·汤因比.历史研究[M].刘北成，郭小凌译.上海：上海世纪出版集团，2005：142.

议，让成员意识到歌书的独特性和对壮民族的意义和价值，意识到歌书作为先辈创造成果的主动性和独创性，将歌书创造者造就的符号本真传承下去，使歌书符号重新活跃到壮民的生产生活中来；同时，还应充分利用与他文化交流的机会，学习他文化有益的方式去实现与歌书的融合，如利用多媒体技术的优势对歌书进行记录和保存，一方面实现了歌书的现代方式传承，另一方面也能吸引年轻的民族成员从而提高其学习的积极性。此外，歌书符号作为一原始的符号文字，其数量还非常有限，形态亦很原始，在继续进行其他类似歌书歌本收集工作的基础上，能不能借鉴其他原始文字生成和发展轨迹，或与他文化交流的经验和认识，对歌书符号进行发展，是歌书实现“安所遂生”的一种艰难而有益的应战。

文明出现后经历一系列的挑战和应战，会出现成长繁荣或衰落解体的不同命运，不同命运的出现取决于人应战的结果，即人的“自决能力”的开展。在“自决行为”实施的过程中，坚守自身的特色是基本，从容应战吸取接纳进而创造是行动和策略，文明如此，文化的生成和发展亦不例外。歌书作为壮文化的一部分，其创生是壮民先辈作为创造者的实例，歌书生成后随着在本民族这一有限空间内的接触和学习，实现了民族成员对其的掌握；然而随着壮民与他民族文化事象在不同时空内的接触，因其他文化事象的优越和成熟，而使有创造传统的壮民日渐成为百分百的“机械模仿者”，自身的创造产品亦受到冷落和冲击。基于此，不同文化和文化事象的接触和交流不可避免亦无可厚非，但是交流中如何本着学习的态度进行自省和思考则是民族成员避免从创造者到百分百“机械模仿者”命运转变的重要方面，是应对挑战和危机进行回应的重要手段，更是文化交流、发展以永葆生机的关键所在。

第七章

结论与思考

"符号作为客观世界认识所诉诸的载体不仅能够引导人探索客观世界，也较好地满足了教育所需用的一些功能，且教育需要传承人类文化，教育需要人与人的交往，教育需要人的思维，而这一切都是借助符号来完成的"①，可见，符号实现教育并完成教育目的毋庸置疑。"坡芽歌书"符号正是在人的主体性活动作用下，完成了其创生与传承，并在创生与传承过程中助推了人与符号的互动，实现了教育意蕴的发生和作用，对民族成员的精神生长产生全面滋养。此外，符号作为凝结人类智慧的创造物，其创生与传承均与人的主体性发展息息相关，人作为符号的动物，如何利用符号来认识和表达外部世界，书写意志与情感，成为"认识人自己"和发展人自身的重要方式。

第一节 "坡芽歌书"符号对人与符号关系的阐释及反思

对"人是什么""什么是人的本质"问题的解答是历代哲人先贤不懈追求的最高真理，尤其到了苏格拉底时代，"'认识你自己'成了哲学的、

① 桂香.教育符号化的困顿及其超越[J].现代教育论丛，2010（10）：89.

客观的、绝对的、普遍的真理”① 。而德国哲学家卡西尔在继承和批判前人成果的基础上，将人定义为“符号的动物”，并认为人的本质“既不是他的形而上学本性，也不是他的物理本性，而是人的劳作（work）”②，即创造性活动的“劳作”，并通过对符号创造的强调，来实现人的符号属性。人通过创造符号，进而创造他的文化世界，构建他的精神符号世界，使其成为具有自由、能动和创造特性的人之所在。

云南壮族“坡芽歌书”符号是人作为能动性和自发性的主体创造符号的实例，满足了人通过符号创造文化，进而创造自身的程式，论证了人与符号的理论原形。壮民在能动认识外界的基础上，从空间和时间的向度上对外界事物进行类分，并以独特的方式将其构造成形，实现了符号的创生。符号的创生不但使直观、具体的符形得以建立，而且壮民在创造过程中对外界的认知和人与外界关系的解读等也随着符号的创造而凝结和书写，实现了符号创造对人自身的影响，展演了人与符号的互动之式，实现了人通过创造符号活动而收获自身精神的成长，将人的创造性“劳作”的施展予以描述。通过对歌书创造性的“劳作”之过程的描述，使人之所以为人的“自发性、能动性和创造性”本性得以生成，从而实现“大写的人”的书写，实现了对自由发展的人的诉求。

符号的创造是人之所以为人的重要途径，然而符号创生后对符号能动自发的使用和传扬也不容忽视，而且这一过程不可分割地参与到人的发展中去，是“人是符号的动物”、人与符号关系运演的另一必要条件。符号的传承和使用，是创造者以所造符号为媒介，在时空范围内对其进行检验和修正的必经之程，既满足了新事物的推广，又实现了其自身的成长和发展；而且这一过程随着传授的进行，使创造者和使用者之间进行流畅的交流与互动，促进“教学相长”的实现。“坡芽歌书”符号创生

① 杨建坡.论卡西尔符号形式的人学观[J].求索，2010（9）：130.

② 卡西尔.人论[M].甘阳译，上海：上海译文出版社，2004：95.

后，随着在群体成员间的使用，这种媒介广为流传，而且在传播的过程中，符号自身得以修正和发展，对人的能动性和主动性亦产生重要影响，而且符号传承的具体实施，将人的创造性的“劳作”过程得以展演，实现了“劳作”的实践指向。

卡西尔从符号的创造来探求人的本质生成，指出了创造性活动的鹄的所在，并通过创造之成果“语言、艺术、宗教与神话、科学、历史”等扇面来认识符号系统的“普遍性、有效性和全面适用性”，指出了人与符号的互动共促之双向关系。“坡芽歌书”符号作为壮民创造性活动的产物，清晰地阐释和分析了人与符号的关系，即人在创造符号的同时，符号反过来作用于人，实现对人自由、全面发展的影响。总体来看，卡西尔将“人定义为符号的动物”，把对人的认识作为能动和“动态”的过程来看，修正了过去对人的“静态”的看法，对人性及人学的探究具有开创性的意义。然而，卡西尔在人与符号关系理论的始末，都坚持创造性“劳作”的提倡，呼吁对创造性活动的认知，这本无可厚非，然而他却忽略了创造性活动之后创造产品的使用与传扬，忽视了符号活动构成中符号传承的功用，及其符号创造与传承的关系所在，使人的完整符号活动被割裂开来，人的发展也将缺失。相反地，“坡芽歌书”符号的创生与传承，将人的符号活动完整展现，并在完整符号活动中对人与符号的关系进行了探析，实现了对人全面的滋养，并对“人是符号的动物”这一问题和论点的充分而且必要条件进行了探求。

第二节 “坡芽歌书”符号教育范式的总结

主体之人在符号活动中，以对外部世界的认知为基础，通过符号的创造与传承，建立自身与外界的关联，实现“人与天地参”的目的，协调了内外部的关系，积淀物质和精神生活所需的养料，并将这些养料传递给民族成员，实现了对成员的影响。通过完整的符号活动，即符号的创生与传承，符号教育意蕴自然而完整地发生，并对人进行全方位的浸润；而且在符号活动中，通过人与物、人与符号的关系和作用，协调了人与外界的关系；通过完整的符号活动，实现了人对物、对符号和对物所蕴含意义的统合，实现了知识体系的丰富等。此外，符号活动的自然完整，将教育的发生置于具体、鲜活的情境中，推动了人与客体的互动与作用，实现了教育与生产生活的有效连接。

一、物我相和实现育人理念的和谐

符号不是自然物，而是人的社会化产物，是人在认识外界万物的基础上对外物进行加工和表达的产物。人类发展过程中创造出来的或直观或抽象，或原始或智能的符号，无不打上人类生存和发展现实的烙印，是人的经验世界的外显。人通过对现实世界中事物的认识、分类与表达，建立事物与符号的关联，并赋予符号以一定意义，从而成为群体间沟通与理解的“代码”，实现书写世界与表情达意的目的。也就是说，符号的创生是人用熟悉之物来阐释未知之事；用自然之物来表达人文之理；用有形之符去指称无形之蕴，[①] 从而完成人的创造性活动。人经由符号的创造，实现了经验和智慧的外显，形成了人与自然、人与社会、人与人、人与自身关系的认识，进而在成员间代代相承，完成经验知识的传承和教育。

符号的创生与传承极好地展演了人与外界，包括人与自然、人与社会、人与人及人与自身的关系和作用，形成人们对外界的认知和与外界的相处之道，并经由符号的传承而教授给民族成员，将人与外界和谐之道秉承下去：“坡芽歌书”81个符号原生之物皆来自壮民的生产生活，与壮民的生产生活发生密切的关联；壮民先辈正是以这些可观可感的事物为基础，以事物的特性为基调创立符号，并在生产生活的具体情境中以符号为媒介沟通人与外界的关系，一方面实现人的现实之目的，另一方面实现物我关系的和谐和“人与天地参”的境界。在此，人和符号之间，不是简单、机械地模仿与支配，而是人的精神世界的客观化与符号化。

符号创造中，创造者对于客观世界的洞察和理解，表达的睿智与技巧，经过符号的营造，物化到直观可感的符形中，并“形成一个个意义世界，构筑起一个个个人的和集体的精神空间，以此来改造人的灵魂，提升人的生命境界，走向一个更深的亦更高的精神价值层次”[②]。符号传承和使用中，创造者将创造出来的意义世界和精神空间传递给群体成员，进而转化为集体拥有的精神符号世界。对人而言，在充斥着符号的世界里，对符号的创与用，既是人的主观能动化的体现，反过来又对人的发展产生重要影响，这一完整过程构成为人全面发展的锁钥，为人性自由

① 孟华.符号表达原理[M].青岛：青岛海洋大学出版社，1999：9.

② 齐效斌.人的自我发展与符号形式的创造[M].北京：中国社会科学出版社，2002：4.

发展提供了无限可能；同时“人类总是想给周围的事物赋予意义，哪怕是对象属于自然界，也将根据它与人类的关系来判断其价值，然后编入人类世界”[①]，在此个体在“意义之网”的编织中亦打下独特性和文化性的烙印。

将人培养成什么样的人，是教育的旨归所在。系统的、有组织的、发展成熟而稳定的学校教育，通过大量知识来填充受教育者的头脑，将受教育者培养成社会经济发展的“工器”，致使“创造性”人才稀缺，致使大量人才“过剩”。然而除了知识“填鸭”和经济适应之旨，我们的教育忽略了什么，我们的教育偏离了什么，是教育发展亟须探求和解决之题。“坡芽歌书”符号的创生与传承，传授者在其中可能并无明确指向和目的，但却通过创用之程中物我关系的清晰认识和精确表达，使人实现了对内与对外关系的和谐；并经由符号的使用将这种理念在群体间传播，实现了对和谐发展的群体的规定，并将人的发展置于“天地之心”，促进人与自然、与其他群体的友好交往、互促，进而将人培养成尊重自然、效法自然、自由独立之个体，这种看似无形无迹的育人指向，应引起我们对“见物不见人”的教育之的的反思，使教育回归到对内外关系和谐的人的培养上来。

二、创用统一实现育人过程的完整

“坡芽歌书”将原生之物、人为之象和人文之理统一于符号这一整体中来，实现了符号“对象”、“代表项”和“解释项”的统一，完成了各要素的互动和关联。而歌书符号各要素的互动不是自发而行的，而是在人的主体性活动下实现的，即在人的参与下，借助人的符号活动，包括符号的创生与传承而完成的。在人的主体性和创造性活动作用下，通过

① ［日］池上嘉彦．符号学入门[M]．张晓云译．北京：国际文化出版公司，1985：6．

符号创造与传承的统一而将纷繁复杂的万物特性统析、格分、化生，完成从自然之文到人文之文的转化，实现了从物到理的质变过程。

主体人之于符号，包括对符号的创造与传承，两者完整不可分割地参与到符号活动的过程中来，统一于人的全面自由的发展中，即符号形成的前后“一方面凝聚了创造者对其所要符号化的对象的本质、关系、功能、结构等诸方面的认识，另一方面又使这种认识通过教育去作用于未参加此符号创造过程的人的思维、能力，从而影响整体的发展。所以，符号里所凝聚的创造者的认识、思维水平、对天地万物的把握，通过符号传到了接收者，又传到了其他时代、空间，更广阔的未参加此类符号创造的人群”[①]。如果说符号的创生是个体完成创造性活动的结果，是知识体系得以构筑的过程，符号的传承则是知识的播化和使用的过程；通过符号的使用在更广阔的时空中将业已积累的智慧和经验知识进行传递，实现对少数个体到更多群体的化育。通过符号创用的统一，实现了对人发展的全面滋养与浸润，推动了育人过程的完整与统一。

壮族先民通过对周围事物的观察、体认和表达，实现了从物到形的转变；符号创生后，创造者又利用直观的形象将符形背后蕴含的物的无限意蕴传递给群体成员，实现了从物到意的转化。通过人的符号活动，将符号三要素紧密结合，相互作用，实现了符号这一整体的完整和对人的全面影响。人在这一完整符号行为中，通过对符号载体——物的认识，积累了诸多的知识，如自然界动植物的特质属性、人在自然界中的位置等，更为重要的是掌握了人与外界事物的关系，形成本民族所特有的精神财富，滋养着群体成员；符号创生后，通过直观形象的符号，将自然之文、人为之象和人文之理有效链接，实现了符号意蕴的播化。而且符号传承中，创造者将符号原生之物、本身之象和人文之理结合起来，

① 张诗亚主编.百川横流：全球化背景下的多元文化教育国际论坛论文集[C].桂林：广西师范大学出版社，2007：1-2.

通过对物的解析来阐释符号的意义，经由物象的直观来联通物义的关系，实现了符号三要素的紧密结合，促使物 — 象 — 义有效连接，使符号化的思维和行为在群体间养成。

当前人的培养，主要依托各级各类学校，进而到课堂，再到课程的实施；学校给予了受教育者知识的传教、技能的培训，实现了优秀文化知识的传承。通过课程的开设，各级各类学校给予了受教育者在知识习得环节上的教育，而对这些知识的源来和实践检验等环节，却因学校条件的有限而被省略，致使受教育者掌握知识困难、应用知识不当等问题频发，更不用谈对知识的反思与创新。而完整的教育环节，因教育内容、教授手段的区别与侧重，而使受教育者逐步形成对事物、对知识完整而全面的认知，实现对人的全面发展的影响。“坡芽歌书”符号通过创生与传承的统一，将实物 — 符号 — 意蕴相统一，使实物具有的丰富性、符号具有的媒介和指向性、人欲表达的思想与情感统一起来，实现了对符号这一知识对象的源生、自身结构、功能及其实践使用等的完整环节的教育实现。这种全环节的教育，应为我们的学校教育所借鉴，通过校内教育与校外教育的联合，为受教育者提供完整而统一的教育过程。

三、物意相融实现育人内容的丰富

符号在创生与传承中，主体之人作为创造活动的执行者和传承活动的实施者，通过对周围万物的观察、取象和构形，使符号得以创生，在这一过程中，人通过与外界的接触，通过人的主体性感知、体验活动，积累了事物物性、人与外界关系及其关乎生产生活的常识，并将这些知识凝结到符号之上，实现了知识载体的创生；符号形成后，通过符号在群体间的使用，使符号本身形态内容、符号所含物的相关知识，及其符号对应歌曲中记录的知识、符号创造者“构形的力量”和“观念化的内容”等一并传承给其他成员，实现了育人内容的完整和丰富。

符号作为人为创造之物，在生产生活中均能找到其原型；符号的创生离不开人与实物的参与。在生产生活的实践中，人通过长期的观察，掌握了事物的外形、功能、属性等特质，建立对所要符号化“对象”愈来愈清晰的认识；并通过对“对象”的分类，划分了“对象”的类别、种属、功能，选取了符合的“对象”；进而完成了“对象”的表达，以“对象”的显著特征与人的生产生活的关联为基础，或“隐喻”或“转喻”地勾勒和展示符号形态，从而使形式多样、功能各异的符号得以产生，实现了人认知方式的外显，也满足人自身的生存目的。符号的创生将凝结了人对外界的认识、丰富的“地方性知识”附着于或直观或抽象的符号之上，关涉物质的、制度的抑或精神层面的内涵亦应运而生，丰富了文化的扇面，促进了民族独特性的养成。且“作为人类精神客观化的形式，符号不是对外在世界的单纯摹写，而是一种构形的力量，它不是被动地表示某种单纯的事实，而是包含着独立的精神能量，获得了特殊的意义，即观念化的内容”[①]，这种“构形的力量”和“观念化的内容”构成为符号意蕴的主体部分，并经由符号与原生之物——符号意蕴的来源紧密相连，实现了物意的融合与统一，并随着符号的传承而传递给使用者，可以说“人类文明史就是人运用符号承载文化，传递知识，并将人自身的劳动过程浓缩于符号系统的漫长过程”[②]。

卡西尔指出：“符号化的思维和符号化的行为是人类生活中最富于代表性的特征，并且人类文化教育的全部发展都依赖于这些条件。”[③] 人在认识外界的基础上，以直观之象来表情达意，来协调人与外部世界的关系，实现了符号化行为的开展；在符号化行为开展的同时，为了实现

① 孟庆艳.文化符号与人的创造本性——西方早期符号理论研究[M].沈阳：辽宁大学出版社，2006：140.

② 卢德平.皮尔士符号学说再评价[J].北方论丛，2002（4）：100.

③ 恩斯特·卡西尔.人论[M].甘阳译.上海：上海译文出版社，2004：38.

人的生存和发展，往往以实物来阐述、类比、表达人的精神世界，以达“天人合一”“物我相合”之境，成为过去各民族生存发展之王道，在此，符号化的思维贯穿其中，从而内化为本民族的个性和思维之式。完整的符号活动，即符号的创生与传承，使符号化的思维和行为得以实现，使文化教育得以展开，更为重要的是经由符号将自然之物化育为人文之理，实现对群体成员的影响，推动了人的自由全面的发展。

我们的教育应该教给受教育者什么，是实现其全面发展的重要途径。而当前知识传授，教给学生的是生硬的书本知识，是有限的开设课程的展开，是分科后所选的几门专业课程，而书本之外世界的奥秘、其他课程的知识、其他学科的精华、不同学科之间的联通等都成了受教育者不该涉猎之围，造成了受教育者知识的匮乏、视野的狭隘、思维的固定，其创造性培养和自由全面发展更无从谈起。而“坡芽歌书”符号使自然界物的丰富性、社会中人的思维和情感之式借由符号创生与传承的统一得以沟通和传扬，实现了人的创造行为的开展和自由自觉的全面发展。这种丰富而多样的育人内容，应对当前“升学至上”“学科发展至上”“经济利益至上”导向下的片面而狭窄的教育内容之现实提供启示，通过一些措施的施行，如为学生提供广阔的学习平台，关注学生身心发展，鼓励学生关注书本外的世界、积极涉猎其他学科的知识、参与通识和兴趣课程的学习，实现第斯多惠认为的教育“不仅是用知识来充实学生的头脑，还要发展他们的智力和才能，进而促进他们的全面发展”。

余 论

卡西尔将“人定义为符号的动物”，来实现人与动物的界分，完成人在“文化之路”上的成长与发展。在充斥着符号的世界中，人通过符号创造和传承的实践活动，完成对周围世界的体悟，解决自身的生产生活之求，从而探明并走向“理想世界”之道，可以说“没有什么问题像与符号有关问题那样与人类文明的关系如此复杂、如此基本的了，符号与人类知识和生活的整个领域有关，它是人类世界的一个普遍工具，就像物理自然界中的运动一样”①。

云南壮族“坡芽歌书”符号作为人创造并传承使用符号的典型实例，极好地展现了拥有创造性的主体之人，如何通过符号这一媒介，来观察世界、认识世界、表达世界的完整过程。而且在这完整的符号活动中，人经由符号的创造和传承，实现了自身的成长与发展，桥接并彰显了人的外部世界和内部世界的关联，“克服了人的自然惰性，并赋予人一种新的能力，一种善于更新人类世界的能力”②，实现了对人与符号关系的例证和分析。不仅如此，“坡芽歌书”符号还以形象直观之视觉特点，符合

① 李幼蒸.理论符号学导论[M].中国社会科学出版社，1999.75.

② 卡西尔.人论[M].甘阳译.上海译文出版社，2007：85.

雅各布森指出的“人类社会中最社会化、最丰富和最贴切的符号系统显然以视觉和听觉为基础”之观念，完成了讯息的传递，实现“物质实体”与“精神意蕴”的融通，保证人与符号的互动生长，为人的自由全面发展提供了质料，符号的教育亦成为可能。

“人文科学教导我们去诠释符号，以求使吾人能够把握隐藏于其中的内容揭示——而这也即是说，把这些符号所由出的生命再度展现于吾人面前”①，在此，文章在教育人类学视域下，通过对壮族“坡芽歌书”符号的诠释，特别是主体之人参与下的歌书符号创生与传承过程的阐释，探知人在符号活动中的成长与发展，并把这种成长发展之范式呈现出来，为致力于“人的发展”之教育提供借鉴与反思。

总体来看，本研究已完成预期研究目标；但是“坡芽歌书”符号作为壮民族文化的一个个案，其符号活动的发生及价值的普适性问题仍待进一步的论证。再者，因学识、精力所限，对歌书符号创生与传承的阐释还有待进一步的深化。复次，因歌书符号具有早期文字的性质，如果能对其符号的发生和发展与其他早期文字做纵向的比较研究，将有助于更全面和深入地理解人的符号活动，这些均成为今后继续研究的方向。

① 卡西尔.人文科学的逻辑[M].关子尹译.上海译文出版社，2004：138.

参考文献

[意]艾柯.符号学理论[M].卢德平译.北京：中国人民大学出版社，1990.

[美]阿恩海姆.艺术与视知觉[M].滕守尧，朱疆源译.北京：中国社会科学出版社，1984.

[法]布留尔.原始思维[M].丁由译.北京：商务印书馆，1981.

[美]本尼迪克特.文化模式[M].王炜等译.北京：三联书店，1988.

白丽珠.三种壮文的比较研究[J].民族研究，1999（2）.

白芸.质的研究指导[M].北京：教育科学出版社，2002.

巴奈·母路.灵路上的音乐——阿美族里漏社祭师岁时祭仪音乐[D].福建师范大学博士学位论文，2002.

[英]布朗.社会人类学方法[M].夏建中译.济南：山东人民出版社，1988.

[法]巴尔特.符号学原理[M].李幼蒸译.北京：三联书店，1988.

[美]博厄斯.原始人的心智[M].项龙，王星译.北京：国际文化出版公司，1989.

鲍江.象征与意义——叶青村纳西族宗教仪式研究[D].中央民族大学博士学位论文，2003.

陈绘.民俗艺术符号的生成与特征[J].艺术百家，2006（4）.

陈子展，杜月村.诗经[M].北京：中国国际广播出版社，2011.

潮鲁.蒙古族长调牧歌研究[D].福建师范大学博士学位论文，2003.

陈雪英.苗族服饰符号的教育价值诠释[J].贵州民族研究，2010（5）.

陈才佳等.传播学的视阈：口传梧州歌的意义流变[J].艺术百家，2010（8）.

陈晓锦，高洵.广东粤闽客方言歌谣在东南亚华人社区的流变[J].暨南学报，2010（3）.

陈雪英.西江苗族“换装”礼仪的教育诠释[D].西南大学博士学位论文，2009.

陈伯海.“言”与“道”——论语言和世界的关系[J].文艺理论研究，2009（1）.

[日]池上嘉彦.符号学入门[M].张晓云译.北京：国际文化出版公司，1985.

戴光禄，何正廷.壮族文化概览[M].昆明：云南美术出版社，2006.

董飞飞.从符号的角度来透视人们的着装行为[J]艺术与设计，2010（3）.

丁尔苏.语言的符号性[M].北京：外语教学与研究出版社，2000.

范宏贵.同根生的民族：壮泰各族渊源与文化[M].北京：光明日报出版社，2000.

范秀娟.黑衣壮民歌的审美人类学研究[D].山东大学博士学位论文，2006.

[英]弗思.人文类型[M].费孝通译.北京：华夏出版社，2002.

方国瑜.云南史料丛刊[M].昆明：云南大学出版社，1998.

[英]弗雷泽.金枝（上下）[M].徐育新等译.北京：大众文艺出版社，1998.

[法]福柯.知识考古学[M].谢强等译.北京：三联书店，1998年.

冯增俊.教育人类学[M].南京：江苏教育出版社，2000.

冯彤."和纸"的制作工艺及象征文化阐释[D].中央民族大学博士学位论文，2008.

[日]谷口房男.日本的壮族史研究动态[M].覃义生译.载广西民族研究，1992（2）.

广西壮族自治区少数民族古籍整理出版规划领导小组编.古壮字字典·序[M].南宁：广西民族出版社，1989.

[美]格尔茨.地方性知识：阐释人类学论文集[M].王海龙等译.北京：中央编译出版社，2004.

[美]格尔茨.文化的解释[M].韩莉译.南京：译林出版社，1999.

苟志效.意义与符号[M].广州：广东人民出版社，1999.

桂香.教育符号化的困顿和超越[J].现代教育论丛，2010（10）.

侯静宜.坡芽歌书音乐曲调特点初探[J].民族音乐，2011（1）.

黄玉顺.符号的诞生——中国哲学视域中的符号现象学问题[J].中山大学学报（社会科版），2009（3）.

黄华新，陈宗明.符号学导论[M].郑州：河南人民出版社，2004.

黄亚平，孟华.汉字符号学[M].上海：上海古籍出版社，2001.

黄懿陆.壮族文化论[M].昆明：云南教育出版社，2000.

黄懿陆.富宁坡芽歌书评析[C].云南省当代文学研究会文学评论选，2007.

黄庆印.壮族哲学思想史[M].南宁：广西民族出版社，1996.

[法]海然热.语言人——论语言学对人文科学的贡献[M].张祖建译.北京：三联书店，1999.

何正廷.坡芽歌书与壮族歌圩[J].文山师范高等专科学校学报，2007（4）.

何明智.壮族布傣与京族喃字歌谣比较研究[J].广西民族研究，2009（3）.

[美]怀特，文化科学[M].曹锦清等译.杭州：浙江人民出版社，1988.

胡泳.阅读的未来[J].读书，2011（12）.

[德]加达默尔.哲学解释学[M].夏镇平，宋建平译.上海：上海译文出版社，2004.

江净帆.空间中的社会教化[D].西南大学博士学位论文，2010.

[法]吉罗.符号学概论[M].怀宇译.成都：四川人民出版社，1988.

[美]肯迪斯，方坦纳.后现代主义与社会研究[M].周晓亮等译.重庆：重庆出版社，2006.

建红英.仪式符号与文化功能——豫西地区西水头村建氏族丧葬礼仪个案的考察[J].求索，2011（3）.

[德]卡西尔.人论[M].甘阳译.上海：上海译文出版社，2004.

[德]卡西尔.人文科学的逻辑[M].关子尹译.上海：上海译文出版社，2004.

[德]卡西尔.符号·神话·文化[M].李小兵译.北京：东方出版社，1988.

廖明君.壮族自然崇拜文化[M].南宁：广西人民出版社，2004.

刘锡蕃.岭表纪蛮[M].北京：商务印书馆，1934.

李宏富.枕顶秀的文化意蕴及象征符号研究[D].中央民族大学博士学位论文，2004.

李言统.故事歌研究[D].西北民族大学博士学位论文，2010.

李富强主编.中国壮学（第2辑）[C].北京：民族出版社，2006.

刘雯.番瑶音乐文化研究[D].福建师范大学博士学位论文，2010.

[美]朗格.情感与形式[M].刘大基译.北京：中国社会科学出版社，

1986.

吕正元，农贤生.富宁县志[M].昆明：云南民族出版社，1998.

罗丹阳.苗族古歌传承的田野民族志：以黔东南双井村“瑟岗奈”为个案[D].中央民族大学博士学位论文，2011.

[法]列维－斯特劳斯.野性的思维[M].李幼蒸译.北京：商务印书馆，1987.

林征宇.六十年代以来的人类学理论[J].社会，1988（12）.

林则徐等修，李希玲纂.广南府志[M].台北：成文出版社印行，中华民国五十六年.

梁庭望.壮族风俗志[M].北京：中央民族学院出版社，1987.

刘莉.全球场域下的民族文化符号的传承与创新[J].广州大学学报，2010（12）.

李爱荣.视觉文化时代动画的育人价值研究[D].华东师范大学硕士学位论文，2011.

梁昭.民歌传唱与文化书写——跨族群表述中的“刘三姐”事像[D].四川大学博士学位论文，2007.

龙迪勇.图像与文字的符号特性及其在叙事活动中的相互模仿[J].江西社会科学，2010（11）.

刘冰山主编.中国富宁壮族坡芽歌书[M].北京：民族出版社，2009.

卢德平.皮尔士符号学说再评价[J].北方论丛，2002（4）.

李重光.简谱乐理知识[M].北京：人民音乐出版社，2010.

李锦芳.壮语汉借词的词义和语法意义变异[J].中央民族大学学报（人文社科版），2001（3）.

李锦芳，刘冰山等.壮族“坡芽歌书”及其文字性质[J].中央民族大学学报（哲学社会科学版），2010（1）.

李幼蒸选编.结构主义和符号学[M].北京：三联书店，1987.

李幼蒸.理论符号学导论[M].北京：中国社会科学出版社，1993.

孟庆艳.文化符号与人的创造本性——西方早期符号理论研究[M].沈阳：辽宁大学出版社，2006.

米恩广，权迎.创生－传承－化育：符号教育的内生逻辑——基于对壮族坡芽歌书符号的调研分析[J].中央民族大学学报（哲社版），2014（6）.

[英]马凌诺斯基.文化论[M].费孝通译.北京：华夏出版社，2002.

[英]米勒.论民族性[M].刘曙辉译.南京：译林出版社，2010.

孟华.符号表达原理[M].青岛：青岛海洋大学出版社，1999.

纳日碧力戈.符号、结构、实践与人类学——民族研究以及有关学术交流的若干视点[J].世界民族，1995（1）：58.

朴泰洙，金永林.民族教育的文化选择及其重要性[J].教育评论，1998（4）.

潘春见.“花”图腾信仰与姆六甲神话[J].广西大学学报（哲社版），1998（1）.

潘其旭.以“那文化”研究为基础建立壮学体系的理论建构[J].广西民族研究，1998（1）.

潘其旭.壮族歌圩研究[M].南宁：广西人民出版社，1991.

潘其旭，覃乃昌.壮族百科辞典[M].南宁：广西人民出版社，1993.

丘振声.壮族的“那”文化[J].学术论坛，1998（6）.

丘振声.壮族图腾考[M].南宁：广西人民出版社，2006.

齐效斌.人的自我发展与符号形式的创造[M].北京：中国社会科学出版社，2002.

覃乃昌.《嘹歌》：壮族歌谣文化的经典[J].广西民族研究，2005（1）.

覃乃昌.壮族《嘹歌》的传承与传播研究[J].广西民族研究，2005（4）.

覃慧宁.一个“中间圈”的“世界”——广西宜州历史与信仰的人

类学考察[D].中央民族大学博士学位论文，2010.

祁慧民.杂居区少数民族民歌分类新构想[J].音乐研究，2010（5）.

覃德清.壮族文化的传统特征与现代建构[M].南宁：广西人民出版社，2006.

权迎，米恩广.从象－形－义到物－符－音：壮族坡芽歌书符号文化演绎之路向[J].广西民族研究，2018（1）.

[苏]茹科夫.控制论的哲学原理[M].徐世京译.上海：上海译文出版社，1981.

[瑞]索绪尔.普通语言学教程[M].高名凯译.北京：商务印书馆，2010.

宋潇潇，周昌乐.符号“三分说”与汉字“六书”[J].浙江大学学报（人文社会科学版），2009（9）.

宋新娟.中医传统图示符号审美及应用研究[D].武汉理工大学博士学位论文，2010.

宋天锁.“图画文字”就是“象形文字”吗[J].河北大学学报，1990.

石丽芳.《粤风》研究[D].中央民族大学博士学位论文，2010.

孙振东.教育研究方法论探索[M].重庆：重庆大学出版社，2008.

沈品发.论卡西尔对人的问题的探索及意义[J]齐齐哈尔师范学院学报，1994（1）.

[法]涂尔干，莫斯.原始分类[M].汲喆译.上海：上海人民出版社，2000.

[英]汤因比.历史研究[M].刘北成，郭小凌译.上海：上海世纪出版集团，2005.

[美]特纳.仪式过程：结构与反结构[M].黄剑波等译.北京：中国人民大学出版社，2006.

[美]特纳.社会学理论的结构[M].邱泽奇等译.北京：华夏出版社，

2006.

田穗，侯天庆.贵州西江苗族民间歌谣内蕴之民俗事象管见[J].贵州民族研究，2011（4）.

[美]威斯勒.人与文化[M].钱岗南等译.北京：商务印书馆，2004.

徐赣丽.广西壮族的农事歌谣及其生存境况[J].古今农业，2011（1）.

徐新建.民歌与国学——民国时期“歌谣运动”的兴起与演变[D].四川大学博士学位论文，2002.

徐瑞.《周易》符号结构论[D].山东大学博士学位论文，2010.

[美]西蒙.关于人为事物的科学[M].杨砾译.北京：解放军出版社，1985.

云南省富宁县地方志编撰委员会编.富宁县志[M].昆明：云南民族出版社，1997.

韦庆稳.民族语文论集[M].北京：中国社会科学院出版社，1981.

吴晓蓉.仪式中的教育——摩梭人成年礼的教育人类学分析[D].西南大学博士学位论文，2003.

汪宁生.中国西南民族的历史与文化[M].昆明：云南民族出版社，1989.

汪宁生.从原始记事到文字发明[J].考古学报，1981（1）.

文山壮族苗族自治州民族宗教事务委员会编.文山壮族苗族自治州民族志[M].昆明：云南民族出版社，2005.

闻一多.神话与诗[M].上海：上海世纪出版集团，2006.

王海龙.视觉人类学[M].上海：上海文艺出版社，2007.

王娟等.结合东巴文学习汉字对幼儿学习汉字字形记忆的影响[J].心理学报，2011（5）.

王铭玉.符号的互文性与解析符号学[J].求是学刊，2011（3）.

王军，董艳.民族文化传承与教育[M].北京：中央民族大学出版社，

2007.

王元鹿，朱建军．“坡芽歌书”的性质及其在文字学领域中的认识价值[J].华东师范大学学报（哲学社会科学版），2009（5）.

王晓．关于壮语语法若干问题的商榷[J].中央民族大学学报（人文社科版），1997（1）.

王华．中国少数民族音乐[M].北京：中国人民大学出版社，2010.

王伟．仪式过程与符号象征——索伦鄂温克火神祭祀仪式的田野研究[J].世界宗教文化，2011（2）.

王杰文．仪式、歌舞与文化展演：陕北·晋西的“伞头秧歌”研究[M].北京：中国传媒大学出版社，2006.

王志芬．坡芽歌书图案与铜鼓、岩画图案之比较研究[J].民族艺术研究，2009（1）.

王志芬．《坡芽歌书》图案符号研究[J].云南民族大学学报（哲学社会科学版），2009（3）.

王志芬．云南壮族坡芽歌书符号意义解读[D].中央民族大学博士学位论文，2009.

王成善．特质、深描和理解——解读《文化的解释》的路径[J].中南民族大学学报（人文社会科学版），2006（6）.

王元鹿．汉古文字与纳西东巴文字比较研究[M].上海：华东师范大学出版社，1988.

乌恩．敖包——蒙古族神秘的文化符号[J].内蒙古画报，2011.

吴德群．壮族传统社会夫妻角色:《坡芽歌书》解读[J].文山学院学报，2011（4）.

汪瑶．云南富宁壮族“坡芽歌书”考察记[J].中国音乐（季刊），2010（2）.

谢启晃等．岭外壮族汇考[M].南宁：广西民族出版社，1989.

谢冬冰.表现性的符号形式：“卡西尔–朗格美学”的一种解读[M].上海：学林出版社，2008.

徐浩.历史是文化——历史研究的人类学转向[J].史学理论研究，2008（2）.

杨朝忠.黎平北部山区“屋歌”研究[J].贵州民族研究，2010（1）.

玉石阶.壮族民间宗教文化[M].北京：民族出版社，2004.

[苏]伊斯特林.文字的产生和发展[M].左少兴译.北京：北京大学出版社，1987.

尹德辉.图像的起源与主客体关系的生成[J].武汉理工大学学报（社会科学版），2010（5）.

[古希腊]亚里斯多德.形而上学[M].吴寿彭译.北京：商务印书馆，1981.

杨宗亮.壮族文化史[M].昆明：云南民族出版社，1999.

叶正渤.汉字、文化以及汉字与传统文化[J]汉字与历史文化，2011（1）.

叶正渤.金文月相纪时法研究[M].北京：学苑出版社，2006.

姚艳.文化传承的困境—阿细跳月的个案研究[J].贵州民族学院学报（哲学社会科学版），2006（1）.

杨鹍国.身份·地位·等级——少数民族服饰与社会规则秩序的文化人类学阐释[J].贵州大学学报，2000（4）.

俞建章，叶舒宪.符号：语言与艺术[M].上海：上海人民出版社，1988.

詹栋梁.教育人类学理论[M].台北：五南图书出版公司，1989.

张诗亚.强化民族认同：数码时代的文化选择[M].北京：现代教育出版社，2005.

张诗亚.“位育”之道：全球化中的华人教育路向[J].西南师范大学

学报（人文社会科学版），2006（6）.

张诗亚.西南民族教育文化溯源[M].上海：上海教育出版社，1994.

张诗亚主编.百川横流：全球化背景下的多元文化教育国际论坛论文集[C].广西师范大学出版社，2007.

张诗亚.祭坛与讲坛——西南民族宗教教育比较研究[M].昆明：云南教育出版社，1992.

张再林.作为身体符号系统的《周易》[J].世界哲学，2010（4）.

张欲晓.歌谣源于祭礼[J].社会科学论坛，2010（12）.

张才刚.符号学视野中的“图文之争”[J].武汉大学学报（人文科学版），2011（2）.

赵丽明.“坡芽歌书”的符号是文字吗[J].文史知识，2009（7）.

郑超雄.壮族文明起源研究[M].南宁：广西人民出版社，2005.

朱建军.符号学角度的文字分类研究[J].中国海洋大学学报（社会科学版），2010（5）.

曾慧.满族服饰文化变迁研究[D].中央民族大学博士学位论文，2008.

壮族简史编写组编.壮族简史[M].北京：民族出版社，2008.

张声震主编.壮族通史[M].北京：民族出版社，1997.

赵世林.论民族文化传承的本质[M].北京大学学报（哲学社会科学版），2002（3）.

查明华.《坡芽歌书》中的壮族文化心理探析[J].文山学院学报，2011（4）.

郑超雄.壮族审美意识探源[M].南宁：广西人民出版社，1991.

《哲学研究》编辑部.资产阶级哲学资料选辑（第18辑）[M].上海：上海人民出版社，1966.

Atkinson D.Folk Songs in Print：Text and Tradition[J].Folk Music Journal，2004，8（4）.

Aiyejina F.Context and Meaning in Trinidad Yoruba Songs：Peter Was a Fisherman and Songs of the Orisha Palais.[J].Research in African Literatures，2009，40（1）.

Archer J.The Little Waiata that Ran Away：Songs from the Maori-Pakeha Cultural Interface[J].Journal of Folklore Research，2007，44.

Cohen，Judith.Reports：National Committee Report-China[J].Bulletin of the International Council for Traditional Music，2009.

Feyzioğlu N.The Story of the Song of Sarı Gelin（Blond Bride），its Versions and Analysis of its Melody[J].Ekev Akademi Dergisi Yıl，2008，12（37）.

Gardiner J M，Radomski E .Awareness of Recognition Memory for Polish and English Folk Songs in Polish and English Folk[J].Memory，1999，7（4）.

Gerner，Matthias.Noun Classifiers in Kam and Chinese Kam-Tai Languages：Their Morphosyntax，Semantics and History[J].Journal of Chinese Linguistics，2006（2）.

Gülüm K，Ulusoy K.The Usage of Folk Songs in Social Studies Lessons when Teaching Immigration（A Case Study）[J].Elektronik Sosyal Bilimler Dergisi，2008（7）.

Ingram，Catherine. “If you don’t Sing，Friends Will Say You are Proud”：How and Why Kam People Learn to Sing Kam Big Song[J].2007.

Kaup K P.Creating the Zhuang：Ethnic Politics in China[M].Lynne Rienner Publishers，2000.

Kai V.The Traditional Songs of the Finnish Romany：Silent

Tradition[J].Romani Studies，2008，18（1）.

Kaup KP.Regionalism versus Ethnicnationalism in the People’s Republic of China[J].China Quarterly，2002（172）.

Law，Wing-Wah，Ho，Wai-Chung.Music Education in China：In Search of Social Harmony and Chinese Nationalism[J].British Journal of Music Education，2011（28）.

Moore A.The End of the Revival：the Folk Aesthetic and its ‘Mutation’[J].Popular Music History，2009，4（3）.

Miller，Terry.Appropriating the Exotic：Thai Music and the Adoption of Chinese Elements[J].Asian Music，2010（41）.

Seymour E J.Creating the Zhuang：Ethnic Politics in China [J]The American Political Science Review，2001（95）.

Ward M.The American Children's Folk Songs Survey[J].Arts Education Policy Review，2004，105（3）.

Zoltán J.Automatic Segmentation and Comparative Study of Motives in Eleven Folk Song Collections Using Self-Organizing Maps and Multidimensional Mapping[J].Journal of New Music Research，2009，38（1）.

附　录

附录一：访谈提纲

（一）关于“坡芽歌书”的生存环境

1.坡芽村有多少年的历史？有无经过迁徙变化之程？

2.坡芽村当前有多少人口？民族构成有哪些？属于壮族的哪一支系？现有人口的流动情况如何？

3.坡芽村民的农业生产情况如何？水田面积有多少？旱地主要摘种什么作物？稻作一年几季？一年的生产生活是怎样安排的？有哪些农业生产习俗？

4.除了农耕生产外，坡芽村民收入来源还有哪些？

5.坡芽村民的集市贸易情况如何？街日是依据什么来定的？过去集市贸易主要出售哪些商品？壮民在街日还要进行哪些活动？

6.除了农耕生产，壮民有无渔猎活动？如果有，壮民在哪些地方进行活动？请详细介绍一下渔猎活动的相关情况。

7.壮族以壮锦而闻名，说明纺织技艺的高超，坡芽村哪些壮民还掌握着纺纱、织布、染色、缝制的整套技艺？这一整套技艺具体如何操作？其传承情况如何？当前村民是否还种植棉花？传统服饰有哪些特点？当前传统服饰的使用情况如何？

8.村中的建筑还保有干栏式风格，这些房屋是什么时候建盖起来的？这种建筑形式有哪些优势？而且屋顶上的图案（八角或四房铜钱）是什么意思？有无特定的含义？

9.农闲季节，壮民主要进行哪些活动与外界交流沟通？在多大范围内进行活动？哪些人来参加活动？坡芽村一年有哪几大节庆活动？节日期间壮民要进行哪些活动？准备哪些节日必备品？节日期间有无禁忌？

（二）关于“坡芽歌书”的基本情况

1.歌书2006年走出大山，它是如何被发现的？在壮民生活中存在了多长时间？

2.现在歌书的保管者是谁？歌书最先是由谁传下来的？有无传承的规制？

3.歌书书面的符号数量是多少？这81个符号的数字81在壮文化中有无特殊含义？以前是否留意过歌书的块数？除了现有的这块，是否还有含有其他符号的歌书？

4.“坡芽歌书”每一符号是否具有名称？如果有名称，那是什么？壮民是依据什么对符号进行命名的？

5.“坡芽歌书”每一符号的原生之物是什么？这些事物的名称是什么？用壮语如何表达？符号的原生之物分别属于那些类别？生长和出现在什么环境中？具有哪些特征？壮民是如何掌握这些特征的？这些事物在壮民生产生活中的功用是什么？

6.“坡芽歌书”符号是使用什么工具用何种方式绘制出来的？创造这些符号的动机是什么？歌书书面的精确长度和宽度是多少？读唱时有

无顺序规定？其符号具有哪些特征？结构如何？

7.“坡芽歌书”的功用有哪些？壮民是如何使用它的？

8.“坡芽歌书”符号对应歌曲的歌唱大意是什么？对应歌曲的演唱场合在哪里？有无时间限制？歌曲演唱以何种形式进行？歌曲演唱使用哪些调式？每种调式有何区别？歌书81个符号对应歌曲之间有无联系？每首歌曲是否独立成文？

9.“坡芽歌书”以图载歌的特殊性，符号是如何与歌曲实现对应的？符号在歌词中出现的位置如何？符号在歌词情感传达中起到何种作用？

10.坡芽村有哪些山歌类型？壮民日常生产生活中还有哪些场合会演唱山歌？这些山歌演唱的主题各是什么？这些山歌与歌书的情歌有何关系？当前，歌书的情歌演唱有无变化？

（三）关于“坡芽歌书”的传承情况

1.当前村民对“坡芽歌书”的掌握情况如何？有多少人会画歌书符号？有多少人会演唱歌书歌曲？不同年龄段的壮民对歌曲的掌握情况如何？

2.当前歌书传承和发展面临的最大挑战是什么？不同年龄段的壮民对歌书的态度和认识如何？

3.过去，“坡芽歌书”通过什么方式传承下来？传承者是如何对下一代进行教授的？在哪些场合进行教授？由哪些人进行教授？教授哪些内容？传承有没有一定的规则、制度等？符号的传授与歌曲的传唱如何实现结合？歌书的传承具有哪些特征？

4.当前歌书的传承人有哪几个？他们对歌书的掌握如何？他们对歌书的传承活动有哪些？

5.当前，作为文化持有者的坡芽壮民对歌书采取了哪些传承和保护措施？他们通过何种方式对歌书进行传承？又将哪些内容传承给年轻一代？

6.歌书发现后，富宁县文化部门对坡芽周边80公里范围进行调查，其结果如何？有无发现更多的符号？其他地方是否存在像歌书一样的记录方式？除了坡芽村民，其他壮族寨子对这种以图载歌的独特方式是否熟悉？如熟悉，哪些壮民、在什么场合还在使用这种方式？

7.富宁政府部门对“坡芽歌书”的传承和保护持何种态度？计划采取哪些措施进行保护？现有的保护举措收到何种成效，又存在哪些问题？

8.在响应歌书传承和保护的号召下，富宁县教育部门对歌书的认识有多少？是如何通过校园将这种文化事象进行传承的？采取的具体举措有哪些？教师和学生对“坡芽歌书”的认识有多少？歌书所在地的剥隘学校有无对歌书进行校本课程的开发和使用？

9.“坡芽歌书”符号的原生之物其存在状态如何？从过去到现在，壮民与这些事物的关系发生了哪些变化，表现在哪些方面？哪些事物还在壮民生产生活中发挥作用？哪些事物已渐消逝在壮民生产生活中？如何对这些原生之物进行抢救和保护？

附录二：“坡芽歌书”符号对应歌曲大意

“坡芽歌书”81个符号承载了81首情歌，通过对歌手、村民的访谈，对81首歌的大意进行了整理，见下表：

符号编码	歌名	男 / 女唱	歌唱大意
1	月亮	男唱	今晚月明似镜，小伙子长大了，会唱山歌了，也到了要找对象的年龄。小伙子一边唱歌，一边回想自己命苦的遭遇，没有哪个像他一样。
2	石子	男唱	唱歌时，想起小时候，很辛苦没人管，大风吹过来，自己一个人玩石子，蚊子叮、衣服烂，没有哪个比他还苦。
3	男子	女唱	是谁站在那里唱歌？是血桐树还是岗拎树？是年轻男子还是已成家男子？（如果你是年轻男子就和你聊聊）你是皇帝的儿子还是大官的儿子？
4	两只绿头鸭	男唱	两只绿头鸭喝水的时候碰着了，太好了。我们俩命相当好，碰着了对方。十泉才能汇成一池，百池才能聚成一塘。
5	鹧鸪	女唱	哪里鹧鸪叫？哪里斑鸠闹？哪里野鸡啼？哪里小伙子唱？（主要是询问小伙子是从哪里来）谁在那里唱歌，把姑娘平静的心唱得乱糟糟。
6	刚竹	男唱	沿着河往下走，看见刚竹15丛。这么多竹子就这根最好，世上的人那么多，就你最好。

续表

符号编码	歌名	男 / 女唱	歌唱大意
7	慈竹	女唱	沿着这条河一直往下走，长着15丛竹子。阿哥的歌声像油脂一样甜，一样滑。
8	孤单男子	男唱	我妈只生我1个，出门也是一个人，在家也是一个。出门要锁门，没有人看家，挑水一个喝，砍柴一个人担，下地一个人做活。
9	开口笑	女唱	你不是孤单一个人，你有老婆了。你和老婆一起出门，一起下地做活。看你嘴巴笑呵呵的，不是命苦了，也不是单个了。
10	枫叶	男唱	正月枫叶开始发芽，二月枫叶开始变绿，谁来为我做衣裳？谁来给我做田埂？谁来给我做饭？
11	枫叶	女唱	正月枫发芽，二月枫叶绿。我来为你缝衣服，我来为你铲田埂，我来为你拔秧苗，我来为你做饭。
12	油蚂蚱	男唱	你说话那么好，你妈是哪个？生你那么好——样貌像是官家出身，你的嘴巴红红的，像是油蚂蚱。你是哪家的妹子，我想下去你家找你。
13	荒地里的韭菜	女唱	我妈只生我一个，把我生得这么丑、这么差。我妈生我不好，就像荒地的韭菜没人管，孤苦伶仃。
14	流泪	男唱	你那么好，你又说不好。问你你又不说，我怎么找到你？我想你又找不到，难过的伤心流泪。妹妹你是不是有了丈夫，把我骗得这么苦。
15	石块	女唱	我还是孤单一个人。我自己一个人在家，像磐石一样（在哪里就在哪里不能移动），像一棵树桩。一个人孤独地守着。
16	盐加酱（油）	男唱	赌你舍不舍得往酱油壶里再加点盐，咸上加咸。舍不舍得对着镜子梳妆打扮，咱俩来相会。
17	打赌	女唱	赌就赌，赌你吃木棉籽，赌你吃丝瓜籽（木棉花的籽和丝瓜的籽都是黑黑的，吃不成），赌你敢不敢吃！
18	一棵菜	男唱	可怜的妹妹你真是不会赌！我对你的情意又不像挑一棵菜，不像选一把挂刀，不像挎一个挎包，不像拿一幅画像那么随意。

续表

符号编码	歌名	男 / 女唱	歌唱大意
19	三角灶	女唱	我愿变成一个三角灶，天天能跟你相见，天天可以和你在一起。
20	一对情人	男唱	妹妹你说得真好，无论如何我们都要在一起
21	青冈树叶	女唱	青冈树叶还嫩生生的，还未到落叶的时候。我们俩也还年轻，还未到谈婚论嫁的时候；但总有一天我们会在一起。
22	野生龙眼果	男唱	龙眼树那么高，枝头上的龙眼果想要又要不得，就像鸭子恋水坝，就像水牛恋菜园，恋也进不去，就像我恋妹妹你一样，想要也要不得。
23	野山果	女唱	山上的野果全熟了，看起来是好看，但是哥哥你怕不怕涩怕不怕苦？
24	木船	男唱	你以为我不想你，你以为我不爱你，我爱你像船装锡那样重，对你的情意像船装盐巴那么重。
25	棉篮	女唱	哥哥你说对我的情意重，是否重得像棉篮里的棉花，是否重得像衣兜里的绵绒。
26	目光	男唱	妹妹你生的好看，眼睛就像锋利的刀子（壮族认为这种眼睛是最美丽的），一眼把我看穿 ……
27	跟哥走	女唱	我很想现在就跟哥一起走，但是怕这样不合你们那边的规矩，怕你家不同意，怕老人不喜欢。
28	流血的手	男唱	要是你不跟我走，我想妹妹你太多，手都流血了；阿妈他们只能请摩公来看。
29	晕死的人	女唱	我也是想哥哥，想你想得昏死过去了。家里准备把我埋了，但是想到哥哥我才苏醒过来。
30	七日	男唱	我想妹妹茶饭不思，七天才吃了一个吊粑，八天才吃了一个圆粑。
31	衣角卷起	女唱	我想哥哥想得衣角自然卷起，想你想得黑色头巾都断了 ……
32	野芋	男唱	你也是想我，我也是想你，但是还得分开，就像水边的野芋一样，总是隔着，不能在一起。

续表

符号编码	歌名	男/女唱	歌唱大意
33	双手扶紫梅	女唱	哥哥你口上说得那么好，但是你两手却扶着紫梅；你却和我谈恋爱，你这不是在骗我吗？
34	两棵紫梅	男唱	正月里引火烧地，二月里放火烧坡，烧焦了两棵紫梅。妹妹不也是和别人订婚了嘛，还不是和我一样。
35	两枝紫梅	女唱	正月里引火烧地，二月里放火烧坡，烧焦了两棵紫梅。我还没给人，我谈恋爱是好好的，不是骗人的。
36	抬腿去妹家	男唱	妹妹你说得那么好，你没人订，那我去你家。到你家怕是骗我，怕像蜘蛛网一样不小心被粘住，怕你有丈夫。
37	笼中鸭	女唱	妹妹我命不好，就像一只关在笼里的鸭子一样，不得自由，没人愿意要我。鸭子关在笼里，还有人喂养，不像我一个人没人过问。
38	沙梨树	男唱	（哥哥）我的命就像沙梨树，没有老婆，只要你爱我一两天我就心满意足了。
39	两双筷子	女唱	哥哥你说你没有老婆，那我怎么在梦中看到你吃饭时桌子上有两双筷子，床边有两双鞋子。
40	油灯	男唱	我是单独的，那是我吃饭时点的油灯，是我和我自己的影子，不是两个人。
41	裙子	女唱	你说你没有老婆，为什么看见你家晒台上晾满了裙子？你娘的裙子是白头，你妻的裙子是粉头，看起来非常乖巧。
42	茅草	男唱	妹妹你说我有妻子，那你问问茅草，它要是说我有，那我就是有，它要是说我没有，那我就是没有。
43	丝裤	女唱	哥哥你说没有妻子，我怎么看见你那娇嫩的妻子，穿着拖地的丝裤在屋里走……
44	火烧死	男唱	妹妹说我有妻子，我先前是有，但是她去年被火烧死了，我现在还没找到谁。
45	棉纱	女唱	哥哥说你没有妻子，那我怎么看见哥哥的妻子在百色卖棉纱，看见哥哥的妻子在剥隘卖红糖，你帮着她拿秤，你帮着她数钱。

续表

符号编码	歌名	男 / 女唱	歌唱大意
46	草鱼	男唱	妹妹你就像一条鱼，人人都想钩上你，我想钩上你，但是又怕主人不同意。
47	树上的蜂窝	女唱	天气很晴，蜂子做窝。早上我们约定，但是还没在一起，表示非常无奈。
48	榕树根	男唱	到底要到什么时候？要到什么时候弯曲的榕树根才会变直。如果变直了，你爹也会把你嫁给我了吧？
49	黄瓜长崖头	女唱	果树生墙上，黄瓜长崖头。枯枯萎萎，不会生长，既不好看，也不会长大，要是结瓜的话，给你吃你也不吃，给你你也不会要。
50	簸中米	男唱	果树田中生，瓜藤岣里爬。如果我要着你，就像黄果（橙子）一样好看，如果我要着你就像簸箕中的大米一样，吃到嘴里才会踏实。
51	芭蕉	女唱	你说到底要到什么时候才能成为你的妻子，是不是要等到火烧芭蕉，甘蔗结果？
52	葡萄藤	男唱	到底要到什么时候才能娶你做妻？摘葡萄却连根带藤，我要你也要不得，你要我也要不得。
53	弯刀	女唱	你要是真想要我的话，就和我娘一起去砍蓝靛做衣裳、被褥；和我爹一起去砍木头做花箱。我18岁就立刻嫁给你。
54	星星	男唱	天上星星那么多，地上姑娘那么多，我就只喜欢你一个。
55	网中鱼	女唱	我把鱼笼按在这，鱼不来我就用手把鱼捞上来，如果哥哥不爱我，我也把手拉过来。
56	锯子	男唱	妹妹你说你没有老公，但是你家门口怎么会有木屑？那是野椿木的木屑啊。
57	女孩	女唱	妹妹我倒是有丈夫，我爹怕人家的独子都死光，我娘怕天下的男儿都不剩，在我发未扎辫的时候就把我许给了人，现在到年龄了，我只有哭的份了。
58	坐靠椅数钱	男唱	妹妹你嫁得好啊，嫁到一个富人家，有钱有财，妹妹你稳稳地坐着数钱就行。

续表

符号编码	歌名	男 / 女唱	歌唱大意
59	锄头	女唱	我妈错嫁我，把我卖到没有田只有地的地方。每天都得种地，一天到晚不得休息。
60	一副烛	男唱	现在我和你在一起，就像一副烛，就像这对凳脚一样紧紧相扣，坐在一起像夫妻。但是你男人一来，我们就分散了，就像天上的云，风一吹就散了。
61	书桌	女唱	哥哥你长得好看，又活泼，但是你是属于别人不是我。你手中握的是笔杆，坐的是书桌，我攀比不上。
62	同行	男唱	爱你却不能和你同行，同行怕人家说闲话。想你，也不能和你一起吃饭，怕你丈夫知道。
63	同桌吃饭	女唱	不怕就不怕，我担当得起，我们一起吃饭，就不要管他们了，也不要管别人说闲话。
64	斧头	男唱	赌你就赌你，赌你砍扁担，赌你砍斧柄，赌你休了原来的丈夫，要是咱们在一起的话，就不用挑吉日了。
65	砍尖担	女唱	赌你就赌你，赌你砍扁担，赌你砍尖担，赌你抛弃你的发妻。如果你抛弃你老婆，我明天就嫁你，不用挑吉日。
66	一间房	男唱	如果我们成夫妻，把房屋造在树上也可以；不吃饭也可以，不吃饭吃蜂子也可以，哪样都可以，即使条件没有。
67	官家马缰绳	女唱	我们俩在一起，就像官家的马缰绳，两头紧紧搓在一起，就像银扣和银纽一样相互扣合，不会分开。
68	肠相结	男唱	想起妹妹你，假如我们不得在一起，就像肠子在里面拌来拌去，伤心难受；看不到你，心里很牵挂。
69	搓绳	女唱	讲话就要讲得有结果，要搓就搓成八条绳子。你妈来拆散，我再重新编，编得稳稳的，你妻来割，我就长长得接起来，紧紧相连。
70	火鸟下蛋	男唱	不知要到什么时候，要到什么时候才能看到火鸟下蛋，要到什么时候咱俩才能成夫妻名正言顺地在一起？
71	果蔗	女唱	我和你在一起，像果蔗的味道一样，甜甜蜜蜜。

续表

符号编码	歌名	男 / 女唱	歌唱大意
72	浮萍	男唱	如果能娶妹为妻，高高的田埂自然会变矮，小小的梯田就会变成宽田，水自然会流入田里，变成水田。水田就会成为长有浮萍的良田，和你在一起我就心满意足了。
73	下雪	女唱	如果能得到哥哥为丈夫，腊月里下雪，睡到晒台上也不会冷；四月里不吃饭，也不会觉得饿；吃饭时不吃菜也甜。
74	煮饭	男唱	如果和妹妹在一起，劳动的活儿我全包。近的地方我一个人去，远的地方和别人一起换工做。你就在家里煮饭等我回来，饭煮煳了我不会怨你，饭煳也就一两次。
75	扛斧	女唱	如果能得哥哥为丈夫，如果砍树我就扛斧头；如果你回家，我就搬凳子给你坐；剩饭吃不完，由我来吃，哥哥吃新饭。
76	犁耙	男唱	如果娶妹妹为妻，我犁地不会剩下一根茅草，生了娃娃我来背，不让你辛苦。
77	三趟	女唱	如果得哥哥做丈夫，我每月要去你家三趟；结婚后在家织布，不给你穿烂的衣服。
78	田和地	男唱	如果要你做妻子，没有田，种地也可以，也能养活你。
79	好花生院中	女唱	好花生院中，花骨朵生屋里。我们成夫妻，变成爷爷奶奶。有你在身边，过河不用船，我们一起牵手走过去。
80	在一起	合唱	两个人做着一年的计划；一年12个月，正月种地，二月种田 …… 我们俩一起劳动，要像别人那样生活富有。
81	两棵笋	合唱	表示两个人希望一起生、一起死、一起老。害怕其中一个先去世，希望两个人一起生死。

后记

书稿是基于本人的博士论文而完成，试图为大家呈现笔者博士研究生求学阶段的思、想、行。

如今，重新修改博士研究生求学阶段的“成果”，不禁将我拉回在西南民族教育与心理研究中心学习生活的点点滴滴：第一学年的上课和读书，让我紧张课前先生的点“名”，察省肚中“墨水”的浅少，羞愧读书方法的拙劣，也使我能够从头开始，踏踏实实学会读书、读些好书。第二、三学年上半部分的中期考核，让我焦头烂额、寝食难安，也使我得以系统梳理和掌握专业和其他学科知识，拓宽知识面，扎实基础；下半部分的考察、开题，使我经历选“题”之难和析“问”之苦，也使我慢慢学会对问题考察、提出与分析之程，养成心平气和、勇于担当之态。第四学年的论文写作，使我辗转反侧、苦思冥想，也使我学会分析问题、解决问题之径，并促使我为今后研究寻找“安身立命”之所。

有师姐曾把我们的学习经历比作网络游戏的“过关”，必须逐步地经历关卡、扫除障碍、达到通关，不能越级而下，不能半点省略。这一过程虽然漫长艰辛，但对我而言更是种磨砺和成长。在成长之程中，感谢恩师张诗亚先生的不倦教诲和辛勤指导，先生渊博的学识、缜密的思维、宽阔的气度令我折服；其治学与为人之道亦深深影响着我。而且这一成果的产出，都得益于先生的指导与点拨，但学生深知资质愚钝，对其指点的“学”与“化”之程度往往不及，恐负先生的苦心与期望；先生亲笔所题的“特立西南，学行天下”这八个字仍深深镌刻在每一届学生的脑中，并不断践行之。

此项研究，我还应感谢背后支持的诸位老师：感谢师母廖伯琴教授在学习上的指导和帮助；感谢研究过程中，为我指点迷津的苏德教授、王凌教授、何景熙教授、杨昌勇教授、张新立教授、巴登教授、张学敏教授、孙振东教授、孙杰远教授、么加利教授、吴晓蓉教授、徐书业教授等，他们的建议与指导使我的“胡同”之困境得以慢慢“开朗”。

考察期间，得到富宁县、剥隘镇、坡芽村民及其一些不知名的壮民老乡的热情帮助和支持。坡芽村民农加友一家，叔叔在劳作休息之余带我不断地走访村民、找寻符号原生之物；阿姨细心照顾我的饮食起居、并为我提供歌书符号的解读和演唱；小慧妹妹作为向导，为我翻译和解释村民的生产生活，联通我与壮民的关系；后续考察中，大理大学两位壮族学生韦艳妃、农艳妃同学为我做翻译，陪我走访不同壮族寨子，如果没有他们的鼎力相助，我的考察将无法顺利进行，资料的获取更无从谈起，这些都将铭记我心。

此外，还要感谢给予我无私帮助与关照的师兄、师姐、师弟、师妹们，他们对我如亲人般的包容、帮助与关怀，使我常常得到特殊待遇；梅英师姐在学习上对我的鼓励和支持，在生活上对我的关照与陪伴，令我的学习生活充满乐趣；与雪玲、敬德、佳胜的共勉、互促，使我低落时重获勇气和动力；与梅英、雪玲的姐妹“三人行”，给予我深厚的友谊和温暖。

最后，要感谢一直为我默默付出的家人，父母无私的帮助和支持，使我无后顾之忧地进行本书写作；爱人米恩广的包容和鼓励，付出与承担，使我在低落、迷茫时，重新振作、继续前行；2017年5月小女伊诺